Gravé dans le cœur

*

Un bébé, tout simplement

CAROL MARINELLI

Gravé dans le cœur

Traduction française de
MARCELLE COOPER

Blanche

HARLEQUIN

Collection : Blanche

Titre original :
THE MIDWIFE'S SPECIAL DELIVERY

Ce roman a déjà été publié en 2014

HARPERCOLLINS FRANCE
83-85, boulevard Vincent-Auriol, 75646 PARIS CEDEX 13
Service Lectrices — Tél. : 01 45 82 47 47

www.harlequin.fr

ISBN 978-2-2804-1473-9 — ISSN 0223-5056

Prologue

— Salut !

Les doigts serrés autour du combiné, Ally Jameson ferma les yeux. Au bout de trois années de silence, le coup de fil tant espéré. Et redouté. Au moment où elle s'y attendait le moins, comme l'avait prédit son horoscope.

Enfin presque.

Depuis qu'elle avait appris l'identité de leur futur chef de clinique, elle se demandait s'il appellerait pour lui dire bonjour.

Ou « salut ».

Tout le monde semblait s'être donné le mot pour lui téléphoner ce soir. A peine rentrée, elle avait eu droit à l'appel d'un démarcheur qui lui avait vanté les mérites de ses produits de placement — « Avec notre assurance épargne, finies les fins de mois difficiles, avait-il argué. Si vous souscrivez sous quinzaine, une magnifique montre vous sera offerte. »

A peine Ally avait-elle raccroché que ça sonnait de nouveau. Cette fois, c'était son adorable voisine octogénaire du bout de la rue qui lui signalait que les employés municipaux chargés de la collecte des vieux vêtements et meubles passeraient ce lundi.

Adorable, mais bavarde.

Jamais deux sans trois, le représentant d'une chaîne de clubs de fitness lui avait ensuite proposé un abonnement annuel à un prix défiant toute concurrence et, devant son

« Ça ne m'intéresse pas », haussé le ton de manière bien peu commerciale.

Elle lui avait aussitôt rabattu le caquet et mis fin à la conversation.

Fatiguée et de fort méchante humeur, Ally s'était ensuite confectionné un masque de beauté. Temps de pose : un quart d'heure. Le visage enduit d'argile, elle s'était appliquée dans l'intervalle à peindre ses ongles de pied en incarnat tout en tentant de se raisonner.

« Ne rêve pas. Pourquoi Rory Donovan prendrait-il la peine de t'avertir de son retour à Bay Side ? D'accord, on était colocataires jadis et on fréquentait la même bande d'amis, mais ça n'allait pas plus loin. On n'est jamais sortis ensemble. »

Puis le téléphone avait sonné pour la quatrième fois.

La voix était identifiable entre mille. Pourtant, pendant une fraction de seconde, Ally fut tentée de faire semblant de ne pas la reconnaître. Histoire de ménager son amour-propre. « C'est toi, Rory ? A peine si je me souvenais de ton existence… »

Bien entendu, elle n'en fit rien. Elle était trop contente de l'entendre.

— Salut, dit-elle sans se soucier d'effriter son masque ni de blanchir le combiné. Ça faisait longtemps.

— Je sais…

Sa réponse fut couverte par des grésillements.

— La ligne est mauvaise. D'où appelles-tu ?

— De l'aéroport. Pas celui de Melbourne…

De nouveau des parasites.

— … Ne t'inquiète pas, je ne te demande pas de venir me chercher.

— Tant mieux, ça changera, dit Ally qui ne put s'empêcher de sourire. Alors, où es-tu ?

— Bali… Fin des vacances. Je rentre demain matin. Es-tu au courant ? Je reprends mon poste à la maternité de Bay View Hospital.

— Avec une belle promotion, je sais…

Elle laissa passer une nouvelle salve de grésillements.

— Félicitations, Rory.

— On se verra lundi. A moins que… Mon ancienne propriétaire aurait-elle une chambre à me louer ?

Ally resta silencieuse. Cette fois, ce n'était pas à cause de la friture sur la ligne. Pas de nouvelles de Rory pendant trois ans, et voilà qu'il lui demandait de l'héberger comme si de rien n'était. Comme s'il ne lui avait pas brisé le cœur avant son départ.

— Ce n'est pas grave si tu ne peux pas. Ils ont toujours des studios libres à la résidence des médecins. Je te posais la question à tout hasard…

— Je ne prends plus de locataires.

Elle regretta aussitôt son ton guindé. A l'entendre, on aurait pu croire qu'elle avait loué ses chambres uniquement pour l'argent que ça lui rapportait, alors que ça n'avait été qu'un des avantages annexes d'une maison pleine d'amis, de rires et de fêtes.

— Tu t'ennuierais à mourir chez moi aujourd'hui. Il n'y a plus personne… Mon fabuleux salaire de sage-femme me dispense désormais d'accueillir des hôtes payants.

Sa remarque qu'elle voulait ironique tombait à plat. Tant mieux, si ça pouvait le garder à distance.

— Si tu préfères, je ne paierai pas de loyer !

Son rire résonna au bout de la ligne, insouciant, décontracté, comme autrefois. Ally ferma les yeux, se rappelant son visage, ses sourires, ses plaisanteries douteuses parfois. Elle avait du mal à croire qu'elle était en train de lui parler après toutes ces années, qu'il était au bout de la ligne et désirait réemménager sous son toit, qu'à partir de lundi, ils travailleraient de nouveau ensemble.

— Ça ne fait rien, répéta-t-il. Pas de problème.

Des bips-bips ponctuaient la communication toutes les dix secondes. Il appelait d'une cabine. Bientôt, il serait à court de monnaie.

La voix de la raison soufflait à Ally de le laisser parler jusqu'à ce que son argent s'épuise. Elle ne lui devait rien après la manière dont il avait coupé les ponts avec eux durant tout ce temps.

Pourtant, en dépit du bon sens, elle s'entendit répondre :

— Les locataires, c'est fini, mais rien ne t'empêche d'être mon invité. La clé est toujours au même endroit.

— C'est vrai ? Ça ne te dérange pas ? C'est juste pour une semaine ou deux, le temps de...

Bip... Puis plus rien. Rory était arrivé au bout de ses pièces, à moins qu'il n'ait raccroché de lui-même, après avoir obtenu ce qu'il voulait, pour retourner à ses occupations favorites — parler football ou boire une bière avec ses amis.

— Et voilà, dit Ally en fixant les yeux sombres de Sheba, la labrador la plus vieille d'Australie dont l'odeur résistait à tous les shampooings. C'était Rory. Il rentre à la maison.

La maison.

Le masque d'argile n'était plus qu'un souvenir et le téléphone s'était refait une beauté à sa place. D'humeur maussade, Ally alla se débarbouiller avant de se brosser vigoureusement les dents. Son reflet dans la glace ne contribua guère à lui remonter le moral.

A l'époque où Rory l'avait quittée, elle avait des boucles de pâtre grec et un peu d'acné, un reste tenace de son adolescence. A vingt-sept ans, il la retrouverait les cheveux longs, et le visage enfin délivré de ces boutons disgracieux. Mais elle n'était pas Miss Australia pour autant. Ses cheveux qui tombaient à présent sur ses épaules semblaient bien ternes. En plus, ils fourchaient, se rendit-elle compte en examinant les pointes. Une visite chez le coiffeur s'imposait ce week-end. Quant à ses yeux, ils étaient toujours désespérément brun foncé — forcément, à moins de tricher avec des lentilles — et ses cils n'avaient pas poussé d'un iota malgré la vaseline qu'elle leur appliquait chaque soir et les mascaras haut de gamme « à effet allongeant ».

Remarquerait-il seulement son changement de coiffure ?

Il ne lui avait jamais accordé la moindre attention.

Sauf une fois.

Chassant le souvenir de son esprit, Ally se déshabilla et enfila le large T-shirt qui lui servait de pyjama. Comme elle se glissait dans son lit, elle tendit une main hésitante vers le réveil. Rory arriverait demain matin… Mais à quelle heure ? A l'aube ? A 11 heures ? Voyons, la durée du vol plus le trajet de l'aéroport à…

Elle renonça à ses calculs. A quoi bon ? Qu'il ne compte pas sur elle pour lui dérouler le tapis rouge ni l'accueillir avec des croissants chauds. Et pas question de préparer son lit à l'avance. Il serait un invité, certes, mais elle n'était pas sa domestique.

La nouvelle Ally, vingt-sept ans, ne se laisserait plus impressionner. Elle possédait une belle maison, une carrière prometteuse et de nombreux amis qui se disputaient sa compagnie.

Elle n'avait que faire de l'approbation d'un Rory Donovan. S'il n'aimait pas ce qu'il trouvait, elle ne le retiendrait pas.

1.

Zut et re-zut !

Ally pestait en regardant la corbeille de croissants qui trônait au milieu de la table de la cuisine. Malgré ses belles résolutions de la veille, elle n'avait pu s'empêcher de courir dès la première heure chez le boulanger. Comme si ça ne suffisait pas, elle avait fait le lit de Rory et préparé du café frais, sans parler des tonnes de mascara qui alourdissaient ses cils.

Il était midi. Et toujours pas de Rory.

Même avec un passage aux douanes plus long que d'habitude en raison des mesures de sécurité, une file d'attente aux taxis et des bouchons sur l'autoroute, il aurait dû être là depuis longtemps.

Pourquoi s'étonner ? Rory était égal à lui-même. Comme toujours, il n'en faisait qu'à sa tête, arriverait quand bon lui semblerait, et partirait de même, sans se soucier du chapelet de cœurs brisés qu'il laisserait derrière lui. Eh bien, cette fois, il ne faudrait pas y ajouter le sien !

Elle était vaccinée, guérie de Rory Donovan !

La gentille fille qui lui servait de confidente et se languissait d'amour en secret pour le beau Rory n'existait plus.

Pour le prouver, elle s'empara de la cafetière et la vida dans l'évier. Dans la foulée, elle jeta également à la poubelle le carton de lait qu'elle venait d'entamer ce matin et le paquet de sucre — un gaspillage de nourriture éhonté, certes, mais justifié par le plaisir qu'elle aurait à voir la mine dépitée de Rory quand il voudrait préparer son mélange ultra-fort, sucré et crémeux et se verrait privé des ingrédients essentiels. Il n'aurait qu'à aller à l'épicerie !

En touche finale de ses représailles par anticipation, elle arracha les draps du lit et les chargea dans la machine à laver qu'elle régla sur le cycle blanc à 90° — le plus long. Ça lui ferait les pieds au cas où il désirerait faire une sieste réparatrice dès son arrivée !

Pour lui donner un aperçu du nouveau régime auquel il serait soumis si l'envie lui prenait de prolonger son séjour de façon indécente, elle laissa bien en évidence sur le buffet un mot lapidaire rédigé au feutre noir.

« Draps dans la machine. Utilise le séchoir. Ally. »

Tel qu'elle le connaissait, cela n'aurait aucun effet sur lui. Il irait s'effondrer directement sur le lit, à même le matelas. A moins qu'il ne mette le cap vers son lit à elle !

Un sourire démoniaque flotta sur les lèvres d'Ally.

Se précipitant dans sa chambre, elle fouilla le tiroir où elle rangeait ses sous-vêtements pour en extraire un ensemble encore sous cellophane. Il s'agissait d'un soutien-gorge et d'un string façon léopard — un cadeau délirant d'une de ses amies lors d'une soirée entre filles. Elle s'attendait presque à ce que la chose tombe en poussière dès l'ouverture du sachet — il y avait des années qu'il moisissait au fond de sa commode. Comme rien de tel ne se produisit, elle accrocha le minuscule soutien-gorge au dossier d'une chaise et jeta le string par terre.

Quel dommage qu'elle n'ait pas une boîte de préservatifs à poser sur sa table de nuit !

Elle troqua le manuel d'obstétrique qui s'y trouvait pour un roman torride à la couverture fort explicite, vaporisa une demi-bouteille de parfum dans l'air et camoufla toutes ses lotions contre l'acné, ses rasoirs, ses crèmes pour pieds fatigués et autres produits au glamour douteux.

Enfin, après un dernier coup d'œil à sa mise en scène

de débauche, elle referma la porte. Satisfaite, euphorique même, avec la certitude de contrôler parfaitement la situation…

Jusqu'à ce qu'elle entende le ronronnement d'un moteur. Le claquement d'une portière.

Et la voix rauque et grave de Rory qui plaisantait avec le chauffeur de taxi.

A distance suffisante de la fenêtre pour voir et, avec un peu de chance, être vue, Ally le dévorait des yeux, ses trois années de tristesse et de frustrations envolées comme par enchantement en ce moment précis.

Afin de pouvoir continuer à vivre — et certains jours survivre — tant elle avait eu du mal à se remettre de son départ, Ally avait fini par se convaincre qu'elle embellissait la réalité dans ses souvenirs, que si Rory surgissait de nouveau devant elle, elle en rirait à gorge déployée d'avoir pu un jour perdre la tête pour lui. Adepte de la méthode Coué, elle s'était persuadée qu'il n'était au fond pas si beau que ça, que son mètre quatre-vingt-dix-huit n'avait rien d'extraordinaire…

Des histoires. Rory était un géant, et pas seulement comparé à elle. Dans n'importe quelle foule, il avait deux bonnes têtes de plus que tout le monde. Il ressemblait davantage à un joueur de rugby qu'à un médecin — sans les oreilles en chou-fleur ni le nez cassé, bien sûr…

Toujours à son poste d'observation, Ally le regarda sortir son portefeuille de la poche de son short pour payer la course. Rory avait un beau nez droit, une bouche sensuelle prodigue en sourires éblouissants, de beaux cheveux bruns qui brillaient au soleil de midi, et un corps incroyablement bien proportionné. Ses mensurations l'obligeaient bien sûr à faire confectionner ses costumes sur mesure. Et il en allait de même pour ses chaussures. Inutile de chercher sa pointure dans les magasins. Rory était hors normes, à tout point de vue.

Comment avait-elle pu l'oublier durant ces trois dernières

années ? Aller jusqu'à se convaincre qu'il était plutôt gros et que ses muscles n'étaient que gonflette ? Elle avait devant ses yeux la preuve irréfutable du contraire. Il était encore plus beau que dans ses souvenirs !

Le voilà qui sortait un sac à dos du coffre, ainsi qu'une valise-housse. Malgré son T-shirt et son short, il émanait de lui un air d'autorité qu'elle ne lui connaissait pas. Rory semblait avoir fait son bout de chemin.

A présent, il rentrait au bercail.

Bronzé.

En grande forme.

Et demain, il serait son nouveau chef de clinique !

L'émoi d'Ally n'était pas dû à cela. Ni au fait qu'il soit plus séduisant que jamais. Non, ce qui la terrorisait, c'étaient tous ses souvenirs qu'elle avait tenté de refouler et qui lui revenaient en pleine figure. Comme la manière dont son cœur s'emballait à sa vue, dont elle l'avait aimé en secret, à distance, résignée à n'être qu'une amie alors qu'elle aurait voulu tellement plus.

Toutefois, il y avait un souvenir qu'elle n'avait jamais pu oublier, malgré tous ses efforts pour le bannir de sa mémoire : le goût de ses lèvres sur les siennes, le poids de son corps, ses bras autour d'elle, le plaisir miraculeux de pouvoir enfin plonger dans ces yeux vert sombre dont elle avait rêvé si souvent. Pendant quelques heures, elle avait été la femme la plus heureuse de la terre, aimée et comblée au-delà de ce qu'elle croyait possible.

La chute n'en avait été que plus brutale. Le lendemain, elle s'était réveillée dans un lit vide. L'homme qu'elle aimait en secret et à qui elle venait de tout donner en une nuit était parti. Sorti définitivement de sa vie sans même lui dire au revoir.

*
**

— Rory !

Un sourire contraint aux lèvres, elle ouvrit la porte tandis qu'il remontait l'allée avec ses bagages.

— Comment vas-tu ?

— Sur les rotules ! Ils nous ont gardés six heures.

Il traîna son sac dans le vestibule et poussa un sifflement de surprise.

— Tu as fait installer du parquet !

— Mais non. J'ai juste arraché cette hideuse moquette, un véritable nid à acariens. J'ai eu la bonne surprise de découvrir du parquet dessous. Je l'ai fait vernir et voilà le résultat.

— Joli. Ne me dis pas qu'elle est encore là !

Les yeux écarquillés, il fixait Sheba qui arrivait en se dandinant dans le couloir, attirée par le bruit. Sa langue rose pendait entre ses babines fatiguées, mais ses vieilles oreilles étaient dressées et sa queue remuait pour accueillir un vieil ami.

— Bonjour, fifille, dit Rory en s'agenouillant à côté d'elle. En fait de fifille, c'est plutôt une vieille dame. Quel âge a-t-elle ?

— Quinze ans…

Trop consciente des implications d'une telle question, Ally détestait y répondre.

— … Mais elle a bon pied bon œil.

Silence de Rory qui ne semblait guère convaincu. Pour cause. Sheba était visiblement au bout du rouleau, à peine capable de tenir sur ses pattes. Ses yeux bruns naguère si beaux étaient voilés par de la cataracte. Au fond d'elle-même, Ally savait que sa fidèle compagne n'en avait plus pour longtemps, mais elle ne pouvait se résoudre à l'admettre, encore moins devant quelqu'un.

— Ecoute, je ne voudrais pas te bousculer, mais je suis de garde dans moins d'une demi-heure…

— Aucun problème.

Il l'observait comme s'il notait les changements. Jupe-culotte bleu marine, chemisier blanc, cheveux longs retenus par un chouchou, épaulettes bordeaux…

— Tu es dans l'armée ? dit-il en désignant ces dernières.

— Idiot… Je suis surveillante adjointe. Ce qui signifie que je n'ai vraiment pas intérêt à être en retard.

— Je ne te retiens pas. Le temps de prendre un café et je vais m'étendre pour un petit somme.

— Il y a du café en grains entiers dans le placard. Il va falloir le moudre, précisa-t-elle, grimace à l'appui. Et je crois que je n'ai plus de lait.

— Ça ne fait rien.

— Ni de sucre. Et si tu veux du pain, tu devras aller l'acheter.

— Aucun problème, répéta Rory. A vrai dire, j'ai surtout envie de dormir pour le moment.

Tout en ramassant ses clés, Ally esquissa son sourire d'excuse le plus innocent.

— Les draps pour ton lit sont dans la machine à laver. Quand le programme sera terminé, tu n'auras qu'à les passer au séchoir.

— Merci, Ally.

Maintenant que sa vengeance était consommée, elle en avait un peu honte, d'autant qu'il lui souriait si gentiment malgré sa fatigue. Pour cacher son embarras, elle regarda sa montre. Il l'interpréta comme un geste d'impatience.

— Vas-y. Ne te mets pas en retard pour moi. On bavardera ce soir autour d'une pizza ou d'un plat chinois.

— Ce soir, je sors !

Le mensonge avait jailli sans qu'elle l'ait prémédité.

— Mais il y a des numéros sur le pense-bête du frigo si tu veux commander un repas à domicile.

— Quel genre de sortie ? Intéressante ?

Pour toute réponse, elle haussa les épaules de son air le plus désinvolte. Avait-il encore d'autres questions de ce genre ?

Apparemment oui. La suivante la figea sur le seuil.

— J'espère que ça ne te posera pas de problème ?

— Quoi donc ?

Pour la première fois, elle osa plonger son regard dans le sien. Les sourcils froncés. Les gens qui parlaient par énigmes l'exaspéraient.

— Ma présence. Sinon, tu n'as qu'à me le dire. Je ne veux pas… Ton petit ami ne verra peut-être pas d'un bon œil que je m'installe ici.

Il ne l'avait pas habituée à tant de délicatesse. Rory aurait-il acquis quelques bonnes manières durant ces trois années ?

— Pourquoi serait-ce un problème, Rory ? J'héberge un vieux copain pour quelques semaines, le temps qu'il trouve un logement. Je ne vois pas ce que quiconque pourrait trouver à y redire !

Puis elle ouvrit la porte et descendit l'allée vers sa voiture. Dieu merci, la portière était déverrouillée. Elle se glissa derrière le volant et, les doigts tremblants, mit le contact. La marche arrière qu'elle réussissait d'habitude à la perfection capota pitoyablement. La voiture fit des sauts de puce jusqu'à la rue.

S'il le fallait, elle passerait la soirée seule au cinéma ! Enchaîner deux séances lui permettrait de rentrer après minuit.

Tout plutôt que de lui révéler l'effet dévastateur que son retour produisait sur elle.

— Laissez-la un peu se reposer au lieu d'aller la déranger toutes les dix secondes ! dit Rinska au téléphone avec son inimitable accent polonais. Je vais venir l'examiner dès que j'en aurai fini ici.

— Un problème ? s'enquit Ally quand sa collègue eut raccroché.

— D'après notre élève, le travail de Mme Williams ne progresse pas assez vite.

L'élève en question, Jake, faisait partie du petit groupe d'étudiants qu'elles chapeautaient. Contrairement aux idées reçues, la profession de sage-femme n'était pas réservée exclusivement aux femmes.

— Il veut que je procède à un autre examen gynécologique pour voir où elle en est.

— Je suis passée voir Mme Williams tout à l'heure...

— Comment l'as-tu trouvée, Ally ?

Si Rinska n'avait que faire de l'opinion de Jake, elle accordait par contre beaucoup d'importance à celle d'Ally.

— Nerveuse, angoissée, comme toute primipare. J'ai suggéré à Jake de lui faire prendre un bain. Elle en a encore pour des heures.

— La dilatation du col n'est que d'un centimètre.

Rinska leva ses yeux bleus au ciel. En Pologne, elle était médecin à part entière, mais, en Australie, elle en était réduite à travailler en tant qu'interne en attendant que l'équivalence de ses qualifications soit prononcée par un jury de mandarins universitaires. Bien qu'Ally imaginât sa frustration à se voir rétrogradée ainsi en bas de l'échelle, elle se réjouissait de disposer d'une collègue aussi compétente et expérimentée dans leur équipe.

— Elle sera encore en plein travail quand nous reviendrons demain matin. Elle a refusé la péridurale.

Un gémissement plus fort que les autres s'échappa de la salle d'accouchement 2 où se trouvait la parturiente. Ally et Rinska échangèrent un regard éloquent. Le plus dur était à venir.

— Au moins, elle a l'occasion d'accoucher normalement. Demain, ce sera une autre histoire.

— Pourquoi ?

— Mme Williams a déjà dépassé le terme de dix jours, précisa Rinska. Or, j'ai entendu dire que notre nouveau chef de clinique n'est pas un fervent partisan des méthodes naturelles. S'il était là, Lucy Williams serait déjà sous perfusion d'ocytocine pour accélérer le travail.

— Rory Donovan ? Ça m'étonne. J'ai travaillé avec lui autrefois. Le seul reproche qu'on puisse lui faire est d'être trop méticuleux, mais je peux t'assurer que c'est un gynécologue hors pair.

— Je ne prétends pas le contraire. Il jouit d'une excellente réputation et tous les bébés qu'il a mis au monde se portent à merveille, que je sache. Son taux de césariennes est simplement plus élevé que le mien, c'est tout — à l'époque où j'exerçais en tant qu'obstétricienne à part entière, amenda-t-elle, sourire amer à l'appui. Bref, je ne pense pas qu'il aurait laissé Lucy dépasser son terme de dix jours.

Elle observa Ally d'un air intrigué.

— Tu le connais bien ?

Ally haussa les épaules d'un air désinvolte. Pas question de dire à Rinska que ce cher Rory rattrapait en ce moment même son décalage horaire entre ses draps généreusement arrosés de « Passion Sauvage ».

— On habitait la même maison sur la plage.

Rinska haussa les sourcils.

— Avec trois autres médecins, s'empressa d'ajouter Ally. J'avais acheté cette villa quand j'étais étudiante. Au fil des ans, j'ai perdu le compte de tous les collègues, internes et étudiants qui y ont défilé. Rory faisait partie de mes locataires.

— Tu as acheté une maison sur la plage alors que tu étais étudiante ! s'étonna Rinska en remplissant un dossier de ses flamboyants hiéroglyphes. Mais comment as-tu fait ? Moi, quand j'étais à la fac, je n'aurais même pas pu m'offrir un cabanon de plage, *a fortiori* une villa !

— Pourtant, crois-moi, je ne roulais pas sur l'or. Comme à chaque rentrée, moi et mes camarades, on cherchait des logements à des loyers abordables. Le parcours du combattant. Or, ma grand-mère venait de décéder en me laissant un petit héritage — pas des millions, juste de quoi constituer un apport pour un prêt. J'ai vu cette maison et j'en suis tombée amoureuse. Son prix était astronomique, même pour l'époque, mais elle était située face à la mer, avec une vue de rêve ! J'ai fait mes calculs : si je prenais trois locataires, ça me permettrait de payer mes études tout en remboursant l'emprunt. Voilà comment je me suis retrouvée à une vente aux enchères pour la première fois de ma vie. Dieu merci, il n'y avait pas de milliardaire américain dans la salle pour surenchérir.

— La maison doit valoir une fortune maintenant ?

— Sans doute.

Mais elle n'avait aucune intention de la vendre. Et il y avait un sujet qui l'intéressait bien davantage. Rory. Elle était curieuse de savoir ce qui se disait sur lui.

— Alors, qu'as-tu entendu d'autre sur notre nouveau chef de clinique ?

— Simplement qu'il n'aime pas les accouchements qui s'éternisent. Quand il peut donner un petit coup de pouce à la nature, il ne se gêne pas. Je me demande s'il va s'intégrer à notre équipe.

— Il s'y intégrait très bien avant.

— Mais il n'était qu'interne. Et tout le monde sait qu'un interne n'a pas le droit à la parole. Tout juste est-il autorisé à penser. Non, crois-moi, le Dr Donovan risque de nous réserver des surprises.

— De toute façon, nous serons bientôt fixées.

Incroyable. Dans quelques heures, Rory arpenterait ce couloir, entrerait dans la salle de repos des sages-femmes, donnerait des ordres, superviserait leur travail…

— S'il a choisi de revenir à Bay View, c'est sans doute en connaissance de cause. Il sait bien que ce n'est pas un établissement doté d'un haut plateau technique avec un taux d'interventions élevé, comme en plein Melbourne. Ici, on est à l'écart de l'affluence urbaine sans être précisément à la campagne.

— C'est à l'œuvre qu'on verra le bonhomme, dit Rinska

avec sa rudesse coutumière dont Ally ne s'offusquait plus depuis longtemps.

Elle referma son dossier.

— Quand finis-tu ?

— Dans une demi-heure. Je vais voir où en est Mme Williams puis je ferai peut-être un crochet par la chambre de Kathy avant de passer le relais.

— Comment va-t-elle cet après-midi ?

La voix de Rinska, d'habitude si sûre d'elle-même, marquait une hésitation.

— Toujours pareil.

— Elle continue à m'en vouloir ?

— Elle en veut à tout le monde — au brancardier qui l'a transportée au bloc, aux infirmières ainsi qu'au gynécologue qui l'a opérée. Et à toi aussi.

Ally sourit pour tenter de réconforter son amie.

— Rinska, tu n'as absolument rien à te reprocher. Tu n'as fait que ton devoir.

— Je sais. Mais va l'expliquer à Kathy. En un sens, elle a raison : je ne lui ai sans doute pas suffisamment expliqué la gravité de la situation. C'était pour ne pas l'affoler davantage. Je pensais qu'elle s'en rendait compte.

— Non, elle ne voulait pas voir la réalité en face.

Tout médecin expérimentée qu'elle fût, Rinska avait plus que jamais besoin du soutien de ses collègues. Ally lui prodiguait le sien sans réserve.

Le cas de Kathy Evans faisait grand bruit dans le service de maternité. Il y a trois jours, elle avait donné naissance à un superbe garçon. La maman et le bébé se portaient bien, mais l'accouchement ne s'était pas déroulé selon les souhaits de Kathy qui ne manquait pas une occasion d'exprimer, en des termes virulents, sa déception et sa rancœur à qui voulait l'entendre. Sa vindicte était dirigée en particulier contre Rinska qui avait suivi son accouchement.

Quelques années auparavant, pour son premier enfant, Kathy avait dû subir une césarienne car le bébé était trop gros. Avocate acharnée des naissances naturelles sans intervention médicamenteuse ni chirurgicale, elle avait tenu cette fois-ci à ne pas répéter la même « erreur ». En règle générale, il n'y avait aucune raison d'accoucher deux fois de suite par césarienne, mais étant donné l'étroitesse du bassin de Kathy, le gynécologue avait émis des doutes. Devant l'insistance de sa patiente, il lui avait accordé la possibilité de démarrer le travail normalement.

Hélas, le même problème s'était répété. Bien que le bébé fût plus petit, l'utérus de Kathy n'avait pu se contracter suffisamment. Devant des signes alarmants de détresse fœtale, Rinska qui n'était pas autorisée à opérer avait appelé le Dr Davies pour pratiquer une césarienne d'urgence.

— Rinska, tu n'avais pas le choix ! Et tu sais que je suis une ardente militante des accouchements sans intervention médicale, tu peux donc me croire. On t'aurait accusée de négligence si tu avais attendu plus longtemps pour biper le médecin chef.

— A force d'entendre les gens me le répéter, dit Rinska avec un sourire las, je finirai peut-être par m'en persuader. Depuis trois jours, je ne cesse de me repasser le film de l'accouchement dans ma tête et je ne vois pas ce que j'aurais pu faire d'autre, sauf peut-être expliquer plus clairement la situation à Kathy.

Ally secoua la tête, consternée. Malgré son accent à couper au couteau, Rinska maîtrisait fort bien l'anglais et trouvait toujours le temps et les mots pour informer les patientes, même dans les circonstances les plus dramatiques. Et voilà qu'elle se mettait à douter d'elle-même, à cause des accusations sans fondement de Kathy.

Tournant la tête pour vérifier que personne ne se trouvait à proximité, Rinska baissa la voix.

— Je crois qu'elle va porter plainte.

— Eh bien, qu'elle le fasse !

Malgré son ton léger, Ally n'en menait pas large pour son amie. Dans sa situation d'immigrée en passe d'être naturalisée, une enquête formelle des services hospitaliers tomberait au plus mal.

— Tous ceux qui étudieront les tracés de la tocographie et le compte rendu de l'accouchement verront que tu n'avais pas d'alternative. Et si jamais quelqu'un devait passer devant une commission d'enquête — ce que je ne souhaite pas —, ce serait le Dr Davies. Au bout du compte, c'est tout de même lui qui a opéré.

— Je sais, mais c'est à moi que Kathy en veut. C'est moi qui ai ordonné son transfert au bloc. Elle était déjà sous anesthésie quand le Dr Davies est arrivé. Elle me reproche d'avoir paniqué alors que j'aurais pu encore lui accorder un peu de temps pour accoucher naturellement.

— C'est ridicule. Et faux. Il devenait urgent de délivrer le bébé.

— J'ai tenté de le lui expliquer. Sans succès. Seigneur, si une plainte officielle est déposée contre moi, je pourrai dire adieu à mes chances d'être titularisée. Ne dis rien à personne, Ally, mais je suis en train de remplir une demande pour exercer à Bay View.

— Dans notre service ? Oh, ce serait formidable !

— Ce n'est pas gagné. Il y a encore des tonnes de papiers à remplir, des certificats à faire venir de Pologne. Mais si tout se passe bien, je pourrai exercer pleinement mon métier de gynécologue dans quelques mois. Non que ça me dérange d'être sous les ordres d'un médecin chef qui en connaît moins que moi…

Elles éclatèrent de rire. Ouf, Rinska retrouvait son mordant !

— Tout ira bien, j'en suis certaine, affirma Ally avec une belle assurance. Tu termines quand ?

— J'ai déjà terminé depuis une demi-heure. Ça ne me dit rien de rentrer tout de suite. Je crois que je vais aller au pub. Tu veux venir avec moi ?

Une soirée au pub… Ce n'était pas vraiment la tasse de thé d'Ally, mais c'était préférable à la double séance de cinéma en solitaire. De toute façon, tout valait mieux que de se retrouver en tête à tête avec Rory.

— Va pour le pub ! Je te retrouve tout à l'heure.

Lucy Williams agrippa la main qu'Ally venait de poser sur son ventre.

— Elles font mal ! *Vraiment* mal ! se plaignit-elle. Et le médecin qui me dit que j'en ai encore pour des heures... Je suis peut-être venue trop tôt. Comme les contractions devenaient régulières, j'ai pensé qu'il valait mieux être à l'hôpital au cas où les événements se précipiteraient. Et regardez où j'en suis. Ça progresse à une lenteur d'escargot.

Sous ses doigts, Ally sentit l'utérus de la future maman se contracter.

— Une autre ? Ne retenez pas votre souffle, Lucy. Souvenez-vous de ce qu'on vous a appris en cours. Voilà, respirez lentement, profondément...

Elle attendit que la douleur s'estompe pour prodiguer des encouragements.

— Croyez-le ou non, vous progressez. Quand je vous ai mise sous monitoring hier, vous n'en étiez pas là.

Etant donné que Lucy avait dépassé le terme de plus d'une semaine, elle venait tous les jours se faire examiner afin de vérifier le rythme cardiaque du petit retardataire. Ally ne lui mentait pas. En vingt-quatre heures, le travail avait avancé.

— Le bébé est idéalement placé, le col effacé à 90 %. Il faut simplement laisser votre corps agir. Souvenez-vous de ce que je vous ai expliqué : c'est comme si le bébé essayait de passer sa tête par un col roulé très serré...

Lucy hocha la tête.

— ... C'est ce qu'il tente de faire en ce moment. Puisqu'il s'agit de votre premier accouchement, il est normal que le col de l'utérus ne se dilate pas en s'effaçant. Ça viendra ensuite. Il en va de même pour toutes les premières mamans. Un centimètre, c'est mieux que rien. Les contractions peuvent s'accélérer, entraînant la dilatation, ou marquer une pause, ce qui vous permettra de souffler un peu. En tout cas, je peux vous assurer que le travail a bel et bien commencé.

— J'en ai tellement assez de rester allongée à ne rien faire.

— Pourquoi ne pas vous promener dans le couloir ? La loi de la gravité aidant, ça peut décider bébé à quitter son cocon.

— Et si j'ai une contraction ?

— Vous vous appuierez sur Dean.

Le mari. Qui semblait encore plus angoissé que Lucy.

— Les gens penseront que je suis folle. Faire une promenade en plein travail ! D'autant que je risque de hurler et de me comporter de manière pas très digne.

— Si vous croyez que vous serez la première ! Des futures mamans arpentent ce couloir tous les jours. Demain, il y en aura une autre à votre place. Vous la verrez passer de votre chambre tandis que vous tiendrez votre enfant dans les bras et vous vous direz : « La pauvre. Je sais ce que c'est. » Marcher peut accélérer le travail. Ensuite, vous pourriez prendre un bain pour détendre vos muscles, ce qui atténuerait la douleur. On essaie ?

Lucy acquiesça et se redressa à grand-peine pour enfiler sa robe de chambre.

— Serez-vous de garde cette nuit, Ally ?

— Non. Je m'en vais bientôt. Mais je serai de retour demain à 7 heures. Pour dire bonjour au petit ou vous assister dans la dernière ligne droite.

— Que le ciel vous entende ! Ai-je vraiment dit que je ne voulais pas d'une péridurale ?

— Oui. Mais rien n'est gravé dans le marbre en salle d'accouchement.

*
* *

Ni dans la vie, songea Ally en sortant de sa voiture à minuit passé, la tête encore bourdonnante des accents de Rinska et du tintamarre du pub. La maison était plongée dans l'obscurité. Fouillant dans son sac pour en extraire ses clés, Ally ouvrit la porte.

Une odeur de pizza froide flottait dans l'air. Ainsi que les ronflements de Rory qui emplissaient le bungalow. Soudain assaillie par ses souvenirs, Ally s'assit sur la première marche de l'escalier pour enfouir son visage dans ses mains et laisser libre cours à ses larmes.

D'habitude, Rory ne ronflait pas. Mais quand ça lui arrivait, il faisait trembler les murs. Ally avait passé plus d'une nuit sur ces marches en compagnie des petites amies successives de Rory, à jouer aux cartes, à leur expliquer que cela ne lui arrivait pas si souvent. Il ne ronflait qu'en cas d'extrême fatigue ou comme, par exemple, lorsqu'il avait fêté la victoire en finale du tournoi des six nations de son équipe de rugby — ce qui n'arrivait pas tous les ans. En règle générale, Rory ne buvait pas. Il respectait trop ses patientes pour risquer une gueule de bois le lendemain d'une soirée trop arrosée.

Ally avait également passé des heures dans cet escalier avec les conquêtes de Rory pour les consoler quand tout était fini. Kleenex à portée de main, elle avait écouté et compati tandis qu'un joli minois noyé sous des rigoles de mascara la suppliait de lui dire où elle avait échoué.

« Nulle part, lui répondait Ally. C'est Rory, le problème, pas toi. Quoi que tu fasses, tu ne pourras le retenir. »

Dès le début, Rory les prévenait : « Ne comptez pas faire votre vie avec moi. On n'est ensemble que pour s'amuser, le temps que cela durera. »

En général trois à quatre semaines. Le roulement était rapide parmi les demoiselles en perdition dans l'escalier.

Le regard d'Ally accrocha un sac en papier posé sur la console du vestibule. Il provenait d'un magasin duty free de l'aéroport. Ally se leva pour allumer et déchiffrer ce que Rory y avait inscrit de ses pattes de mouche de médecin :

« Renonce à t'attendre. Vais me coucher. J'espère que le petit cadeau te fera plaisir. »

Ally sursauta à la vue de l'emballage familier contenant un flacon de ce qui avait été jadis son parfum favori.

Jadis. Depuis le départ de Rory, elle avait relégué sa bouteille au fond du placard de la salle de bains.

Elle ouvrit la boîte et se vaporisa quelques gouttes au creux du poignet. La fragrance capiteuse monta à ses narines et acheva de la bouleverser tandis que les souvenirs la submergeaient : les bras de Rory autour d'elle, ses lèvres enflammant chaque zone sensible de son corps, les mots si intimes murmurés à son oreille durant leurs ébats.

Entre autres, il lui avait confié que son parfum le rendait fou, qu'il s'attardait exprès dans une pièce après son départ pour le respirer encore…

N'avait-elle pas suffisamment souffert durant ces trois années ? Pourquoi se tourmenter à repenser à cette nuit que Rory avait sans doute oubliée depuis longtemps ?

Rageusement, elle frotta son poignet contre sa manche comme si sa peau était contaminée. Hélas, elle avait ouvert la porte aux souvenirs qui affluaient en vagues si puissantes qu'il était impossible de leur échapper. Souffrant de la punition qu'elle s'infligeait, elle se repassa pour l'énième fois le film de cette nuit. Et la bande-son de leurs dialogues.

« Il me serait facile de rester pour toi. »

« Alors, reste. »

Les valises de Rory étaient bouclées. Un taxi devait venir le chercher à l'aube. Malgré cela, elle lui avait demandé de rester, pensant naïvement qu'il changerait ses projets après cette nuit.

Il était tout de même parti.

Le bruit de la douche qu'il avait prise ce matin-là

résonnait encore aux oreilles d'Ally. Après avoir soigneusement effacé toute trace de son parfum, il était revenu dans la chambre pour s'habiller en silence. Tournée vers la fenêtre, elle avait fait semblant de dormir et entendu son soupir de soulagement quand le taxi avait klaxonné dans l'allée. Il s'était alors penché vers elle pour déposer un baiser sur son épaule.

A l'ivresse de la nuit avait succédé la détresse. Puis il avait bien fallu ramasser les morceaux et continuer à vivre sans lui. Les cartes postales épisodiques qu'il lui envoyait au gré de ses pérégrinations américaines avaient été d'un bien piètre secours au cours de cette période et seul son travail lui avait permis de garder le cap. Se concentrant sur sa carrière, elle avait gravi les échelons en un temps record puis commencé à sortir de nouveau, même quand elle n'en avait pas envie. A présent, c'était elle qui choisissait ses cavaliers du samedi soir et s'offrait même le luxe de refuser des rendez-vous.

Et il suffisait à Rory de venir de nouveau squatter sa chambre d'amis, ronfler comme un sonneur, et tout était à refaire ! Elle en était au même point que ce terrible matin d'il y a trois ans.

Seigneur, pourquoi avait-elle accepté de l'héberger ? Deux semaines ! Autant dire une éternité si elle devait revivre de tels tourments quotidiennement.

En tout cas, il ne resterait pas un jour de plus. Qu'il ne compte pas sur elle pour faire comme si de rien n'était et reprendre le fil de leur amitié comme si cette nuit n'avait pas existé ! A moins qu'il n'envisage de la reprendre là où il l'avait laissée. Nue dans un lit.

Un sourire amer flotta sur ses lèvres.

Ally prit une douche éclair, enfila son ample T-shirt et enjamba le string léopard pour ouvrir le tiroir de la commode. Pour une raison qu'elle ne put s'expliquer, elle choisit son slip le plus laid, le plus confortable : une culotte en coton qui montait jusqu'à la taille — un cadeau de sa grand-mère. Si ça n'avait été en souvenir de cette dernière, elle l'aurait jetée depuis longtemps.

Ainsi vêtue, elle se glissa dans ses draps froids, remonta les couvertures sous le menton et ferma les yeux pour tenter de faire le vide et oublier cette journée mouvementée. Demain, elle en aurait une autre tout aussi chargée. Il fallait dormir pour recharger les batteries.

Les ronflements traversaient le mur, passaient sous la porte. Même en plaquant un oreiller sur sa tête, impossible d'étouffer le bruit.

Après quelques minutes, elle renonça à dormir et fixa le plafond, les yeux grands ouverts. Autant l'admettre, ce n'étaient pas les ronflements de Rory qui l'empêchaient de dormir, mais sa présence, de l'autre côté de la cloison.

2.

Ally anticipa la sonnerie du réveil, se doucha et s'habilla en un temps record. Zut, elle avait jeté son lait et son sucre la veille, se souvint-elle une fois dans la cuisine. Et elle n'allait tout de même pas moudre du café aux aurores. Qu'à cela ne tienne, un thé noir avec une cuillère de miel ferait l'affaire.

Un œil fixé sur son vieux toaster paresseux, elle attendait impatiemment qu'il crache ses deux tranches de pain de mie afin de pouvoir expédier son petit déjeuner et filer avant que son invité n'apparaisse.

Les médecins commençaient généralement leur garde plus tard que les sages-femmes. Toutefois, pour sa prise de fonctions, Rory souhaiterait sans doute arriver de bonne heure. En tout cas, rien ne bougeait du côté de sa chambre. Tant mieux, elle roulerait déjà vers l'hôpital quand monsieur émergerait pour prendre sa douche.

Rassemblant ses affaires, ses stylos, son stéthoscope et son badge, elle hésita. Devait-elle aller frapper à sa porte avant de partir ? D'habitude, Rory se levait aux aurores. A cette heure, jadis, il aurait été en train de déguster un plantureux petit déjeuner tout en faisant hurler la radio. Avait-il pensé à mettre son réveil ?

Bien sûr que oui. La veille, il n'avait pas été comateux de fatigue. Les deux cartons de pizza étaient là pour en témoigner. Et il avait eu les idées assez claires pour lui laisser un mot sur le sac de parfum avant d'aller se coucher.

Si d'aventure, il avait oublié de régler son réveil, tant pis pour lui. Elle n'était pas sa nounou.

Comme elle fermait la porte derrière elle à 6 h 45, le remords la saisit. Elle rouvrit le battant pour le claquer, plus brutalement qu'elle n'aurait voulu. Son voisin qui était en train de ramasser son journal sur son perron fronça les sourcils et un concert d'aboiements s'éleva à la ronde, identique à celui qui saluait le passage du facteur.

Si ça ne réveillait pas Rory, c'est qu'il était mort.

— Je vous avais dit que vous seriez dans la dernière ligne droite.

Après avoir pris la relève de la surveillante de nuit, Ally s'était rendue directement dans la salle d'accouchement 2 où Lucy Williams était dans tous ses états.

— Vous m'aviez dit que j'aurais déjà mon bébé ! cria Lucy, son visage congestionné par l'effort. Je n'y arrive plus. Je veux une péridurale. Où est ce maudit anesthésiste ?

La surveillante générale avait assigné Ally en unité post-natale ce matin, mais, devant l'agitation et l'anxiété de Lucy, on avait remanié le tableau de service pour permettre le suivi de l'accouchement par Ally qui connaissait bien la patiente pour l'avoir reçue dans ses cours.

— Il est trop tard pour une péridurale, dit Ally d'une voix ferme tout en consultant les derniers enregistrements tocographiques qui indiquaient la fréquence des contractions utérines. Vous avez déjà commencé à pousser. Ce n'est plus qu'une question de minutes maintenant.

— J'ai tellement mal !

Lucy poussa un hurlement tandis qu'une autre contraction tétanisait son corps.

— Lucy, inspirez profondément et poussez de toutes vos forces. Ne gaspillez pas votre énergie. Poussez malgré la douleur.

— J'aimerais vous y voir ! C'est un supplice !

— Allons, encore un effort.

— La douleur est trop forte.

— Signe que les contractions sont efficaces. Le bébé est presque là. Si on vous administre un analgésique par intraveineuse, il n'aura pas le temps d'agir. Par contre, il risque de ralentir les fonctions vitales de bébé. Voulez-vous du protoxyde d'azote ?

— Je déteste ça !

Les dents serrées, elle se raidit pour affronter une nouvelle contraction tandis que Dean l'encourageait de son mieux. Ally compta jusqu'à dix.

— Parfait. Poussez de nouveau dans la foulée. Vous vous débrouillez très bien.

Pas si bien que ça. Ally était en train de songer à appeler le médecin de garde quand les choses s'accélérèrent. Les contractions s'enchaînèrent sans relâche, ainsi que les imprécations de Lucy, qui devenaient de plus en plus féroces. Qui aurait pu croire que la timide jeune femme, élève modèle des cours de préparation à l'accouchement, possédait un tel répertoire de jurons ?

— Allez me chercher cet anesthésiste de malheur ! rugit-elle. Sinon, je rentre chez moi.

— Bonjour, madame Williams !

Calme comme Baptiste, Rory s'approcha du lit. Devant ce médecin inconnu à la carrure de géant, Lucy resta un instant sans voix à le fusiller du regard.

— Je suis Rory Donovan.

— L'anesthésiste ? Ce n'est pas trop tôt !

— Non, désolé. Je ne suis que l'obstétricien. J'avais envisagé à une époque de me spécialiser en anesthésie, mais j'ai finalement décidé que je préférais mes patientes éveillées.

— Dans ce cas, vous devez être content, dit Dean en lui serrant la main. Il n'y a pas plus réveillée que ma femme. Tout l'étage en profite.

— D'après ce que j'entends, ça a l'air de bien progresser.

Il gratifia Lucy d'un sourire *très* aimable. Incrédule, Ally observa une nouvelle fois le pouvoir de séduction de Rory. Véritable furie crachant des anathèmes quelques secondes auparavant, Lucy se redressa dans son lit pour rendre son sourire à Rory !

— Si vous continuez sur cette lancée, vous pourrez prendre le petit déjeuner à trois. J'ai croisé Win qui préparait les plateaux — ça m'avait l'air bien appétissant. Incroyable qu'elle soit encore là…

Cette dernière remarque était destinée à Ally. Il se tut, le temps de laisser passer une nouvelle contraction puis reprit à l'intention du couple :

— Win est la femme de charge. Elle est là depuis l'ouverture du service. C'est elle qui sert les repas. D'après la tradition, si vous accouchez avant le petit déjeuner, vous êtes en droit de lui demander ce que vous voulez, des toasts, des œufs au bacon… Ça vaut la peine de se dépêcher un peu, non ?

— A qui le dites-vous, marmonna Lucy tout en faisant signe à Dean de lui passer quelques glaçons. Aussi incroyable que cela paraisse, j'ai une faim de loup.

Profitant du répit, Ally se déplaça à l'autre bout de la salle pour préparer la table de réanimation chauffante, comme elle le faisait lors de chaque naissance afin de parer à toute éventualité. Elle était en train d'ouvrir un kit d'accouchement quand Rory la rejoignit.

— Merci de m'avoir réveillé, dit-il d'un ton léger, sans rancune apparente. Si le chien de ton voisin n'avait pas ameuté le quartier, je serais toujours au lit.

— Tu n'avais qu'à mettre ton réveil.

Elle assortit son reproche d'un haussement d'épaules. Non et non, elle n'endosserait pas la responsabilité de *sa* négligence. Monsieur disparaissait de la circulation pendant trois ans puis surgissait sans crier gare et voulait qu'on veille sur lui.

— Je ne suis pas ta mère !

A peine l'avait-elle prononcée qu'Ally regretta cette phrase. Rory n'avait pas de mère. Ni aucun parent. Sa mère était morte quand il était en bas âge et son père avait perdu sa bataille contre le cancer quelques mois avant le départ de Rory pour les Etats-Unis. Dans quelles circonstances sa mère avait-elle disparu ? Ally l'ignorait. Rory n'y faisait jamais allusion, l'assurant qu'il s'en était remis depuis le temps. Pourtant, la malencontreuse remarque l'avait visiblement peiné.

Telle n'avait pas été l'intention d'Ally.

— Excuse-moi, Rory. J'ai parlé sans réfléchir…

— Il n'y a pas de mal. J'ai compris ce que tu voulais dire.

L'expression de son regard démentait son ton désinvolte.

Il retourna auprès de Lucy pour l'examiner. Bien qu'elle ne connût Rory ni d'Eve ni d'Adam, la jeune femme semblait étonnamment à l'aise avec lui comme s'il l'avait suivie durant toute sa grossesse.

Contrairement aux autres hôpitaux où les accouchements se déroulaient dans l'anonymat le plus total — un médecin inconnu surgissait au chevet de la parturiente au moment crucial sans avoir parfois le temps de se présenter —, la politique de la maternité de Bay View consistait à toujours assister la future maman d'un visage familier : une sage-femme ou un gynécologue qui l'aurait suivie lors de ses visites de routine. Rory n'entrait pas dans ce cas de figure, et pourtant, sa présence était bienvenue. Avec ses airs tranquilles et décontractés, il avait toujours su rassurer les patientes ainsi que leurs maris.

Dean ne faisait pas exception à la règle. Depuis l'arrivée de Rory, il semblait plus détendu. A présent, il écoutait religieusement ses explications.

— La prochaine série de contractions sera la bonne. Le moment venu, Dean, je veux que vous encouragiez votre femme à pousser. Tous les deux, vous formez une sacrée équipe.

Comme il s'éloignait du lit, Ally le rattrapa.

— Ne t'éloigne pas trop, dit-elle en sourdine. Tu veux sans doute aller dire bonjour à Win et grappiller un morceau, mais on risque d'avoir besoin de toi très bientôt.

— Je ne vais nulle part.

Joignant le geste à la parole, il se laissa tomber sur le petit canapé d'angle et saisit un journal que Dean avait acheté au marchand ambulant. Il alla directement à la page de l'horoscope.

— Votre enfant sera du signe des Poissons, Lucy. Comme moi. Je vous en félicite.

Le sourire malicieux ôtait toute prétention à la déclaration qui parvint à arracher un rire au couple — le but de la manœuvre. Rory n'avait pas son pareil pour dédramatiser la situation.

Ally avait failli l'oublier : il suivait toujours le dernier acte en entier alors que ses collègues n'arrivaient que pour le grand final. D'aucuns auraient pu juger incongru la présence de cet obstétricien qui levait de temps en temps les yeux de son journal pour dire à la patiente de pousser, mais les futures mamans s'en félicitaient. Le fait d'avoir un spécialiste à proximité, prêt à agir en cas de complication, les rassurait.

Aussi absurde que cela paraisse, Ally l'était aussi, rassurée. Non qu'elle doute de ses propres capacités. Encore un mystère qu'elle était bien incapable d'expliquer : maintenant que Rory était là, elle avait la conviction que tout irait bien.

Que le ciel l'entende.

— Il est temps de se préparer.

Rory enfila une blouse et des gants, mais resta en retrait derrière Ally tandis qu'elle tentait de dégager l'épaule du bébé du périnée. L'enfant était gros, ce qui compliquait la tâche. Une épisiotomie serait peut-être nécessaire, songeait-elle quand Rory lui souffla à l'oreille :

— Glisse le doigt derrière.

Elle lui sut gré de son conseil alors que d'autres médecins auraient pris d'autorité le contrôle des opérations.

— Ça y est.

Le nouveau-né glissa entre ses mains, poussant de vigoureux vagissements avant même de sortir en entier.

— Alors ? dit Lucy, pantelante. C'est un garçon ou une fille ?

Ally déposa le petit corps sur son ventre, reconnaissante à Rory de ne pas répondre pour laisser la surprise au papa et à la maman.

— Une fille. Nous avons une fille !

— Félicitations, dit Rory avec un grand sourire tandis que le nourrisson rosissait à vue d'œil en fouettant l'air de ses minuscules poings.

Lucy la serra contre elle.

— Comme elle est belle !

Elle l'était vraiment.

Les yeux d'Ally s'emplirent de larmes comme chaque fois qu'une nouvelle vie venait au monde. Ces premiers moments de découverte étaient précieux. Le nouveau-né buvait du regard sa maman qui le lui rendait bien. Ally n'aurait rompu le charme pour rien au monde. Elle prit juste une couverture de la couveuse pour en entourer le tendre duo puis vaqua tranquillement à la délivrance du placenta tandis que bébé prenait sa première tétée de colostrum.

Hélas, bientôt, il faudrait l'emporter pour la mesurer, la peser, procéder à l'examen clinique et appeler le pédiatre pour corroborer ses observations. Dans quelques minutes, la petite demoiselle serait lavée et perdrait le vernis blanchâtre, véritable baume protecteur naturel, qui enduisait sa tête et ses cheveux, mais pour l'heure, puisqu'il n'y avait nulle urgence, Ally avait envie de prolonger encore ce moment rare et privilégié qui ne se produisait qu'une fois dans une vie.

Quant à Rory, il s'était éclipsé maintenant que sa présence

n'était plus nécessaire, non sans avoir au préalable tamisé l'éclairage. Cette attention toucha Ally. C'était preuve qu'il se souvenait de la manière dont elle travaillait : pour les naissances matinales, elle laissait toujours les rideaux tirés par égard pour la femme qui avait souffert toute la nuit et avait besoin d'émerger en douceur à la lumière du jour, sans transition brutale.

— Comment vous sentez-vous, Lucy ?

Fascinée par son enfant, elle leva à peine les yeux.

— Elle va bien ?

— Oh oui ! Elle est parfaite, dit Ally en devançant la question que toute mère posait. On va faire les examens d'usage, mais elle m'a l'air en pleine forme. Et vous, Lucy ?

— Eh bien, je me sens… fatiguée. Et je meurs de faim !

— Je vais demander à Win de vous servir le petit déjeuner. Pendant que vous vous restaurerez, j'emporterai cette jeune beauté à côté.

— Puis-je la garder encore un peu ?

— Autant que vous voudrez. De toute façon, Win n'est pas aussi rapide qu'autrefois. Elle risque de prendre un peu de temps.

Comme d'habitude, Win sut parfaitement chronométrer son arrivée, laissant à Lucy et Dean suffisamment de temps pour les premiers câlins de sorte qu'ils ne culpabilisèrent pas quand Ally emporta le bébé pour la myriade de tests postnataux tandis qu'ils dégustaient tranquillement leurs toasts et leur thé. Contrairement à ce qu'avait promis Rory, les œufs n'étaient plus au menu. Depuis trois ans, les règlements en matière d'hygiène alimentaire s'étaient durcis et les repas des patients étaient désormais livrés directement par la cuisine centrale. Le réfrigérateur de l'étage croulait toujours sous les douzaines d'œufs fermiers apportés par Win, mais ils étaient réservés exclusivement au personnel.

Un quart d'heure plus tard, quand Ally entra en salle de repos, elle vit que Rory, attablé devant une montagne d'œufs brouillés et de tranches de bacon caramélisées à souhait, appliquait les nouvelles règles.

— Tout se passe bien ? dit-il, la fourchette suspendue à mi-chemin de ses lèvres.

— Très bien. Hugh, le pédiatre, est en train d'examiner le bébé des Williams.

Elle mit en marche la bouilloire puis s'assit dans le canapé en face de lui.

— Dis donc, pour un médecin, tu n'as pas l'air de faire très attention à ton taux de cholestérol. Il doit crever le plafond.

— En fait, il est plutôt bas.

— A d'autres. J'ai jeté deux boîtes vides de pizza ce matin — le format familial.

— Zut ! C'est ce qu'on appelle des preuves accablantes, dit-il en faisant pleuvoir une pluie de sel sur ses œufs. Sérieusement, Ally, je ne te mens pas. A trente ans — le tournant fatidique dans la vie d'un homme —, j'ai décidé de subir un check-up complet. J'étais déjà résigné à vivre de poisson bouilli et de légumes verts pour le restant de mes jours ; et sais-tu ce que le généraliste m'a annoncé ?

D'un air excédé, Ally leva les yeux du journal qu'elle faisait semblant de lire.

— Non, mais tu vas me le dire…

— Eh bien, je suis en parfaite santé. Je suis, paraît-il, du bois dont on fait les centenaires.

— Tu en as, de la chance ! commenta-t-elle avant de se replonger dans son journal.

— A quelle heure finis-tu ?

— 3 heures.

— Moi, à 5.

— Normal, tu es le chef.

— On pourrait dîner ensemble.

— Je ne peux pas, répondit Ally sans croiser son regard. J'ai un cours de préparation à l'accouchement à 6 heures.

— Félicitations ! Tu aurais dû m'annoncer la bonne nouvelle.

— Idiot. C'est moi qui donne le cours. Les élèves de cette classe ont toutes autour de la quarantaine.

— Oh, la, la, ça va durer des heures ! Plus elles sont âgées, plus elles posent de questions.

Malgré elle, Ally ne put réprimer un sourire. La formule était brutale, mais Rory avait raison. Ce cours-là débordait toujours d'au moins une demi-heure.

— Elles ont toutes une liste. Et les maris de ces dames sont pires qu'elles quand ils s'y mettent, poursuivit Rory que le sujet inspirait. Un jour, l'un d'eux m'a arrêté dans un couloir pour m'interroger sur le massage périnéal comme alternative à l'épisiotomie.

— Et… ?

— Il avait une liste d'huiles essentielles et me demandait de choisir la plus « performante ». Je lui ai dit d'économiser son argent, qu'un bon coup de ciseaux serait tout aussi efficace.

— Tu n'as pas osé !

Rory éclata de rire.

— Bien sûr que non. Je lui ai conseillé l'huile la plus chère de sa liste, ce qui ne m'a pas empêché de pratiquer une épisiotomie sur sa femme deux semaines plus tard.

— Le massage périnéal *est* efficace. Tu as toujours été contre tout ce qui est médecine douce.

— Pas du tout, dit Rory en nettoyant son assiette avec son toast. Le massage périnéal arrive en tête des activités que je recommande…

Ses yeux verts croisèrent ceux d'Ally. Elle détourna les yeux et devint rouge pivoine tandis qu'il terminait enfin sa phrase.

— … aux futurs parents. Il crée de l'intimité et procure du plaisir à la maman qui en a bien besoin, mais je doute qu'il réduise le taux d'épisiotomies.

Machiavélique. C'était le terme qui décrivait le mieux

ce qu'il venait de faire. En ménageant une pause habile, il avait su transformer une conversation médicale en un échange risqué, lourd de non-dits. Risqué pour elle, car il semblait complètement indifférent au trouble qu'il avait suscité en elle.

Pour preuve, il adressa un grand sourire à Win qui venait prendre son assiette.

— Je vais la laver, Win, protesta-t-il pour la forme tandis qu'elle remplissait sa tasse de café. C'est le moins que je puisse faire après ce repas de roi.

Un pacha. Le pire, c'était que les gens aimaient le servir.

— Ne bougez pas, monsieur Rory. C'est un tel plaisir de vous revoir parmi nous.

— C'est un plaisir pour moi aussi, Win. Qu'est-ce qu'on m'apprend ? Que vous allez prendre votre retraite ? Dites-moi que ce n'est pas vrai !

— Hélas, si.

La voix résignée de Win exprimait sa tristesse. Inquiète, Ally tendit l'oreille. Pourvu que Rory ne se mêle pas de ce qui ne le regardait pas… Win était bien plus que la femme de ménage de la maternité. Elle officiait depuis plus de trois décennies avec un dévouement à toute épreuve. Veuve dès la trentaine, elle avait dû élever seule cinq enfants et avait pour ce faire travaillé matin et soir sans jamais s'octroyer de vacances.

Au-delà de ses attributions officielles, elle s'occupait aussi des patientes et du personnel, avec une attention pour chacun. Des tasses de thé apparaissaient comme par enchantement, petites parenthèses ô combien appréciables lors de gardes mouvementées ; et des tranches de cake et de gâteaux faits maison circulaient pendant les accalmies. Certains l'appelaient la bonne fée du service, d'autres « la maman de la maternité ». Car, plus important que son coup de chiffon irréprochable ou ses délicieuses pâtisseries, Win savait prodiguer une écoute digne d'un médecin.

Que de fois Ally l'avait-elle trouvée au chevet d'une

future maman angoissée, en train de la rassurer avec des mots simples et diablement efficaces. Les patientes l'écoutaient car elles reconnaissaient en elle la voix de l'expérience et de la sagesse, bien que Win ne possédât pas une once de savoir médical.

Malheureusement, elle ne pouvait plus tenir le rythme. Ses vieilles jambes ne supportaient plus de faire quarante heures par semaine. Si elle demandait une réduction de ses heures, il lui faudrait signer ce maudit contrat qui permettrait au directeur du personnel de la faire tourner dans tous les services de l'hôpital, au gré des besoins.

— Je ne peux plus continuer ainsi, c'est un fait. L'idéal aurait été de ne travailler que quelques demi-journées par semaine, histoire de conserver la main. Mais la surveillante générale m'a prévenue : elle ne peut absolument pas me garantir que je resterai en maternité. Je risquerais d'atterrir n'importe où, aux soins intensifs ou même aux urgences.

— Ça vous changerait, dit Rory de son ton le plus désinvolte.

Elle aimerait bien l'y voir ! songea Ally qui se préparait à le remettre à sa place, tout chef de clinique qu'il fût.

— Mais si vous y avez bien réfléchi et que vous êtes décidée à défendre votre point de vue, poursuivit-il, battez-vous. Dites-leur que votre place est ici. Le chef de service et tous les médecins vous soutiendront. Après tout, vous travailliez déjà ici alors que l'administrateur n'était pas né ! La direction peut tout de même vous accorder un régime de faveur, n'est-ce pas ?

Il se tourna vers Ally pour chercher son soutien.

— As-tu parlé à la surveillante générale de Win ?

— Bien sûr.

Du regard, elle lui signifiait de laisser tomber. Tous les cadres de la maternité, y compris elle-même, avaient énergiquement défendu la cause de Win auprès de Vivien, la surveillante générale, et de son supérieur hiérarchique, le directeur des ressources humaines. Hélas, la vérité était que ce dernier voulait se débarrasser de Win, jugée trop vieille et trop inflexible. Elle refusait d'aller ailleurs que sa bien-aimée maternité ; eh bien, ce serait la porte ! Si la direction ne lui proposait plus ce service, c'était précisément pour pouvoir la congédier en toute légalité. Vivien avait été chargée de lui annoncer la nouvelle non sans ménagement. Voilà pourquoi Win se voyait contrainte à la retraite.

— As-tu vraiment parlé à son superviseur ? demanda Rory après le départ de Win.

— Tu mets ma parole en doute ?

Le visage d'Ally exprimait son ressentiment. A peine arrivé, Rory semait la pagaille à donner de faux espoirs à Win alors que ses collègues et elle avaient déjà tout tenté pour la maintenir en place. Se croyait-il plus fort ou plus persuasif qu'eux ?

— Pourquoi ne peut-elle rester ?

Un soupir excédé échappa à Ally.

— Je vais te mettre les points sur les i puisque tu ne sembles pas comprendre : elle a fait son temps. Voilà pourquoi. C'est terrible à dire, car nous l'adorons tous, mais Win travaille encore comme il y a trente ans, sans vouloir rien changer à ses habitudes. La direction lui a pourtant dit et répété qu'elle ne pouvait plus cuisiner les produits de sa ferme pour les patientes, mais elle n'en a pas tenu compte. Il a fallu deux avertissements écrits…

— Deux avertissements écrits ! Pour des œufs ! Quand j'ai posé ma candidature pour le poste de chef de clinique, j'ai reçu en retour toutes sortes de statistiques concernant l'hôpital. Figure-toi que le taux d'infections nosocomiales, y compris les empoisonnements alimentaires et les listérioses, était nul dans notre service. Tu entends ? Nul. Ce n'est tout de même pas une coïncidence, mais bien la preuve que les techniques à l'ancienne de Win ont du bon.

— Il n'y a pas que ça, Rory, contra-t-elle, sur la défensive. Tu ne sais pas tout…

— Je ne demande qu'à connaître le fin mot de l'histoire.

C'en était trop. Pour la première fois de sa vie, Ally se leva en laissant sa tasse sur la table.

— Ah non, c'est trop facile ! Tu disparais pendant trois ans, sans te soucier de savoir si nous sommes morts ou vivants, et à ton retour, tu voudrais un compte rendu complet. Eh bien, demande-le à quelqu'un d'autre ! Qu'espérais-tu ? continua-t-elle, s'échauffant. Tout retrouver tel quel ? Sache que les gens changent, les règlements aussi…

Les larmes affluaient à ses paupières. Elle cligna des cils pour les refouler.

— … Si tu t'inquiétais tant pour Win et ses œufs, tu n'avais qu'à rester !

Un silence de mort s'ensuivit. Consciente qu'elle était allée trop loin, Ally refusait pourtant de s'excuser. Cette petite diatribe n'avait pas épuisé sa fureur. Loin de là.

Il avait pâli.

— Ta colère n'a rien à voir avec Win, n'est-ce pas ?

Son ton était incrédule, comme s'il n'osait comprendre ce que cela impliquait.

Un rire amer échappa à Ally.

— A ton avis ?

Pas question en plus de lui faciliter la tâche !

— Tu m'en veux pour…

Point n'était besoin de terminer la phrase. L'atmosphère était soudain devenue irrespirable dans la pièce. Ally avait hâte d'en finir.

— Oublie cela, Rory.

Elle battait en retraite. Tout en se rendant compte qu'elle en avait trop dit.

Autant aller jusqu'au bout maintenant. Avec un peu de chance, elle pourrait crever l'abcès qui la rongeait depuis trois ans.

— C'est juste que…

Elle se passa la main dans les cheveux, à la recherche des mots justes.

— … Je ne parviens pas à faire comme si ça n'avait jamais existé.

— Qui te le demande ? Je voulais t'en parler hier soir.

— Hier soir ?

Un sourire sarcastique déforma la bouche d'Ally.

— Trois ans après les faits ! Ce n'est pas trop tôt. A en juger par la facilité avec laquelle tu t'es éclipsé ce matin-là, cette nuit n'était sans doute pour toi qu'une péripétie parmi d'autres dans ta vie bien remplie de séducteur. Mais il en allait tout autrement pour moi. S'il y a une chose que tu aurais dû apprendre sur moi durant toutes nos années de cohabitation, c'est que je n'étais pas une fille à avoir une aventure d'un soir.

L'heure et l'endroit étaient mal choisis pour vider son sac, mais elle en avait gros sur le cœur.

— Ally, ne va pas croire… Ce n'était pas une aventure d'un soir, tu le sais bien.

— Ah non ? Comment la qualifierais-tu ?

Oubliées, ses larmes. Ses yeux brillaient de colère.

— Tu ne m'as même pas réveillée pour me dire au revoir ! Avant le lever du soleil, monsieur sautait dans son taxi pour filer vers l'aéroport. J'ai attendu quatre mois avant de recevoir quelques malheureuses lignes au dos d'une carte postale. Avoue tout de même que ça n'avait pas beaucoup compté pour toi !

— Ally…

Il vint s'asseoir à côté d'elle.

— A l'époque, ça n'aurait pas marché…

S'il y avait un domaine où Rory ne brillait pas, c'était pour les explications lorsqu'il voulait larguer une fille en douceur.

— … Nous n'avions pas les mêmes objectifs.

— C'est-à-dire ?

Désirait-elle vraiment entendre la réponse ? Elle lui ferait mal, mais lui permettrait peut-être de trouver la paix.

— Nos caractères et nos styles de vie étaient si différents…

Incrédule, Ally l'écouta réciter mot pour mot le laïus qu'il délivrait à ses petites amies. Les demoiselles éplorées de l'escalier le lui avaient en effet maintes fois répété entre deux sanglots tandis qu'elle tentait de les consoler. Et voilà que les mêmes mots lui étaient adressés !

Sauf que personne ne l'attendait avec une boîte de Kleenex pour lui tenir la main et la réconforter.

Impossible de s'effondrer en larmes ni de lui arracher les yeux. Elle l'hébergeait temporairement, et même quand il aurait quitté son toit, ils seraient amenés à se côtoyer au travail pendant des mois voire des années. Un minimum de dignité s'imposait.

— Il suffit de te regarder, Ally, pour savoir que ça n'aurait pas fonctionné entre nous. Tu es une idéaliste…

Tiens, une phrase qui ne faisait pas partie du discours initial. Peut-être l'avait-il ajoutée aux Etats-Unis pour peaufiner son couplet.

— Tu es dévouée corps et âme à ton travail et ta famille. Tu sais exactement où tu vas…

— Je ne vois pas le rapport !

Le front de Rory se plissa. Il commençait à perdre patience.

— Ce que j'essaie de te dire, c'est que ce qui s'est passé entre nous cette nuit…

— … ne se reproduira pas !

Dieu sait que cet aveu lui coûtait, mais il fallait en finir.

— J'ignore si je suis une idéaliste. En tout cas, j'ai des principes que j'ai bafoués cette nuit-là en couchant avec toi.

— Tu es en colère…

— Non. Plus maintenant. Je l'ai été à l'époque. Contre moi-même autant que contre toi. C'était stupide de compromettre une belle amitié, tout ça parce que nous avions un peu le blues, et surtout stupide de ma part de coucher avec un type de son propre aveu allergique aux engagements. Tu as raison, nous voulons des choses différentes. Les aventures d'une nuit, ce n'est vraiment pas pour moi. Ça peut paraître prétentieux, mais je vaux mieux que ça.

— Pas moi ?

Ally ignora la question.

— Mon but est simplement de mettre les choses au clair : j'espère que nous pourrons travailler ensemble en bonne entente, et même redevenir amis. Mais ce qui s'est passé cette nuit-là était une erreur que je n'ai pas l'intention de répéter.

— Compris. Veux-tu que j'aille m'installer ailleurs ? Je peux appeler la résidence de l'hôpital…

— Ce ne sera pas nécessaire. L'essentiel est que le message soit bien reçu.

— Cinq sur cinq, dit-il avec un sourire crispé.

3.

Un soupir aux lèvres, Ally regarda sa montre après le départ de sa dernière élève. Presque 8 h 30. Comme toujours, le cours de préparation à l'accouchement avait largement débordé. Fiona Anderson, enceinte pour la première fois à quarante ans et presque à terme l'avait soumise à un feu croisé de questions, relayée par son mari Mark, tout aussi anxieux qu'elle.

A chaque explication d'Ally, ils en avaient réclamé davantage pour se faire décrire dans les moindres détails tous les cas de figures, y compris les plus critiques, sans se soucier d'effrayer le reste de la classe par l'évocation de ces scénarios catastrophe.

Après avoir tenu pendant plus de deux heures son rôle de professeur avec une énergie et un enthousiasme sans relâche, Ally n'en pouvait plus. Elle se sentait vidée.

Bien qu'elle aimât ses cours qui lui permettaient de mieux connaître ses patientes hors du cadre des examens de routine, elle se demandait parfois si cette activité ne dévorait pas trop de son temps. Comme toutes les sages-femmes qui pratiquaient consciencieusement leur métier, elle prenait à cœur chaque cas particulier, s'appliquait à répondre à toutes les interrogations et à apaiser les angoisses. Résultat : elle était à ramasser à la petite cuillère au bout d'une telle session.

D'un doigt tremblant de fatigue, elle appuya sur le bouton pour rembobiner la vidéo de l'accouchement

— son film de démonstration qu'elle avait vu trente-six mille fois — et s'efforça de rassembler son énergie pour ranger ses affaires et partir.

Hier, elle était parvenue à éviter Rory, mais n'aurait pas le courage d'un nouveau détour par le pub, même si elle n'avait guère envie de le côtoyer sous son toit après l'escarmouche qui les avait opposés en salle de repos. Non, si elle s'absentait de nouveau ce soir, Rory saurait que c'était à cause de lui. Peut-être même devinerait-il le malaise que son retour provoquait en elle.

De toute façon, la question ne se posait pas. Elle était sur les rotules.

La porte s'ouvrit. Fiona apparut dans l'entrebâillement.

— Désolée, Ally. Je sais que vous devez être pressée de rentrer. Je voulais en parler en classe, mais Mark m'a déconseillé de le faire devant les autres…

Fiona baissa le regard vers son énorme ventre qu'elle caressait d'une main tremblante.

— Je me sens si inquiète.

Malgré sa fatigue, Ally se força à revenir en mode professionnel. Il n'y avait qu'à voir le visage de Fiona pour deviner que quelque chose la tourmentait. A quelques jours du terme, il était essentiel de la rassurer car le moral jouait un rôle non négligeable dans le déroulement du travail. Même s'il était tard, Fiona avait raison de revenir pour formuler ses craintes et c'était le rôle d'Ally de tout faire pour les dissiper.

— Où est Mark ?

— Dans la voiture. Je lui ai dit de m'attendre.

— Voulez-vous que j'aille le chercher ?

— Non, merci.

Reniflement de Fiona, visiblement mal à l'aise.

— Alors, quel est le problème ?

La patiente s'installa lourdement sur le siège qu'Ally lui avança.

— L'une de nos camarades de cours a accouché la

semaine dernière. Nous sommes allés la voir cet après-midi pour la féliciter et voir le bébé. Elle et moi, nous sommes devenues amies.

Ally sut aussitôt où Fiona voulait en venir.

— Kathy ?

— Oui. Elle veut porter plainte contre l'hôpital, raconter son histoire aux journaux et à la télévision…

— Désolée qu'elle vous ait ennuyée avec ça.

Le cœur d'Ally se serra à la pensée des conséquences pour Rinska si Kathy mettait ses menaces à exécution.

— J'ai préféré ne pas le mentionner en classe pour ne pas effrayer les autres futures mamans, mais Kathy ne se remet pas de ce qui lui est arrivé, elle qui désirait à tout prix un accouchement naturel sans péridurale ni analgésiques.

Les larmes montèrent aux yeux de Fiona tandis qu'elle se tordait les mains sur ses genoux.

— On lui a imposé une césarienne alors qu'elle avait expressément indiqué qu'elle n'en voulait pas. Selon Kathy, les médecins n'en ont fait qu'à leur tête sans tenir compte de ses souhaits. La gynécologue ne parlait même pas l'anglais correctement, paraît-il ; Kathy ne comprenait pas un mot de ce qu'elle lui disait. On l'a pratiquement obligée à signer le formulaire de consentement pour l'opération…

Tenue au secret médical, Ally ne disait rien. Ce n'était pourtant pas l'envie qui lui manquait de rétablir la vérité. D'ailleurs, il était sain de laisser Fiona vider son sac.

— … Mark et moi, nous tenons absolument à un accouchement normal sans intervention médicamenteuse ni chirurgicale. Durant ma grossesse, je n'ai pas pris de paracétamol contre la migraine pour ne pas nuire au bébé, ni même les vitamines que le médecin m'avait prescrites pour renforcer mon taux de fer. J'ai préféré les puiser à des sources naturelles tels les épinards, et mon taux de fer se porte très bien…

Elle défiait Ally du regard et de timoré, son ton était

devenu agressif. Ally qui avait des heures de vol dans le métier sentait la peur derrière les mots.

— … Il est hors de question que mon accouchement dégénère comme celui de Kathy. Je refuse qu'un médecin qui ne me connaît pas décide pour moi et s'arroge le droit d'ouvrir mon utérus.

— Fiona, vous êtes bouleversée, je le comprends. Tout comme je comprends la déception de Kathy, poursuivit Ally qui avait conscience de marcher sur des œufs. Bien entendu, il m'est impossible d'évoquer son cas avec vous, déontologie oblige. Tout ce que je peux vous dire, c'est que je suis moi-même une fervente partisane de l'accouchement naturel — toutes mes collègues en témoigneront. Si j'étais enceinte, je serais terriblement déçue de ne pouvoir vivre pleinement mon accouchement. Ceci dit, la priorité reste tout de même la santé de la maman et du bébé. Dès que les clignotants passent au rouge, on est obligés d'intervenir.

— Soit. Mais je ne veux pas qu'un médecin précipite la…

— Personne ne précipitera quoi que ce soit. Croyez-moi, il n'y a pas deux accouchements identiques — excusez le cliché, mais c'est vrai. Personne n'est en mesure de garantir que le vôtre se déroulera sans intervention, mais je peux en revanche vous assurer que le personnel fera tout son possible pour vous permettre d'accoucher dans les conditions les plus naturelles possibles, si tel est votre souhait.

— Ça l'est. Nous essayons d'avoir un bébé depuis cinq ans, Ally. Sa naissance est un moment dont nous rêvions depuis toujours, et nous sommes décidés à ce qu'elle se déroule dans de bonnes conditions, en accord avec nos convictions.

— Ce sera le cas, dit Ally d'une voix ferme. C'est votre bébé et votre accouchement et le personnel soignant de Bay View mettra tout en œuvre pour vous assurer un accouchement dans les meilleures conditions. Les médecins et les sages-femmes vous tiendront informée au fur et à mesure de la progression du travail et vous disposerez de tous les éléments nécessaires pour prendre les décisions qui s'imposent…

— Comme Kathy ?

Le sarcasme sous-tendait sa voix.

Ally secoua la tête.

— Fiona, je vous ai dit que je ne discuterai pas du dossier de Kathy avec vous. Il va falloir nous faire confiance…

— Confiance ! Comme si j'avais le choix !

Paniquée par l'échéance prochaine, Fiona s'emportait, mais Ally savait que sa colère n'était pas dirigée contre elle. La patiente avait une peur bleue que son corps lui échappe lors de l'accouchement. La visite à Kathy qui avait dû abondamment verser son fiel dans ses oreilles n'avait pas contribué à la rassurer.

— Pardon, Ally. Je ne devrais pas m'en prendre à vous qui avez toujours été si gentille et patiente envers Mark et moi. On a tellement désiré ce bébé, et, au bout de neuf mois, à l'idée que quelque chose aille de travers, je suis…

— Terrifiée ?

Le bras passé autour des épaules de Fiona, Ally la laissa pleurer tout son soûl. Puis elle lui tendit des mouchoirs en papier.

— Mais aussi terriblement excitée, je parie ? Votre réaction est parfaitement normale, et vous avez bien fait de venir m'en parler. Je peux vous assurer que tout se passera bien, conclut-elle en posant la main sur le ventre de Fiona. Pour vous comme pour lui.

— Vous le promettez ?

Impossible. Fiona le savait. Mais l'espoir et la confiance étaient par contre des médicaments qu'Ally était prête à dispenser sans compter.

— Croyez-en mon expérience, tout ira bien. Dans quelques jours, vous tiendrez votre bébé dans vos bras.

*
* *

— Tu es en retard !

Les sourcils froncés, Rory sortit dans le vestibule.

— Quel doux accueil après une rude journée de travail ! ironisa Ally avec un sourire fatigué. Mmm, ça sent bon. Qu'est-ce que c'est ?

— Au départ, c'étaient des escalopes de veau aux champignons et à la crème. Elles doivent être brûlées depuis le temps qu'elles mijotent.

— Tu as fait à dîner ?

Ally se déchaussa et entra dans la cuisine. Ses yeux fatigués s'écarquillèrent à la vue du désordre qui y régnait : des pelures d'oignons et de champignons traînaient sur le plan de travail et le carrelage, des traînées de crème fraîche coulaient le long de la cuisinière, l'évier débordait de vaisselle sale. Preuve au moins que ce n'était pas un plat surgelé. Rory l'avait préparé de ses blanches mains.

— Eh bien, je ne te connaissais pas ces talents !

— Attends de goûter avant de parler de talents. En tout cas, l'exercice m'aura roussi quelques poils. Ta gazinière est un véritable lance-flammes.

Il lui montra un avant-bras fort musclé où quelques poils frisaient en effet étrangement.

— Je peux m'estimer heureux d'avoir encore mes cils.

— Merci de remuer le couteau dans la plaie.

Quel plaisir de pouvoir partager la plaisanterie sans avoir à donner d'explication ! En ami de longue date, Rory connaissait son complexe sur ses cils.

— En quel honneur, ce festin ?

Il lui tendit un verre de vin blanc.

— Pour fêter notre vieille amitié. Et nos retrouvailles. Désolé de ne pas être resté en contact durant ces trois années, Ally.

— Je sais, répondit-elle de manière sibylline en trinquant tout en évitant son regard. Ça fait du bien de te retrouver. Tu n'étais pas obligé de faire la cuisine.

— Ça sera peut-être immangeable.

— C'est l'intention qui compte.

Avec un soupir d'aise, Ally s'assit et se laissa servir. Une escalope même carbonisée valait mieux que le frugal dîner de thé et de toasts qu'elle avait prévu.

— Je meurs de faim.

— Alors, ce cours ? C'était bien ?

D'une main, il égoutta les pommes de terre dans la passoire tandis qu'il prenait une gorgée de vin de l'autre. Séduisant en diable, malgré son torchon sur l'épaule.

— Surtout long.

Elle s'obligea à fixer son verre pour ne pas être prise en flagrant délit de le dévorer du regard.

— Dieu sait que je suis pour la formation prénatale et les échanges entre les futures mères et celles qui viennent d'accoucher, mais ce soir, j'en suis à penser qu'il devrait y avoir un périmètre de sécurité autour de certaines jeunes mamans, un peu comme ces cordons de police qui empêchent l'accès à la scène du crime !

— Pourquoi ? Que s'est-il passé ?

Il s'installa en face d'elle.

— L'une de mes élèves a tenu à évoquer toutes les complications possibles et imaginables, de la dystocie due à la présentation par l'épaule à la grossesse extra-utérine, me demandant ce que les médecins feraient dans tel cas et quelle politique l'hôpital adoptait dans tel autre… Bref, elle était paniquée. Et je sais pourquoi. As-tu rendu visite à Kathy Evans aujourd'hui, la jeune femme qui a accouché par césarienne la semaine dernière alors qu'elle…

— Mmm, ça a l'air bon, Rory ! l'interrompit-il en prenant une voix de fausset censée l'imiter. Oh, regarde, tu as même pensé à ciseler du persil pour en saupoudrer la sauce !

Elle poussa un soupir résigné.

— Pourquoi les hommes espèrent-ils toujours des compliments lorsqu'ils font la cuisine, comme s'ils accomplissaient un exploit extraordinaire ? Je t'ai dit merci, non ?

— Tu n'as rien dit du tout.

— Je suis sûre que si.

Sous le couteau, la viande était tendre. Ally en avala une bouchée et écarquilla les yeux.

— Mais c'est bon ! Délicieux, même…

— Ça va, n'exagère pas. « Merci » suffira.

— Merci.

Pour la première fois depuis ce matin, elle lui adressa un sourire sans réserve. La nourriture et le vin n'y étaient pour rien, bien qu'elle appréciât de pouvoir mettre les pieds sous la table en rentrant. Même le fait qu'il ne partageait pas ses sentiments lui était égal ce soir. C'était simplement agréable de l'avoir en face d'elle, même si ça ne devait pas durer.

— Alors, qu'a fait cette Kathy de si terrible ? demanda-t-il en reprenant la conversation là où il l'avait interrompue. Attends, laisse-moi deviner… Elle fait circuler des histoires horribles sur son accouchement et comment on l'a obligée à signer le formulaire de consentement pour l'opération ?

— En gros, c'est ça. Je vois que tu t'es renseigné. Attention, je reconnais qu'il y a de quoi être déçue. Je le serais aussi si je ne pouvais accoucher par les voies naturelles.

— Pourquoi ? Je ne vois pas quelle différence cela fait au bout du compte. L'essentiel est que la maman et le bébé se portent bien.

C'était bien des hommes de formuler ce genre de remarque.

— Un accouchement est un événement unique dans la vie d'une femme. Kathy voulait vivre le sien jusqu'au bout. On l'en a privée pour lui faire subir ce qu'elle ressent comme une mutilation. Je comprends son amertume. Cela dit, à sa place, je ne m'en prendrais pas au personnel. Elle répand des accusations à tort et à travers et raconte son histoire — sa version bien entendu — à qui veut l'entendre, effrayant toutes les futures mamans qui passent à sa portée.

— Il faut l'en empêcher.

— Comment ? On ne peut guère la museler !

Un sourire amer flotta sur les lèvres d'Ally.

— Dommage. Ça nous éviterait bien des désagréments. Fiona — l'une de mes élèves — m'a dit que Kathy avait l'intention d'alerter les médias sur ce qu'elle considère comme un abus de pouvoir médical.

— Pour diffuser ses calomnies vers une plus large audience et paniquer ainsi toutes les femmes enceintes de l'Etat ?

Manifestement furieux, Rory secoua la tête.

— Ce qui m'ennuie le plus, c'est la manière dont vous prenez tous des gants avec elle. Personne n'ose hausser le ton pour lui dire d'arrêter ses délires.

— Car personne n'a envie d'ajouter son nom à la liste des réclamations.

— Qu'elle ajoute le mien, je n'en ai rien à fiche. Dès demain, je lui parlerai. Et sans mâcher mes mots.

— Je ne te le conseille pas, Rory. Si tu lui demandes de ne pas exprimer son opinion, elle prendra ça pour une tentative d'intimidation et ça ne fera qu'envenimer la situation.

— Bien entendu. Aussi n'ai-je aucune intention de « l'intimider ». Mais rien ne m'empêche de l'informer davantage. Apparemment, elle ignore la chance qu'elle a de s'en être sortie aussi bien, avec un bébé en parfaite santé. J'ai étudié son dossier aujourd'hui : la détresse fœtale était déjà avérée quand Rinska a appelé le Dr Davies. Tout ce qu'on peut reprocher à Rinska, c'est de ne pas l'avoir fait plus tôt.

— Ne va pas dire ça à Kathy !

— Je vais me gêner. Cette femme a besoin qu'on lui rappelle certaines vérités. Rinska lui a laissé amplement le temps d'accoucher par voies naturelles. Si j'avais été le gynécologue de garde, j'aurais déjà envoyé Mme Evans au bloc depuis longtemps.

Il lâcha un soupir excédé.

— Assez parlé boutique. Ce soir, on a mieux à faire.

Ally faillit s'étouffer avec son vin.

— Quoi donc ?

— Ça fait trois ans qu'on ne s'est vus. J'ai des milliers de questions à te poser.

— Et moi, j'en ai autant te concernant, répliqua-t-elle en s'efforçant de cacher son émoi.

— En homme galant, je te laisse commencer.

— Eh bien… Qu'est-ce qui t'amène à Melbourne ?

— C'est le seul endroit que je puisse appeler chez moi, répondit-il en toute franchise. J'ai mis du temps à le comprendre. A la mort de mon père, je m'étais persuadé que je n'avais plus aucune attache ici, rien qui m'y retienne, et que j'étais libre de voguer au gré du vent… Hum, ça doit te paraître un peu confus ?

— Mais non. Je comprends ce que tu veux dire, bien que je n'en aie pas fait l'expérience. Je viens d'une famille si nombreuse que je ne risque guère de me retrouver seule au monde.

Elle se mordit la lèvre devant sa maladresse. La formule était malheureuse, mais Rory ne sembla pas en prendre ombrage. Au contraire, il sourit.

— Ne t'inquiète pas. Je ne vais pas fondre en larmes comme un pauvre petit orphelin. A trente et un ans, je n'ai plus vraiment l'âge du rôle.

Ally n'était pas dupe.

— Arrête de fanfaronner. Je sais ce que tu as traversé.

L'agonie de M. Donovan avait été longue. Chaque soir, après lui avoir rendu visite, Rory rentrait épuisé et donnait à Ally les dernières nouvelles de son père avant de monter se coucher. Il avait supporté cette épreuve, ô combien pénible, seul, sans le soutien d'aucun parent, proche ni éloigné, puisqu'il ne lui restait plus aucune famille. Ally en avait eu le cœur doublement serré pour lui à cause de cela.

— Mais c'est terminé. Ne sois pas aussi sensible, ajouta-t-il en voyant ses yeux s'emplir de larmes. Toujours est-il qu'il m'a fallu presque deux bonnes années pour avoir la nostalgie de Melbourne. Chez soi, ce n'est pas forcément là où on a une maison et de la famille. Ce sont les souvenirs et les amis d'enfance qui vous enracinent à un endroit. Aux Etats-Unis, il m'est même arrivé de me rappeler des gens que j'avais complètement oubliés, comme mes copains de foot au lycée. Je me demandais ce qu'ils avaient fait de leur vie, s'ils étaient chauves, ventripotents, malheureux, mariés — ce dernier point n'ayant aucun rapport de cause à effet avec les autres.

Enfin sur la même longueur d'onde, ils éclatèrent de rire. Dans son quartier, pas un jour ne se passait sans qu'Ally croise une camarade de classe ou une parente. L'annuaire était rempli de cousins aux deuxième et troisième degrés et une année n'aurait pas suffi pour rendre visite à tous ses oncles et tantes, cousins, nièces et neveux. Même si une telle tribu était parfois envahissante, Ally n'aurait voulu changer sa vie pour rien au monde.

— A ton tour maintenant de répondre à mes questions, enchaîna-t-il. Comment vont tes amours ? J'ai entendu dire que tu t'étais fiancée l'année dernière. A Jerard Hawkins.

— C'est faux ! dit Ally en attaquant férocement ce qui restait de son escalope. Nous n'avons jamais été fiancés.

— Tant mieux. Ce n'était vraiment pas un garçon pour toi.

— Ce qui signifie ?

Elle aurait préféré éviter le sujet, mais sa curiosité l'emporta. Et puis, Rory égratignait son amour-propre avec ses jugements à l'emporte-pièce.

— Sans doute penses-tu que je ferais une piètre épouse pour un chirurgien esthétique ?

— En effet, dit-il en la gratifiant d'un sourire qui la laissa bouche bée. Connaissant ta répugnance pour tout ce qui est de près ou de loin invasif, je te vois mal survivre à l'un des cocktails de ce cher Jerard où la conversation porterait essentiellement sur les dernières techniques d'augmentation mammaire ou fessière made in Brazil.

— C'est un domaine complètement différent de notre branche, j'en conviens…

Malgré son ton guindé, elle était d'accord avec Rory. Bien que Jerard fût un chirurgien d'exception, un « artiste » comme l'appelaient ses patientes, il pratiquait par définition des opérations sans justification médicale pour la plupart, si ce n'est satisfaire les caprices d'une clientèle fort aisée qui le rétribuait en conséquence.

A la fin d'une journée émotionnellement et physiquement exténuante, Ally avait toujours eu beaucoup de mal à compatir aux problèmes de surbooking de Jerard qui, succès oblige, ne savait plus où donner de la tête entre ses rhinoplasties et ses liftings, alors qu'un bébé venait de mourir en salle d'accouchement.

— … et tu as raison, admit-elle à contrecœur. Je n'aurais pas fait une épouse très présentable pour Jerard.

— Je n'ai pas dit cela. Il aurait été très fier de t'exhiber à son bras…

Elle ouvrit la bouche pour protester, mais Rory ne lui en laissa guère le temps.

— Je faisais allusion à votre incompatibilité de caractère. Jerard est l'être le plus ennuyeux qu'il m'ait été donné d'approcher. Pas besoin d'anesthésie après lui avoir parlé dix minutes. Ça fait des lustres que je ne l'ai pas vu, mais ça m'étonnerait qu'il ait changé. Quand on est rasoir à ce point…

— Jerard n'est pas rasoir !

— Alors, il s'est fait greffer une autre personnalité. En plus, il se croit sorti de la cuisse de Jupiter. Te souviens-tu de cette soirée que nous avions donnée ici ? Monsieur ne se mélangeait pas avec le *vulgum pecus*.

Ally ne l'écoutait que d'une oreille. Bien que ce fût elle

qui avait rompu avec Jerard il y a fort longtemps, elle se sentait obligée de le défendre.

— Jerard n'est rien de ce que tu prétends. J'admets qu'il snobe parfois les gens qu'il n'aime pas ; il a une manière de les prendre de haut…

Consciente d'en avoir trop dit, elle s'interrompit.

— Ainsi, Jerard ne m'aime pas, conclut victorieusement Rory.

— Ne me fais pas dire ce que je n'ai pas dit.

— Tu viens de le reconnaître.

— Ça y est, tu m'as encore piégée ! L'air de rien, tu n'as pas ton pareil pour me soutirer des confidences.

— Je sais, admit-il en jubilant. Et maintenant, va jusqu'au bout et dis-moi ce qui me vaut l'inimitié de Jerard.

— Tu ne te souviens vraiment pas ?

Rory secoua la tête.

— Quelque divergence de vue à l'hôpital ?

— Je vois qu'il faut te rafraîchir la mémoire : tu as couché avec sa petite amie.

— Seigneur ! Ça remonte à trois ans, bien avant que Jerard et toi vous sortiez ensemble.

— Je ne parle pas de moi !

Mal à l'aise, Ally se tortillait sur sa chaise. Qu'elle le veuille ou non, elle allait devoir aborder le sujet tabou.

— Si Jerard devait éviter toutes tes ex, cela supprimerait la moitié de la population féminine de Melbourne !

— Qui, alors ?

Sans doute passait-il mentalement en revue la longue liste de ses conquêtes.

— Ne me fais pas languir, insista-t-il devant son silence réprobateur. Qui ai-je bien pu détourner de son lit ?

— Je refuse de discuter de cela avec toi.

Comme elle regrettait ce verre de vin doux et traître qui l'avait amenée à parler plus que de raison ! Dans son état de fatigue, elle aurait dû s'abstenir de toute goutte d'alcool. A présent, malgré sa détermination à mettre un terme à cette conversation à hauts risques, elle savait qu'elle était allée trop loin pour en rester là. Et la légèreté avec laquelle Rory prenait les choses la faisait bouillir d'indignation. Autant vider son sac.

— Je n'arrive pas à croire que tu aies pu causer tant de mal sans éprouver l'ombre d'un remords ! Le pire, c'est que tu ne t'en souviens même pas !

— Ally, je te rappelle qu'on est en Australie, un pays où un homme est présumé innocent jusqu'à preuve du contraire.

Il fit mine de se concentrer.

— Si je connaissais le chef d'accusation, je pourrais me défendre.

— Amber Rodgers, lâcha Ally. Elle était infirmière en soins intensifs à l'époque. Et comme si ça ne te suffisait pas, tu as aussi séduit sa collègue et amie…

— Amber !

Sa surprise céda vite la place à l'hilarité. Ally ferma les yeux, déroutée par son attitude. Ne respectait-il donc rien ?

— Oh, Ally ! Est-ce Jerard qui t'a raconté cela ?

— Pas seulement. Tout l'hôpital était au courant. Lors d'une soirée, tu es parti bras dessus bras dessous avec ces deux demoiselles sous le nez de Jerard. L'aurait-il voulu qu'il n'aurait pu pardonner à Amber après cette humiliation publique. Il a été la risée de tous pendant des semaines…

— Le pauvre !

Sans repentir aucun, il osait par-dessus le marché rire aux éclats.

— Maintenant, puis-je vous rapporter les faits tels qu'ils se sont déroulés, votre Honneur ?

Ally secoua la tête, consternée par tant de désinvolture.

— La nuit en question, poursuivit Rory en affectant le ton solennel d'un témoin à la barre, j'assistais à une fête à la résidence des médecins. Etant d'astreinte, je trinquais au jus d'orange. A 10 heures, je m'apprêtais à partir lorsque j'ai aperçu Jerard Hawkins en grande conversation dans le hall avec Mlles Rodgers et Miller. Il y avait de l'orage dans l'air, d'après les éclats de voix… Puis Mlle Rodgers, en larmes, m'a demandé de les raccompagner, elle et son amie, et j'ai accepté.

— Bien sûr…

— Durant le trajet, elles m'ont expliqué que Jerard les avait surprises en train de s'embrasser, et pas comme de bonnes copines si tu vois ce que je veux dire…

Il s'interrompit pour laisser Ally digérer l'information. Les yeux écarquillés, elle n'en revenait pas.

— Non !

— Mais si. Maintenant, comprends-tu pourquoi Jerard avait intérêt à me faire porter le chapeau ?

— Me dis-tu la vérité ?

— Je te dis ce qui s'est passé. Je les ai déposées chez Amber et elles ne m'ont même pas proposé d'entrer prendre un café.

— Oh, mon Dieu !

Il ramassa leurs assiettes pour les porter à l'évier.

— Dis-moi, Ally, combien de petites amies crois-tu que j'ai eues ?

— Pardon ?

— Eh bien, à t'entendre, je ne suis qu'un vil séducteur !

— Ah non, Rory, ne fais pas l'innocent ! N'oublie pas que nous avons partagé la même maison !

— Pendant combien de temps ?

— Trois ans.

— Trois ans…

Sur le point de jeter les restes à la poubelle, il se ravisa pour les verser dans la gamelle de Sheba. La vieille chienne arriva en remuant la queue et Rory la caressa avant de la laisser déguster ce petit bonus à sa pâtée.

Malgré la colère qu'elle éprouvait contre lui, Ally ne put s'empêcher d'être touchée par cette attention. Si seulement il pouvait être aussi respectueux envers les femmes qu'envers Sheba…

— Et combien de trophées ai-je épinglé à mon tableau de chasse en trois ans ?

La formule crue ne fit qu'attiser l'indignation d'Ally.

— Je n'en sais rien. Des dizaines !

— Deux.

— Deux !

Elle eut un rire incrédule. Elle ne voyait plus le visage de Rory qui lui tournait le dos, occupé à faire mousser l'évier.

— Maria, toute belle qu'elle était, avait des parents impossibles qui exigeaient que je régularise la situation au bout de trois mois de liaison.

— Elle t'adorait. Elle a été anéantie quand tu as rompu.

— Moi aussi, dit-il en rinçant la vaisselle. Mais je n'avais que vingt-quatre ans et aucune intention de me caser avec deux ou trois bambinos, le minimum requis par la belle-famille.

— Et Gloria ? Tu l'as oubliée ? Vous êtes restés ensemble assez longtemps, il me semble. Pourquoi l'as-tu quittée ?

— Parce que j'aimais quelqu'un d'autre.

Une logique imparable à laquelle Ally ne trouva rien à répondre.

— J'ai préféré tout arrêter car ça ne nous menait nulle part.

En homme parfaitement à l'aise dans une cuisine — il avait fait des progrès —, il étala le torchon mouillé sur la poignée du four puis revint s'asseoir en face d'elle.

— Deux petites amies en trois ans, ce n'est pas vraiment un agenda de Casanova.

— Et que fais-tu de cette jeune femme blonde que j'ai trouvée un matin dans la cuisine, habillée d'un de tes T-shirts, en train de dévorer mon muesli ?

Un muesli qu'elle faisait venir à prix d'or de Suisse.

— Elle s'appelait Mandy.

— C'était la copine de mon meilleur ami, Paul, répondit Rory sans se démonter. Si tu t'étais réveillée dix minutes plus tôt, tu l'aurais trouvée en train de dormir sur le canapé du salon. Je ne suis tout de même pas abject à ce point !

Ally ne savait plus que croire.

— Et je me souviens aussi de…

Elle eut beau se creuser la mémoire, aucun prénom ne lui revint. Les visages défilaient par contre. Après chaque soirée — et Dieu sait qu'il y en avait eu —, des jeunes femmes éplorées se réfugiaient dans la cuisine, s'enfermaient aux toilettes pour verser toutes les larmes de leur corps ou fumaient cigarette sur cigarette dans le patio parce que le beau Rory les avait éconduites.

Il les avait éconduites. Zut ! Voilà qui plaidait en sa faveur. Malgré les apparences résolument contre lui, il avait su encore une fois renverser la situation à son avantage en ébranlant ses certitudes.

— Deux ! répéta-t-il. Désolé de te décevoir, et de me décevoir par la même occasion. J'aurais bien aimé être à la hauteur de ma flatteuse réputation. Ally, tu sais comme moi sur quoi ce genre de rumeurs est fondé — des mensonges. La plupart du temps, je laisse courir. Si les gens veulent penser le pire, libre à eux. Ils ne me connaissent pas et leur opinion m'importe peu…

Sa voix tremblait légèrement. L'aurait-elle blessé ?

— Mais toi, poursuivit-il, tu sais qui je suis. Comment peux-tu me croire capable de ce genre de choses ?

— Quel genre de choses ?

Voyons s'il oserait nommer un chat un chat ! Soudain, elle vit clair dans son jeu. En fin stratège, il essayait de l'embrouiller afin qu'elle ne puisse plus démêler le vrai du faux. Raté. Pendant une seconde, elle avait failli se laisser berner, mais elle venait de recouvrer sa lucidité.

— Des aventures d'une nuit.

Il la fixait sans ciller, nullement embarrassé, contrairement à elle.

— Tu as un sacré toupet, Rory…

Sa colère était épuisée. Elle en avait simplement assez

de jouer aux montagnes russes avec ses émotions, de se laisser étourdir par les beaux discours de Rory jusqu'à ne plus savoir comment elle s'appelait.

Secouant la tête, elle se leva.

— Merci pour le dîner, Rory. Je vais sortir Sheba deux minutes puis j'irai me coucher. Souviens-toi de régler ton réveil. Demain, je commence tard, alors il ne faudra pas compter sur moi pour te réveiller.

— Ne t'inquiète pas. Je me lèverai à l'heure.

Malgré son irritation, Ally sentit qu'une excuse s'imposait pour ses paroles maladroites de ce matin.

— Pardonne-moi ma remarque sur le fait que je n'étais pas ta mère. Ce n'était pas très malin de ma part.

— Ally, je sais que tu n'y mettais aucune malice. C'est une formule toute faite. Tu n'es pas la première à me le dire, et tu ne seras pas la dernière.

— Certes, mais étant donné que je connais la situation…

— Laisse tomber. Et ne t'inquiète pas pour Sheba. Je vais l'emmener se promener sur la plage.

— Elle a du mal à marcher.

— On n'ira pas loin. Quelques pas pépères sur le sable, et on rentre au bercail.

— Ça lui plaira, dit-elle sans conviction. Bonne nuit.

— Bonne nuit, Ally.

Pressée de regagner le sanctuaire de sa chambre, elle emprunta le couloir en courant presque. Tout recommençait comme autrefois : en la présence de Rory, elle perdait tous ses moyens comme si les trois années écoulées ne lui avaient rien appris. Pourtant, elle était furieuse qu'il ose la regarder froidement dans les yeux et nier l'évidence. Dire qu'ils en avaient même discuté ce matin !

Comme elle arrivait devant sa porte, il lui cria :

— Cette fois-là ne compte pas !

Même à distance, il lisait dans ses pensées.

Des larmes brûlantes roulant sur les joues, Ally se figea dans la pénombre. Dieu que la vérité faisait mal.

Heureusement, il ne saurait jamais à quel point cette nuit avait compté pour elle.

— Je le sais bien, murmura-t-elle en abaissant la poignée.

— Cette fois-là ne compte pas comme une aventure d'une nuit, Ally. C'était bien plus que ça.

4.

Quel soulagement d'entendre la porte claquer et de ne plus avoir à rester allongée dans sa chambre sans bouger !

Les bips-bips du réveil de Rory avaient tiré Ally de son sommeil. Les dents serrées, elle avait ensuite rongé son frein tandis que le paresseux appuyait maintes et maintes fois sur le bouton de répétition de la sonnerie avant de se décider à se lever pour mettre le cap vers la douche.

Le bruit n'aurait pas dû la déranger. Après tout, elle avait partagé sa maison avec des dizaines d'étudiants et d'internes plutôt bruyants, mais elle avait du mal à reléguer Rory dans la catégorie « simples colocataires ».

Amusée malgré tout, elle l'avait écouté marcher à pas de velours dans le couloir pour ne pas la réveiller, parler à voix douce à Sheba puis trébucher dans l'obscurité et faire un boucan de tous les diables en se cognant au mur. Ensuite, il avait posé la bouilloire sur le feu, tiré une chaise, ouvert des tiroirs, et ponctué son petit déjeuner de toutes sortes de craquements et grincements amplifiés par le silence. En point d'orgue, son biper avait sonné et, deux secondes plus tard, elle l'avait entendu donner des consignes au téléphone de sa belle voix grave.

Tirant sur la laisse de Sheba, Ally essaya d'insuffler un peu d'enthousiasme au vieux labrador.

— Que dirais-tu d'une petite baignade, Sheba ?

Ça ne disait visiblement rien à Sheba.

Assise sur le sable, Ally regarda sa vieille compagne gagner poussivement le bord de l'eau.

C'était l'heure qu'Ally préférait — les véritables joggers avaient déjà fait leur tour de plage, et il faudrait encore deux bonnes heures avant que les vacanciers, mères et enfants débarquent avec leurs campements de parasols et de serviettes.

Au loin, un couple âgé se promenait main dans la main. Ils ramassaient des coquillages et transperçaient du bout d'un bâton quelques méduses échouées sur la grève. Deux surfeurs remontaient le remblai, leurs planches sur le dos. A part eux, il n'y avait âme qui vive.

A cette époque, l'année dernière, Sheba aurait pataugé gaiement dans les vagues. Non, en fait, elle aurait fait trempette et ramené fièrement un morceau de bois flottant. A présent, elle pouvait à peine marcher jusqu'au bord de l'eau. Certains jours, elle accélérait le pas et gambadait un peu, comme pour rassurer sa maîtresse. Pas ce matin. Elle se contenta de renifler quelques algues puis de revenir poser sa vieille tête grise sur les genoux d'Ally, battant le sable de sa queue tandis qu'Ally la caressait, le cœur serré.

Ça aussi, c'était la faute de Rory.

— Il t'a tenue éveillée tard, hier soir, dit Ally en plongeant son regard dans les yeux voilés de l'animal. Crois-moi, je sais ce que c'est. Ne t'inquiète pas. Il ne va pas rester longtemps, c'est moi qui te le dis.

Son regard se perdit vers l'horizon. Elle essaya de puiser dans la vue le calme qu'elle y trouvait toujours. Son estomac était noué par la tension depuis que Rory avait refait surface. Des émotions contradictoires se déchaînaient en elle. C'était bien la preuve qu'en trois ans, elle n'avait rien réglé puisqu'elle se torturait sur cette plage à essayer d'y voir clair dans l'énigme qu'était Rory Donovan. Pourquoi revenait-il maintenant ? Et surtout pourquoi était-elle toujours aussi sensible à son charme ?

Si encore, elle avait eu des flopées de sorties et de rendez-vous… Hélas, elle traversait une période creuse.

Gémissement de Sheba qu'elle interpréta ainsi : « Mais non, tu n'es pas un cas désespéré. » Si Sheba n'avait pas été au bout du rouleau, Ally aurait été cette semaine en train de se dorer sur une plage du Queensland en compagnie de ses amies Becky et Donna. Mais il était hors de question de mettre Sheba dans une pension canine, même quatre étoiles. La mère d'Ally avait bien offert de venir la nourrir tous les jours, mais, en dehors de ses visites, la pauvre Sheba aurait passé quinze jours à se morfondre, seule, dans la maison ou, pire, à tourner en rond jusqu'à tomber d'épuisement.

— Viens, Sheba, on rentre.

La chienne fit un effort pour soulever son corps puis retomba en tremblant de tous ses membres.

— Sheba, s'il te plaît.

Ally s'agenouilla près d'elle pour l'encourager à se mettre debout.

— Allons, ma belle, tu ne peux pas rester ici toute la journée. On n'a que quelques mètres à parcourir pour rentrer.

Comme elle se relevait, la labrador fit de même. La langue pendante, elle remonta péniblement les quelques marches qui menaient au bungalow.

Dans la cuisine, Ally lui versa de l'eau fraîche que Sheba dédaigna. Etalée de tout son long sur le parquet, elle haletait. Sa poitrine se soulevait à un rythme inquiétant.

Ces dernières semaines, Ally avait essayé de ne pas y penser. La politique de l'autruche. Mais si elle aimait Sheba, elle se devait d'affronter la vérité : sa fidèle compagne était sortie pour sa dernière promenade. Elle était trop vieille, trop fatiguée pour pouvoir négocier le petit escalier de la dune.

Mais elle mangeait. C'était bon signe, tenta de se convaincre Ally. Pas étonnant qu'elle soit épuisée puisque

Rory l'avait fait veiller tard. Peut-être même lui avait-il imposé de l'exercice, lancé un bâton que la pauvre bête avait été trop heureuse de lui rapporter.

Ally remplit un verre d'eau qu'elle but d'une main tremblante. La respiration de Sheba se calmait un peu. Peut-être n'était-ce qu'une fausse alerte ?

Toutefois, comme Ally se dirigeait vers la buanderie, son regard accrocha la carte du vétérinaire, posée sur le réfrigérateur. Comment pourrait-elle se résigner à l'utiliser ? Hélas, il allait bien falloir. Sheba ne pouvait continuer ainsi bien longtemps.

— Que fais-tu là-haut ?

Les sourcils froncés, Rory passa la tête dans la réserve où Ally, perchée sur un escabeau, époussetait les étagères.

Elle qui espérait se changer les idées durant sa garde, c'était raté. Un calme plat régnait pour une fois dans le service. Aucune nouvelle arrivée n'était prévue cet après-midi en unité d'accouchement et les futures mamans déjà en phase de travail n'avaient nul besoin de monitoring. Tout allait comme sur des roulettes. Quant aux nouveau-nés, ils avaient tous déserté la pouponnière pour les chambres de leurs mamans et les séances de présentation aux visiteurs.

La plupart du personnel profitaient de l'accalmie pour papoter au poste infirmier autour d'une tasse de café. Rory s'y était trouvé lui aussi quelques minutes auparavant. Ally par contre, guère d'humeur à se joindre aux collègues pour échanger les plaisanteries habituelles, s'était repliée dans la réserve pour s'atteler à cette tâche ingrate qu'elle repoussait depuis des semaines.

— J'essaie de faire de la place, annonça-t-elle sans baisser le regard. La nouvelle aile ouvrira dans un mois et Vivien veut que nous archivions ici tous les vieux dossiers d'admission.

— Pourquoi ?

— Aucune idée. Et je m'en fiche. Elle m'a demandé de m'en occuper quand j'aurais le temps, et c'est ce que je fais.

— Ally, est-ce que tout va bien ?

Sa sollicitude n'arrangeait rien.

Le nez d'Ally commença à couler, signe précurseur des larmes qu'elle retenait à grand-peine depuis ce matin.

— Tu m'as l'air un peu déprimée.

— Mais non. Je suis en pleine forme.

S'efforçant de maîtriser sa voix, Ally pulvérisa une énième giclée de produit détergent sur l'étagère qui n'avait jamais été aussi propre.

— J'ai l'impression que tu m'évites…

— Pourquoi voudrais-je t'éviter ?

D'irritation, elle en ravala ses larmes.

— Quelque chose que je t'aurais dit hier soir t'a peut-être blessée…

— Rory, nous sommes amis et je suis heureuse de te revoir. Mais crois-moi, ma vie ne tourne pas autour de toi.

— Je le sais bien. Mais alors, pourquoi as-tu l'air bouleversée ?

— Parce que je le suis !

Ses yeux bruns le fixèrent, furieux.

— Et devine ? Ça n'a rien à voir avec toi !

Il referma la porte sans demander son reste. Après son départ, Ally poursuivit son nettoyage avec rage, déterminée à ne plus penser à lui. Comment osait-il réapparaître après toutes ces années et se croire le centre de son univers ? Il prenait pour acquis que si elle était triste, c'était forcément à cause de lui !

La réserve fut vidée et nettoyée en un temps record. La colère avait rendu Ally productive. Le revers de la médaille, c'est qu'il allait falloir en sortir. Et pas question d'éviter Rory. Il serait trop content d'avoir raison.

De toute façon, elle n'avait pas le choix : il était l'heure d'effectuer la tournée des lits. Ally passa de chambre en chambre, vérifia les constantes des mamans et des bébés, prodigua ses conseils sur l'allaitement et la fréquence des tétées. Kathy Evans était la seule à ne pas recevoir de visiteurs.

Dès qu'Ally entra dans sa chambre, Kathy écarta Toby de son sein et referma sa chemise de nuit.

— Ne vous arrêtez pas pour moi, dit Ally, souriante, en examinant la feuille de température du nouveau-né. A-t-il sali sa couche depuis mon dernier passage ?

— Un petit pipi, c'est tout.

Le mouvement qu'elle esquissa pour sortir du lit lui arracha une grimace. Bien qu'Ally sût que son aide serait vigoureusement rejetée, elle la proposa.

— Voulez-vous que je recouche Toby ?

Contre toute attente, Kathy lui tendit le bébé. La mine sévère, elle surveilla ensuite les moindres gestes d'Ally qui examina le petit avant de noter ses observations et de le déposer délicatement dans son berceau. Comme il pleurait, elle lui fredonna à voix basse une berceuse.

— Comment vous sentez-vous, Kathy ? demanda Ally en se retournant vers la patiente quand le nourrisson se fut calmé.

— Je me sentirai bien quand je serai rentrée chez moi. Le médecin m'a dit que j'en avais encore pour deux jours, mais j'ai hâte de ramener mon fils à la maison.

— Cinq jours d'hospitalisation, c'est la moyenne après une césarienne. La lactation produit parfois quelques effets indésirables. Laissez-moi examiner vos seins et votre cicatrice.

— Plus tard, si ça ne vous dérange pas…

Une politesse de pure forme. Le ton était belliqueux.

— J'aimerais me reposer.

— Il faut que je prenne vos constantes. Ensuite, je tirerai les rideaux. Si vous voulez, j'accrocherai le panneau pour qu'on ne vous dérange pas. Win vous servira votre thé plus tard.

Un peu radoucie, Kathy hocha la tête.

— D'accord. Allez-y pour les constantes, mais laissez tomber l'examen des seins et de l'abdomen pour le moment. Ça peut attendre.

— Comme vous voudrez, concéda Ally à contrecœur en gonflant le brassard du tensiomètre. Comment se passe l'allaitement ?

— Il se passerait mieux si je n'avais pas une cicatrice de trente centimètres sur le ventre et une perfusion fichée dans le bras. Dieu sait quels poisons je suis en train de transmettre à Toby par ce biais !

Froncement de sourcils d'Ally devant la pression artérielle. Elle sortit son stéthoscope de sa poche pour vérifier le rythme cardiaque et eut confirmation du résultat.

— Y a-t-il un problème ?

— Votre tension est un peu élevée, Kathy. Ressentez-vous des douleurs…

— Dites-moi juste les chiffres. Inutile de me parler comme à une gosse de trois ans !

— 15/9, énonça Ally sans s'émouvoir de l'agressivité de son interlocutrice.

Elle introduisit le thermomètre à infrarouge dans l'oreille de Kathy.

— Et vous avez de la fièvre. 38°. Laissez-vous examiner, soyez raisonnable.

— Pour qu'on me refasse le même examen dans dix minutes ? Non, merci !

Un soupir échappa à Ally.

— Je vais avertir le médecin.

— Assurez-vous que ce ne soit pas Rinska ! lança Kathy d'un ton fielleux tandis qu'Ally se dirigeait vers la porte. Si ma pression artérielle est élevée et qu'elle m'approche, je risque d'avoir une attaque !

*
* *

— Un problème ? s'enquit Rory quand Ally s'approcha du box de l'infirmière d'accueil où il se trouvait en compagnie de Rinska et d'autres médecins.

— Kathy Evans fait de l'hypertension — 15/9 — et elle a de la fièvre.

— Et le bébé ?

Sans attendre sa réponse, il parcourut les résultats des derniers examens cliniques.

— La prise de poids est bonne. Ce petit m'a l'air en pleine forme.

— Il l'est. Il réclame à téter et mouille ses couches régulièrement.

Comme il passait au dossier de Kathy, l'expression de Rory s'assombrit.

— Pourquoi Mme Evans n'a-t-elle pris aucun des anti-douleurs qu'on lui avait prescrits ? Pas même du paracétamol ! Lui as-tu demandé si elle souffrait ?

— Bien sûr. Elle a éludé la question en me reprochant de lui parler comme à une gamine de trois ans. Je n'ai pas insisté. Elle refuse qu'on l'examine.

— Je vais aller la voir, soupira Rinska.

L'idée d'affronter sa patiente la plus difficile ne l'emballait visiblement pas.

Consciente que tous leurs collègues les écoutaient, Ally pesa soigneusement ses mots.

— Il serait préférable que Rory s'en charge.

— A-t-elle refusé de se laisser examiner par moi ?

Le désarroi perçait dans la voix de Rinska.

— Elle a demandé quelqu'un d'autre… Dans les circonstances actuelles, ça vaut mieux.

— Je suis d'accord avec Ally, déclara Rory. Mme Evans vous a pris en grippe, Rinska, poursuivit-il sans tourner autour du pot. C'est totalement injuste, mais le fait est là. Or, il est impératif qu'elle se soumette à un examen.

Il poussa un soupir exaspéré.

— Si quelqu'un avait expliqué à cette femme la chance

qu'elle a d'avoir un bébé en parfaite santé, on n'en serait pas là !

— Crois-tu qu'on ne l'ait pas fait ? Elle est trop remontée pour nous écouter. Ne va surtout pas hausser le ton avec elle, ça ne fera qu'empirer les choses.

— Je n'ai aucune intention de hausser le ton, mais il est temps que quelqu'un remette les pendules à l'heure. Tout le monde tremble devant elle, se fait tout petit, de peur d'une plainte ou d'un procès. Certains évitent même sa chambre lors de leurs tournées.

— Pas moi, protesta Ally. Je vais la voir plusieurs fois durant mes gardes.

— Je ne parle pas de toi. Arrête de te sentir visée. On est en face d'une situation absurde autant que malsaine : une patiente rumine sa rancune et ne se prive pas de raconter des horreurs sur notre service. Et, au lieu de réagir, les médecins courbent l'échine et agissent comme des coupables alors qu'ils n'ont rien à se reprocher. Il y a quelque chose qui ne tourne pas rond, non ?

— Merci de vouloir me défendre, Rory, dit Rinska. Mais n'allez pas vous mettre en danger à cause de moi. Mme Evans est capable de vous traîner en justice.

— Pour lui avoir dit la vérité ? J'aimerais bien voir ça ! Bon, je vais prendre quelques minutes pour me remettre le dossier à la mémoire. Ally, tu peux aller avertir Kathy Evans de ma visite.

Comme elle aurait voulu l'en dissuader ! Hélas, ce n'était pas en son pouvoir. Rory n'était plus un interne, mais un chef de clinique. Son supérieur.

Sans doute vit-il l'angoisse inscrite dans ses yeux car il lui adressa un petit sourire crispé.

— Ne t'inquiète pas. Tout ira bien.

Que le ciel l'entende !

Prenant une profonde inspiration, Ally frappa à la porte de Kathy et entra.

— Le Dr Donovan arrive.

Dans le but de l'amadouer, elle ajouta :

— La prochaine fois que vous allaiterez Toby, appelez-moi. Je vous montrerai une position plus confortable. Avec votre cicatrice, ça ne doit pas être évident. Si vous caliez le bébé contre un oreiller…

— Vous n'avez pas d'enfants, n'est-ce pas ?

Le ton était plus virulent que jamais. Ally se contenta de secouer la tête.

— Alors, gardez vos suggestions. Ça fait trois ans que je donne le sein à Lily. J'ai l'habitude de la nourrir au moment du coucher et n'ai pas de conseils à recevoir d'une femme qui n'a jamais enfanté…

Rory entra dans la chambre.

— Comment allez-vous, madame Evans ? Vous permettez que je vous appelle Kathy ? Je me présente : Rory Donovan, l'obstétricien de garde. Mlle Jameson me rapporte que vous avez de la fièvre et que votre pression artérielle est un peu élevée. Avez-vous mal quelque part ?

— Ally me l'a déjà demandé.

— Et vous ne lui avez pas répondu. J'ai vu que vous ne preniez aucun des analgésiques qu'on vous avait prescrits. Parce que vous craignez de les transmettre à votre bébé par le lait ?

— Il faut bien que quelqu'un s'en inquiète puisque vous, médecins, semblez vous en fiche complètement !

Rory ne réagit pas à la provocation, mais Ally vit ses maxillaires se durcir. Il faisait des efforts pour conserver son calme.

— Il faut que j'examine votre cicatrice. Puis je prendrai vos constantes. Mais d'abord, quelques questions sur votre état général.

Du bout des lèvres, Kathy lâcha des réponses lapidaires. Ensuite, Rory se lava les mains et lui demanda de s'allonger. Kathy s'exécuta bon gré mal gré tandis qu'Ally rabattait la couverture juste ce qu'il fallait et remontait la chemise de nuit de la patiente.

— La cicatrisation se fait bien, déclara Rory. Je ne décèle aucun signe d'infection. Est-ce que ça vous fait mal quand j'appuie ici ?

Signe de tête négatif de la patiente.

— Et là ?

Non plus.

— Redressez-vous. Je vais vous ausculter.

Il lui tendit la main pour l'aider à se rasseoir, mais Kathy, l'ignorant, préféra s'agripper à la poignée fixée au-dessus du lit. Une grimace de douleur déforma son visage.

— Respirez à fond, Kathy, dit Rory en posant la capsule du stéthoscope contre son dos… Bien, pourriez-vous à présent déboutonner votre chemise de nuit pour que j'écoute par devant ?

— Je vais très bien. Laissez tomber.

Devant l'insistance de Rory, Kathy finit par céder.

Face au spectacle des mamelons craquelés et saignants, Rory ne broncha pas d'un cil. Par contre, Ally qui en avait pourtant vu d'autres ne se sentait guère à l'aise. Elle éprouvait de la pitié pour Kathy qui s'était crue obligée de s'infliger cela ; et de la colère envers elle-même pour n'avoir pas été plus ferme dans ses demandes d'examen. Que de souffrances inutiles elle aurait pu lui éviter si elle avait procédé d'autorité sans tenir compte des protestations de la jeune femme !

Mais comment aller contre la volonté d'une patiente qui refusait de se laisser toucher ? Les examens des seins se pratiquaient quotidiennement chez les jeunes mamans. Or, Kathy les avait toujours découragés par des remarques assassines, et c'était en fin de compte son droit.

Rory termina posément son auscultation, enroula son stéthoscope autour du cou puis se relava les mains avant d'examiner avec une extrême délicatesse les seins suppliciés.

— Depuis combien de temps les mamelons sont-ils à vif ?

— Deux jours. Mais la douleur dans les seins n'est apparue que ce matin.

— Pouvez-vous lever un peu les bras ?

Soudain étrangement docile, Kathy obéit. Elle semblait soulagée qu'on ait découvert son problème.

Le calme olympien de Rory qui se gardait de tout jugement y était sans doute pour beaucoup dans le changement de comportement de la jeune maman. Dire qu'Ally avait cru qu'il déboulerait dans la chambre, l'invective à la bouche ! Bien loin de mettre de l'huile sur le feu, il calmait le jeu par une approche toute en douceur.

— Vous souffrez d'une mastite aiguë, Kathy. Il s'agit d'une infection bactérienne qui a colonisé vos seins par les crevasses, d'où la fièvre et les abcès. Les ganglions des aisselles sont gonflés, signe que l'inflammation est galopante. Et la douleur doit être en proportion.

— Ça peut aller.

— Nous allons vous soigner. Mais il faudra attendre la cicatrisation pour reprendre l'allaitement au sein. Entre-temps, vous pourrez tirer votre lait que nous conserverons au réfrigérateur. Bon, je vais procéder à une prise de sang…

— Pourquoi faire ?

— Pour identifier la bactérie et trouver la parade. En attendant les résultats du labo, nous commencerons par des antibiotiques à large spectre.

— Non.

— Kathy, vous avez une infection…

— Je ne prendrai pas d'antibiotiques. Que ce soit clair. Ils passeront dans mon lait et donneront une mycose buccale à Toby. J'ai demandé à mon mari de m'apporter des feuilles de chou. Je les poserai sur mes seins — ça me soulagera.

Devant l'air sidéré de Rory, Ally se dépêcha d'intervenir avant qu'il n'anéantisse les progrès accomplis par quelque sarcasme inopportun.

— Les feuilles de chou ont des vertus apaisantes et

hydratantes, c'est bien connu. On en garde au réfrigérateur. Beaucoup de mamans les utilisent comme remèdes de confort. Mais elles ne peuvent rien contre une infection, Kathy. Vous avez besoin d'antibiotiques.

— J'ai besoin qu'on me fiche la paix ! Sans l'ingérence de votre collègue et cette césarienne de malheur, je serais en ce moment tranquillement chez moi au lieu d'être en train d'attraper des microbes dans votre hôpital. Vous me refilez déjà Dieu sait quoi dans votre perfusion, et maintenant, vous voulez que je prenne d'autres substances chimiques pour me guérir d'un problème que vous avez causé ! Et quand mon bébé sera malade à cause de vos antibiotiques, nul doute que vous ajouterez encore d'autres médicaments à la liste. Vous, les médecins, rien ne vous arrête. Vous décidez, et on doit dire amen. Eh bien, pas moi ! Le consentement éclairé du patient… Laissez-moi rire !

— Kathy, il est temps que nous crevions l'abcès.

Bien que toujours calme, Rory avait durci le ton.

— Ce qui signifie ?

— Depuis votre accouchement, vous avez multiplié les critiques à l'encontre de certains de mes collègues.

— Je vais déposer une plainte en bonne et due forme.

— C'est votre droit le plus strict. Si vous estimez que vous avez subi un préjudice ou qu'on a été négligents dans nos soins, c'est une démarche logique. Je déplore simplement que vous refusiez d'en discuter avec le Dr Davies ou Rinska…

— Pour entendre leurs justifications et leurs excuses ? Non, merci.

— Comme il vous plaira. Mais avouez que votre comportement est déroutant : depuis deux jours, vous souffrez d'une infection que vous cachez à notre personnel. Résultat : le mal a évolué et nécessite maintenant un traitement médicamenteux lourd. A qui la faute ?

Kathy rougissait à vue d'œil. De colère ? De honte ? Sans lui laisser le temps de répliquer, Rory enchaîna :

— Ally, veux-tu me passer le dossier de Kathy ?

Le tour que prenait la conversation ne plaisait guère à Ally. On se dirigeait vers la confrontation ouverte. Bien à contrecœur, elle lui tendit le brûlant dossier qu'il se mit à compulser.

— Vous vouliez à tout prix accoucher par voies naturelles. Les rapports de vos examens prénataux précisent qu'on vous avait avertie que ce ne serait peut-être pas possible.

L'air plus buté que jamais, Kathy fixait le plafond, ce qui n'empêcha pas Rory de poursuivre.

— Le travail a commencé à 2 heures de l'après-midi et vous êtes arrivée chez nous vers 9 heures. Voici le tracé du rythme cardiaque fœtal à ce moment-là.

Il lui tendit le document qu'elle prit du bout des doigts.

— Les pulsations sont un peu rapides, mais celles des bébés le sont toujours. C'est un tracé parfaitement normal. En dessous…

— C'est la tocographie, la fréquence de mes contractions. Ne me prenez pas pour une idiote.

— Je m'en garderai bien. A présent, voici le cardiogramme qui indique le rythme cardiaque de votre bébé juste avant que Rinska décide de vous transférer au bloc : il montre un net ralentissement et même quelques apnées, des arrêts de plus en plus prolongés — le signe d'une détresse fœtale évidente. Toby mettait de plus en plus de temps à se remettre de chaque contraction par manque d'oxygène. A votre entrée au bloc, son cœur parvenait à peine à redémarrer…

Un autre graphe fut exhibé sous les yeux de Kathy qui écouta les explications en silence. Quand elle prit enfin la parole, sa voix tremblait :

— Elle ne m'a pas dit tout cela…

— Rinska vous a pourtant parlé de détresse fœtale.

— Oui.

— Et de la nécessité de sortir le bébé au plus vite ?

Kathy hocha la tête.

— Mais je n'avais aucune idée que la situation était aussi grave.

— Vous n'aviez pas compris que Toby risquait de conserver un handicap neurologique permanent ou même de mourir ?

— Elle n'a jamais prononcé ces mots.

— Auriez-vous voulu qu'elle le fasse ?

— Oui. Non. Je ne sais pas.

Un sanglot échappa à Kathy.

— Cet enregistrement des pulsations cardiaques a été fait à 5 h 30 du matin, et ce dernier à 5 h 55. Il devenait alors urgent de délivrer Toby. Il est né à 6 heures. La césarienne l'a sauvé. Je vois plusieurs explications au fait que Rinska ne vous ait pas expliqué tout cela en détail, graphes à l'appui : d'abord, elle n'en a pas eu le temps car il fallait qu'elle avertisse le Dr Davies et organise votre transfert au bloc. Ensuite, elle ne voulait sans doute pas vous effrayer davantage que vous l'étiez déjà. Enfin, sachant que vous aviez entrepris de multiples recherches sur internet et étiez amplement documentée sur le sujet, elle a dû croire que vous compreniez le bien-fondé de l'intervention. Si elle a limité ses explications, je peux vous assurer que ce n'est en aucun cas en raison de prétendues défaillances en anglais : ce n'est pas sa langue maternelle, certes, mais elle la maîtrise à merveille. Elle était simplement trop occupée à sauver la vie de votre fils pour commenter le déroulement des opérations.

— Si elle m'avait laissé quelques minutes…

La mine inflexible, Rory secoua la tête.

— Le cordon ombilical était enroulé autour du cou de Toby.

— Elle aurait pu le dégager ou le couper.

— Il était trop serré et étranglait votre fils. Une minute de plus aurait suffi à causer l'irréparable.

Le sang avait reflué des joues de Kathy. Acceptait-elle enfin la vérité ?

— N'étant qu'un homme, reprit Rory, je dois vous avouer que je ne comprends pas pourquoi les femmes insistent tant pour accoucher de manière naturelle, même si ça doit leur faire endurer le martyre…

Voilà une remarque dont il aurait pu se passer, songea Ally tandis que Kathy fronçait de nouveau les sourcils.

— … Mais je respecte toujours les désirs de mes patientes et mets tout en œuvre pour leur permettre d'accoucher comme elles le souhaitent, dans la mesure du possible. Allons, Kathy, ne perdez pas votre temps en querelles inutiles. Remerciez plutôt le ciel d'avoir deux enfants en parfaite santé. Vous pouvez être fière de vous.

— D'avoir tout raté ? Pour la naissance de Lily, j'avais eu une césarienne et je voulais à tout prix éviter cela pour Toby !

Ses yeux se mouillèrent.

— Hélas, votre corps en a décidé autrement, dit Rory d'une voix douce. Vous ne pouviez pas accoucher par voie basse, il faut vous faire une raison. Mais vous n'en êtes pas moins mère à part entière, et femme. Et une sacrée bonne femme, si vous voulez mon avis !

A la grande surprise d'Ally, Kathy esquissa un faible sourire. Ce sorcier de Rory avait trouvé les mots qu'elle avait besoin d'entendre.

La jeune maman se mit à pleurer à chaudes larmes. Minée par sa colère et sa rancune, elle avait soumis ses nerfs à rude épreuve durant ces derniers jours. A présent, elle craquait de fatigue et d'émotion. Et la souffrance physique ne la fragilisait que davantage.

— Acceptez-vous les antibiotiques, Kathy ?

— Pourrai-je continuer à allaiter Toby ?

— En théorie, rien ne s'y oppose, mais, conformément à vos craintes, ça pourrait produire des effets indésirables, dont une mycose. Ce que je vous propose, c'est de ne commencer le traitement antibiotique que ce soir. D'ici là, vous allez tirer votre lait que nous garderons au réfrigérateur. La tétine des biberons est en forme de mamelon ; après quelques jours de ce régime, Toby n'aura aucun mal à revenir au sein. Mais ces questions relèvent plutôt de la compétence d'Ally.

— Toby est trop jeune pour développer une accoutumance au biberon. De toute façon, il est indispensable que vous restiez chez nous, Kathy, jusqu'à votre guérison et la reprise de l'allaitement.

— Mais je devais rentrer dans deux jours !

— Pas avec cette infection. Et au cas où Toby montre quelques difficultés à revenir au sein, nous pourrons vous aider plus efficacement si vous êtes sur place.

Silence prolongé de Kathy qui semblait réfléchir. Quand elle prit la parole, c'est à Rory qu'elle s'adressa.

— En fait, j'ai déjà plusieurs bouteilles de mon lait au congélateur chez moi. Je pourrais appeler mon mari pour lui demander de les apporter.

— Vous gardez votre lait au congélateur ? s'étonna Rory. C'est bien la première fois que j'entends ça !

Sentant que le fragile équilibre risquait d'être compromis par quelque remarque intempestive de l'un ou de l'autre, Ally s'empressa d'expliquer :

— Kathy nourrit encore au sein sa fille Lily. Je suppose qu'elle a dû faire des réserves en prévision de son hospitalisation.

La première surprise passée d'apprendre que Kathy allaitait encore sa fille de trois ans, Rory esquissa un sourire admiratif.

— C'est bien ce que je disais, une sacrée bonne femme ! Alors, prête pour la première injection d'antibiotiques ?

— Prête, répondit Kathy en le gratifiant d'un sourire sans retenue.

5.

— J'y vais.

Le n° 7 s'était allumé sur le tableau lumineux : la chambre de Kathy. Ally se leva et tendit le bébé qu'elle était en train de nourrir ainsi que le biberon à Jake, son élève sage-femme.

— Merci, dit ce dernier, visiblement soulagé de ne pas avoir à se rendre chez la redoutable Mme Evans.

Depuis la « mise au point » de Rory, la porte de Kathy était restée obstinément close. Ally qui était allée la voir plusieurs fois au cours de la journée pour vérifier le débit de la perfusion et prendre les constantes l'avait trouvée chaque fois endormie. Normal. Après tant d'émotions et de larmes, elle avait besoin de récupérer.

— Bonsoir, Kathy.

Soucieuse de ne pas déranger la jeune maman qui venait de se réveiller, elle n'alluma pas le plafonnier.

— Comment vous sentez-vous ?

— Mieux. Les analgésiques agissent. Toby s'agite un peu. Pouvez-vous aller chercher mon lait au réfrigérateur ?

— Je vais préparer le biberon si vous voulez…

En lieu et place du refus auquel elle s'attendait, elle eut droit à un hochement de tête. Il y avait du progrès.

— … Les bébés sont parfois déroutés quand maman leur tend un biberon pour la première fois. Ils sentent le lait maternel et ne comprennent pas pourquoi elle les en prive. Parfois, ils ont aussi du mal à apprivoiser la tétine.

Peut-être Toby n'aura-t-il aucun problème — après tout, ce sera votre lait qu'il boira. Mais si vous préférez, nous pouvons le nourrir à votre place…

Surprise que Kathy ne l'interrompe toujours pas, elle poursuivit :

— Afin de vous permettre de vous reposer, on peut même le garder en pouponnière. Il aura ses deux biberons cette nuit et nous vous le ramènerons demain matin quand les antibiotiques auront fait pleinement effet. D'ici là, avec une bonne nuit de sommeil, vous serez…

— Parfait.

Ally eut du mal à en croire ses oreilles. Kathy était une femme transformée depuis son entretien avec Rory.

— En fait, ça m'arrange. Je suis tellement anti-biberons que ça me soulage de ne pas avoir à le lui donner.

— On s'en chargera avec plaisir. Ce petit bonhomme a l'air affamé !

Toby s'agitait si vigoureusement qu'il faisait tanguer le berceau.

— Si l'une des infirmières pouvait le nourrir, je prendrai une douche entre-temps.

— Excellent, approuva Ally. L'eau chaude vous fera du bien. Ensuite, je vous apporterai des feuilles de chou.

Elle enroula le brassard du tensiomètre autour du bras de Kathy.

— La pression artérielle est redevenue normale.

Après lui avoir montré l'écran digital affichant 13/8, elle prit sa température.

— Trente-sept. Etonnant, comme quelques heures de sommeil peuvent tout arranger.

— Les médicaments y sont aussi pour quelque chose.

— Voulez-vous dîner ? J'ai mis votre plateau au frais. Cinq minutes au micro-ondes et je vous l'apporte.

— Je n'ai pas faim.

— Des sandwichs, alors ?

— Plus tard peut-être…

Kathy était mal à l'aise. Ally décida d'aborder le sujet qu'elle évitait.

— Allez-vous mieux depuis votre conversation avec le Dr Donovan ? Avez-vous des questions ?

— Pas vraiment. Il a été très complet dans ses explications. Et direct, sans être brutal. J'ai apprécié, car je n'aime pas qu'on tourne autour du pot.

— Etes-vous convaincue à présent de la nécessité de cette césarienne ?

— Oui, admit Kathy dans un soupir. Et je suis bien obligée de l'accepter. Toute la volonté du monde n'y peut rien quand le corps ne suit pas. Je fais partie de ces femmes qui ne peuvent pas mettre au monde leurs enfants naturellement, voilà tout. C'est ma faute, pas celle des médecins — j'ai mis le temps, mais j'ai fini par le comprendre.

— Ce n'est la faute de personne. Je parlais avec Rory — le Dr Donovan — et il m'a confié qu'il comprenait votre colère. N'importe quelle femme ayant subi un travail de plusieurs heures suivi d'une opération lourde aurait réagi de même. C'est la raison pour laquelle il est si réticent à accorder des essais d'accouchement par voie basse, quand il y a contre-indication, car la plupart des patientes finissent par travailler deux fois plus.

— Je ne le voyais pas sous cet angle.

— On n'émerge pas indemne d'une telle épreuve, d'autant que vous cumuliez le traumatisme physique et la déception de n'avoir pu mettre au monde votre fils comme vous le désiriez.

— Vous êtes gentille de vouloir excuser mon comportement, Ally. En réalité, j'ai été odieuse…

— Disons que vous nous avez donné du fil à retordre.

— Ally ?

Le visage de Rinska apparut dans l'entrebâillement de la porte.

— Désolée de te déranger. On te demande au téléphone.

— Merci, Rinska. J'arrive.

— Rinska…

La voix de Kathy était tendue. A la lueur de la lampe de chevet, Ally vit la jeune maman rougir.

— … Pourrais-je vous parler, s'il vous plaît ? J'aimerais m'excuser.

Ally déposa Toby à la pouponnière et laissa ses instructions à l'infirmière pour le nourrir. Puis elle se rendit sans se presser à la réception pour prendre son appel. Sans doute était-ce la surveillante générale qui voulait faire le point sur l'occupation des lits, à moins que ce ne fût un mari désireux de prendre des nouvelles de son épouse.

— Ally ?

La voix de Rory.

Un brin irritée, elle fixa le combiné. Quel besoin avait-il de la déranger durant son service ? Si c'était pour s'enquérir de l'état d'une patiente, il aurait pu tout aussi bien s'adresser à n'importe quelle sage-femme ou au Dr Davies.

— A quelle heure finis-tu ?

Le froncement de sourcils d'Ally s'accentua.

— Vers 20 heures. Pourquoi ?

— Rentreras-tu directement ?

Quelque chose dans son ton détaché lui fit dresser l'oreille.

— Pourquoi tiens-tu à le savoir ? Est-ce que ça te regarde ? ajouta-t-elle, fatiguée de ce jeu du chat et de la souris qu'il jouait en permanence avec elle.

— Non, bien sûr…

Il semblait déjà moins désinvolte.

— … C'est juste que…

— Viens-en au fait, Rory. J'ai dû laisser une patiente pour venir répondre au téléphone. En tant que chef de clinique, tu devrais donner l'exemple en ce qui concerne les coups de fil personnels. Dois-je te rappeler qu'ils ne sont autorisés qu'en cas d'urgence ?

— C'est en une. Il s'agit de Sheba !

Ces mots calmèrent son irritation, remplacée par l'inquiétude.

— Qu'est-ce qui ne va pas ?

— Ne panique pas. En ce moment, elle dort. Mais quand je suis rentré, elle gémissait et pleurait. Et j'ai compris pourquoi. Elle s'était oubliée sur le parquet. J'ai nettoyé et j'ai voulu la sortir. Elle pouvait à peine mettre une patte devant l'autre… Reviens dès la fin de ta garde, Ally. Sheba a besoin de toi.

— Le vétérinaire est passé l'examiner ce matin, dit Ally d'une voix blanche. Il m'a laissé des anti-douleurs. Peux-tu lui en donner un, s'il te plaît ? J'arrive aussi vite que possible.

— Je lui ai déjà donné un comprimé de tolfédine. Dépêche-toi, Ally.

La gorge nouée, Ally reposa le combiné. Ses yeux se remplirent de larmes, malgré ses efforts pour se contrôler.

— Que se passe-t-il, Ally ? demanda le Dr Davies. Vous m'avez l'air toute retournée.

— C'est Sheba. Elle ne va pas bien. Je sais que ce n'est qu'un chien…

— Rentrez chez vous, dit le médecin chef sans hésiter. Vous êtes toujours la première arrivée, la dernière partie ; je peux bien vous faire cadeau d'une heure. De toute façon, l'équipe de nuit ne va pas tarder.

Ally ne se le fit pas dire deux fois.

Dix minutes plus tard, le cœur lourd d'angoisse, elle remontait son allée à toute vitesse. Rory lui ouvrit et passa son bras autour de ses épaules.

— Elle dort. Je me suis peut-être emballé un peu vite, Ally. Je ne savais pas que tu avais appelé le vétérinaire ce matin. Peut-être l'état de Sheba n'a-t-il pas empiré depuis ?

*
* *

Hélas, Sheba allait plus mal ! Le bras de Rory toujours autour d'elle, Ally s'approcha de la chienne qui battit faiblement de la queue.

— Sheba, ma fille, dit-elle en s'agenouillant près d'elle pour la caresser. Ne t'inquiète pas, je suis là.

Elle se tourna vers Rory.

— C'est la première fois que sa vessie la lâche. Elle doit avoir tellement honte.

— Je la porterai dehors cette nuit si elle veut sortir. Autant de fois qu'il le faudra.

Aurait-elle seulement la force de japper ou de venir gratter à leurs portes pour le demander ?

— Ma Sheba…

Désespérée, elle observait la poitrine haletante du labrador.

— Que me conseilles-tu, Rory ?

— Qu'a dit le vétérinaire ?

— Il va revenir dimanche. Dale connaît Sheba depuis toujours. Nous aurons samedi pour…

Sa voix se brisa. Elle s'efforça de reprendre.

— Il faut que j'aie le courage de mettre un terme à ses souffrances.

— C'est la seule chose à faire. Elle n'en peut plus, Ally. Ce serait cruel de prolonger coûte que coûte sa vie par des médicaments.

— Dois-je appeler Dale maintenant ? Lui dire de venir et…

Des mots impossibles à prononcer. Dieu sait pourtant que son métier lui avait appris à affronter le problème de la mort avec recul et objectivité, mais Sheba était son amie, sa compagne. Toujours présente dans les bons et les mauvais moments, elle lui avait témoigné tout au long de ces quinze ans un amour inconditionnel.

Pour lui faire justice, elle se devait de prendre la bonne

décision. Pourtant, une partie d'elle-même, la plus égoïste, désirait la garder encore un peu auprès d'elle.

— Ecoute, dit Rory, Sheba n'a pas l'air de souffrir pour le moment — l'anti-inflammatoire doit faire effet. Dis au vétérinaire de venir demain. Ainsi, tu auras la nuit avec Sheba.

— Je travaille demain.

Elle refusa de prendre le combiné que lui tendait Rory.

— Tu n'auras pas la tête au travail. Appelle l'hôpital tout de suite pour leur dire de te remplacer — il en est encore temps.

— Et quelle raison invoquer ? « Je m'absente à cause de mon chien » ?

— Et alors ? Il y a pire. A quand remonte ton dernier congé maladie ?

Ally se garda de répondre. Comment lui avouer qu'elle s'était fait porter pâle le jour de son départ pour les Etats-Unis ?

La mort dans l'âme, elle téléphona à la surveillante générale des sages-femmes et exposa son problème. La compréhension et la compassion témoignées par sa collègue achevèrent de la briser.

— J'ai la journée libre.

Le plus dur restait à faire. De ses doigts tremblants, elle composa le numéro de Dale et laissa un message larmoyant sur sa boîte vocale lui demandant de la rappeler.

— Quelle mauviette que cette Ally, doit-il penser. Déjà ce matin, je pleurais comme une madeleine en l'appelant et je n'ai pas arrêté durant sa visite.

— Il a l'habitude.

Ils s'accroupirent de nouveau près de Sheba.

— Veux-tu que je parle à Dale quand il rappellera ?

Elle se surprit à hocher la tête.

— Merci, Rory.

— Je lui demanderai la marche à suivre si elle va soudain très mal durant la nuit.

— Je lui ai déjà posé la question ce matin : en plus des anti-douleurs, je dois alors lui injecter un sédatif — il m'en a laissé une ampoule.

— Il a l'air d'être un bon vétérinaire.

— Excellent. Sa spécialité, ce sont les chevaux. Il a fait construire un hôpital pour eux.

— Mais il soigne quand même les chiens et les chats ?

— Sheba fait partie de ses plus anciennes clientes. Il l'a conservée. Elle est en confiance avec lui.

La sonnerie du téléphone les fit sursauter. Dès que Rory commença à parler à Dale, Ally éclata en sanglots et battit en retraite vers sa chambre pour ne pas effrayer Sheba. Les yeux et le nez rouges, elle en émergea quelques minutes plus tard.

— Il a des opérations en début de matinée, annonça Rory. Il sera là vers 11 heures. D'après lui, tu prends la bonne décision.

Elle hocha faiblement la tête.

— Veux-tu que je porte Sheba dans ta chambre pour la nuit ?

— Non. Ce sera trop loin pour elle si elle veut sortir.

— Alors, je vais t'installer un matelas ici pour que tu puisses dormir à son côté. Si elle veut sortir, tu n'auras qu'à m'appeler. Je la porterai.

Aussi étrange que cela paraisse, elle aurait voulu qu'il lui dise de se reprendre, que Sheba n'était après tout qu'un chien. Sa sollicitude lui donnait envie de pleurer.

— Merci, murmura-t-elle d'une voix à peine audible.

Il tint parole et traîna un matelas dans la cuisine. Et deux fois dans la nuit, il se leva sans protester pour porter la vieille chienne dans le jardin afin de lui permettre de vivre ses dernières heures avec dignité.

6.

— Pourquoi ne demandes-tu pas à ta mère de venir ?

Malgré sa nuit agitée, Rory était frais comme un gardon, rasé de frais et fort élégant dans un costume anthracite. Assise en pyjama sur son matelas, entourée d'une montagne de Kleenex, Ally frotta ses paupières rougies.

— Maman ne sera d'aucune aide. Elle sera pire que moi.

— Si ce n'était pas ma première semaine, je serais resté près de toi.

— Déjà, je trouve que j'exagère de prendre ma journée. Il ne manquerait plus que notre chef de clinique s'y mette aussi ! Et tout ça pour un chien. On ne peut pas faire ça à nos collègues.

Il soupira.

— Je suppose que non. Mais c'est un peu plus qu'un chien. N'est-ce pas, fifille ?

Comme il se penchait pour caresser une Sheba somnolente, Ally crut voir des larmes assombrir son regard.

— Appelle si tu as besoin de moi.

Ally secoua la tête.

— Non. Tu en as déjà fait suffisamment.

Ils ne se dirent pas au revoir. Ally écouta la porte d'entrée se refermer. Où allait-elle trouver la force d'affronter cette journée ? Le mieux serait de s'occuper. Peut-être préparer le plat préféré de Sheba afin de la gâter pour son dernier repas ?

Hélas, Sheba ne voulait qu'une chose, dormir. Epuisée,

Ally fit de même. Elle se réveilla quelques heures plus tard pour constater avec horreur qu'il était 10 heures.

L'heure qui suivit fut la plus longue de sa vie. Il n'y avait rien à faire qu'à caresser la tête fatiguée de Sheba et regarder les minutes s'égrener à la pendule. Les yeux secs. Elle avait versé toutes ses larmes.

Même si elle l'attendait, le coup de sonnette un peu avant 11 heures la fit sursauter.

Par contre, elle ne s'attendait pas à trouver Rory à côté du vétérinaire et de son assistante.

— J'ai demandé à Dale de me passer un coup de fil quand il quitterait son cabinet.

— Tu n'avais pas besoin de venir.

Bredouillant des excuses pour le désordre, Ally les fit entrer dans la cuisine.

— Je sais, mais je voulais être là. Je ne t'ai pas avertie au cas où je n'aurais pu me libérer.

— Voulez-vous être présente, Ally ? s'enquit Dale.

La gorge nouée, elle se contenta de hocher la tête.

— Alors, on va procéder sans attendre. Son état ne va pas s'améliorer et Rory m'a appris qu'elle avait eu hier un petit épisode d'incontinence. Fière et propre comme l'est notre Sheba, elle a dû en être toute retournée.

— Rory l'a portée à plusieurs reprises dans le jardin, depuis…

Malgré ses résolutions, Ally voulut soudain retarder l'instant fatidique.

— Elle a l'air d'aller un peu mieux ce matin. Peut-être pourra-t-elle remonter la pente ?

— Non, Ally, je ne crois pas, répondit doucement Dale. De toute façon, c'est plus charitable d'agir maintenant, sans lui imposer une déchéance physique et des souffrances inutiles.

— Allez-y. Faites-le tout de suite.

Secouée de sanglots, elle regarda l'assistante raser un

petit rectangle de poils sur la patte de Sheba. Puis Dale remplit la seringue.

La tête enfouie dans le cou de sa fidèle compagne, Ally la serra contre elle et la remercia pour tout l'amour qu'elle lui avait donné. Sheba lui lécha la main comme si elle comprenait et la remerciait à son tour. Puis un léger soubresaut parcourut son corps. Ally la sentit se détendre dans ses bras. Elle la tint encore contre elle un long moment avant de se résoudre à la lâcher.

— C'est fini, dit Rory en l'aidant à se relever.

— Vous avez fait ce qu'il fallait.

— Je sais, Dale… Je le devais à Sheba.

Ses larmes s'étaient taries. Elle se sentait soudain étrangement soulagée maintenant que c'était terminé. Cela faisait des mois qu'elle appréhendait ce jour, qu'elle se rendait malade rien que d'y penser. Mais à présent, la vue de Sheba, tranquillement allongée dans son panier comme si elle dormait, l'apaisait.

— Voulez-vous que je l'emmène ? demanda le vétérinaire.

— S'il vous plaît, Dale.

Elle ouvrit son sac pour en sortir son porte-monnaie, mais Dale ne voulut pas entendre parler de paiement.

— Pas pour l'une de mes plus anciennes clientes. Inutile de rester, on trouvera la sortie tout seuls. Allez attendre dans le salon.

Les jambes flageolantes, Ally obéit et alla s'asseoir sur le canapé.

Rory la rejoignit après avoir raccompagné Dale et son assistante à leur jeep. Lui aussi semblait très affecté.

— Ça va ?

— Mieux que je ne le pensais.

Le biper de Rory sonna. Il examina le numéro d'appel, décrocha le téléphone et se fit communiquer le message.

— Il faut que je retourne à l'hôpital. Es-tu sûre que ça ira ?

— Mais oui. Merci pour être revenu — c'était très gentil.

— De rien…

Au lieu de s'en aller, il restait debout au milieu de la pièce, les bras ballants. Jamais Ally ne l'avait vu aussi mal à l'aise.

— Veux-tu que je prenne le panier, l'écuelle et les affaires de Sheba ?

— Non, laisse. Je les remiserai au garage plus tard.

— Alors, à ce soir.

— A ce soir.

Il fit quelques pas vers la porte puis se ravisa et revint vers elle. Sans réfléchir, Ally se jeta dans les bras qu'il lui ouvrait. Elle avait tant besoin de réconfort. Fermant les yeux, elle respira le parfum de sa lotion après-rasage et se blottit contre son épaule. Elle aurait voulu que ce moment dure toujours.

— Je dois y aller…

Malgré cela, il ne bougeait pas d'un pouce et ne desserrait pas son étreinte qui devenait déjà un peu moins consolatrice. Les lèvres de Rory étaient enfouies dans ses cheveux, sa main caressait son dos, la chaleur de son corps traversait son pyjama… De manière insensible, l'amitié commençait à céder la place à quelque chose de plus ambigu.

Le temps semblait aboli. Ally était de retour trois ans en arrière. Il aurait été facile de lever la tête et de lui tendre ses lèvres. La réaction de Rory ne faisait aucun doute dans son esprit : il aurait répondu à son attente.

A défaut de la consoler, ce baiser lui aurait permis d'oublier un instant sa peine. Mais un éclair de lucidité la traversa. Ce matin, elle ne se trouvait pas dans son état normal ; ses émotions en roue libre ainsi que le manque de sommeil étaient propices à tous les débordements. Pas question de compromettre le fragile équilibre de leur camaraderie pour une minute de folie qu'elle regretterait aussitôt.

Jouant la carte de la prudence, ô combien à contrecœur,

Ally repoussa son compagnon et se força à le regarder comme s'il ne s'était rien passé.

— Sauve-toi, Rory, dit-elle d'une voix enrouée par les larmes de la nuit. Et merci encore pour ton soutien.

Rory s'éclaircit la gorge.

— A ce soir, Ally.

Il avait repris son ton désinvolte. Lui aussi jouait le jeu.

— Bonsoir !

La porte d'entrée claqua. Les pas de Rory résonnèrent sur le parquet du vestibule. Ally plaqua un sourire sur ses lèvres pour l'accueillir.

— Mmm, ça sent bon, dit-elle en désignant le grand sac en papier brun qu'il déposait sur la table basse du salon. Tu es passé chez le traiteur ?

— Ne me dis pas que tu n'as pas faim, je ne veux pas le savoir ! Tu mangeras…

Sa voix s'effilocha comme il se rendait compte qu'Ally n'était pas seule.

— Désolé, je dérange peut-être… Mesdames, dit-il en saluant les deux invitées assises sur le canapé face à Ally. Mais on se connaît ! Becky, c'est ça ?

Il sourit à l'amie d'Ally qui revenait dorée comme un petit pain de ses quinze jours de vacances sur les plages du Queensland.

— Salut, Rory ! Ça fait un bail…

— Trop longtemps, c'est vrai.

Le front plissé par l'effort de concentration, il essayait de mettre un nom sur le second visage.

— Ne me dites pas que vous êtes… Donna !

— Depuis quand est-ce qu'on se vouvoie, Rory ? Bien sûr, c'est moi, Donna, en chair et en os. Enfin, nettement moins en chair qu'avant.

— C'est pour ça que j'ai eu du mal à te reconnaître. Tu n'es plus la même femme.

— Trente kilos en moins, annonça fièrement Donna. Admirez le résultat !

Tel un mannequin, elle se leva pour tourner sur elle-même.

— J'ai souffert, mais ça en valait la peine.

— Ça fait du bien de vous revoir, toutes les deux…

Comme s'il se rappelait sa présence, il se tourna vers Ally qui aurait voulu rentrer sous terre en cet instant, horriblement embarrassée d'être encore en pyjama, le visage boursouflé et le cheveu en bataille.

— Tu tiens le coup, Ally ?

— Il le faut bien. Nous étions sur le point de regarder un DVD.

De plus en plus gênée, elle suivit le regard de Rory qui se posait sur les deux bouteilles de vin ouvertes sur la table.

— Ce n'est pas moi qui ai tout bu !

— J'espère bien. Hum, un petit remontant ne serait pas pour me déplaire.

— Tout de suite.

Tout en jetant un coup d'œil un peu affolé à Ally, Donna remplit un verre à ras bord.

— Tiens, dit-elle en le tendant à Rory. Mmm, ce sac dégage un fumet délicieux ! Qu'est-ce que c'est ?

— Une soupe aux vermicelles et des raviolis chinois. S'il n'y en a pas suffisamment pour quatre, je retournerai en acheter.

— Quelle bonne idée !

Elle s'interrompit en voyant Ally secouer la tête.

— Ce ne sera pas utile, Rory, dit Ally. On a déjà dîné.

— Ça ne fait rien. Je vais me changer puis je mangerai dans la cuisine afin de vous laisser voir votre film tranquilles.

Il ramassa le coffret du DVD.

— Titanic ! Pour remonter le moral, il y a mieux.

— Je n'ai pas envie qu'on me remonte le moral. Si tu veux te joindre à nous, tu es le bienvenu.

— Pose du vernis à ongles en prime, proposa la

délurée Donna en agitant sa trousse de maquillage sous le nez de Rory.

— Non, sans façon.

Une réaction en tout point conforme à ce qu'Ally espérait. Jamais Rory ne s'imposerait dans une soirée entre filles.

— A la fin de la séance, par contre, je viendrai distribuer les Kleenex.

— Il n'en reste plus. A la place, on utilisera ça.

Elle lui désigna le rouleau de papier hygiénique posé à portée de main.

Après le repli de Rory vers ses appartements, elles s'installèrent confortablement pour regarder pour la énième fois les tribulations de Jack et de Rose.

— Tout de même, c'était mesquin, murmura Donna tandis que le générique défilait.

— Je suis désolée, rétorqua Becky. Mais rappelle-toi la raison de notre présence ici : pour empêcher Ally de se retrouver en tête à tête avec lui. Et toi, tu ne trouves rien de mieux que de lui faire du charme. « Du vernis en prime », dit-elle en singeant la voix de son amie. Pour des raviolis chinois, tu serais prête à tout !

— Je me fiche bien des raviolis. Avoue tout de même qu'il est craquant ; j'avais oublié à quel point. Quel gâchis de le laisser tout seul dans sa cuisine !

Pendant que ses deux copines se chamaillaient, Ally fit son examen de conscience. Avait-elle été injuste envers Rory, lui qui s'était montré si gentil avec elle ce matin ?

Mais non, conclut-elle. C'était la règle du jeu quand on partageait une maison. On s'éclipsait pour laisser son colocataire recevoir ses amis en paix. Que de fois avait-elle déserté son propre salon jadis pour laisser le champ libre à Rory et ses conquêtes… A son tour à présent d'user de ce privilège.

Dès que Rory l'avait quittée à midi, elle s'était précipitée sur le téléphone pour appeler ses amies à la rescousse. Une chance, celles-ci rentraient de vacances.

« Venez vite, leur avait-elle dit en substance, je ne veux pas rester seule avec Rory ce soir. »

Affolée, elle leur avait ensuite raconté pêle-mêle le retour de ce dernier, la mort de Sheba, la scène du câlin consolateur qui avait failli dégénérer…

Aussitôt, Donna et Becky avaient laissé tomber leurs valises pour venir lui donner un coup de main. En un temps record, elles avaient traversé la ville pour s'installer sur son canapé et jouer le rôle de boucliers humains si d'aventure Rory Donovan décidait de passer à l'attaque.

— Supposons qu'il se passe quelque chose entre vous, dit Donna, ça ne sera pas la fin du monde.

— Tu as oublié dans quel état elle était la dernière fois ? A deux doigts du suicide !

— N'exagère pas, dit Ally. J'étais un peu déprimée…

On ne la faisait pas à Becky. « A d'autres », lui disaient clairement ses yeux.

Eternelle optimiste, Donna n'en démordait pas.

— Peut-être Rory a-t-il changé ? Peut-être s'intéresse-t-il vraiment à Ally maintenant ?

— Dans ce cas, on sera bientôt fixés, trancha Becky. On est mercredi — il n'est là que depuis trois jours, poursuivit-elle en s'adressant à Ally. Le temps nous montrera s'il est sérieux ou s'il cherche seulement à profiter de ta… disponibilité. Dans l'intervalle, évite tout contact physique avec lui. Par exemple, ce n'était pas malin d'aller te coller dans ses bras ce matin !

— Il cherchait à me consoler.

— Drôle de consolation qui aurait pu se terminer dans la chambre à coucher. Crois-moi, moins vous aurez de contacts, moins tu risqueras de replonger. Tu feras comme les alcooliques ou les drogués : l'abstinence est leur seule planche de salut.

— A t'entendre, on croirait que je suis accro à Rory, qu'on se promène main dans la main, qu'on se touche à tout propos. La seule fois où on s'est rapprochés, c'était ce matin.

— C'était la fois de trop. La prochaine fois que tu t'assiéras dans le salon, veille à choisir une chaise, pas le canapé, afin de ne pas prêter le flanc à l'ennemi. Il faut raisonner stratégiquement. Compris ?

— Merci pour tes conseils, Becky.

Tout comme Donna, cette dernière se tourna vers l'écran afin de ne plus perdre une miette du film-fleuve dont elles connaissaient par cœur les répliques.

Ally devait le revoir pour la dixième fois. Il était toujours aussi émouvant que dans ses souvenirs. Mais ce soir, il ne lui arracha pas la moindre larme. Elle garda les yeux secs durant toute la projection tout en distribuant force Kleenex à ses amies qui sanglotaient à fendre l'âme à côté d'elle.

Trois heures plus tard, quand le duo larmoyant eut pris congé, elle fit une incursion dans la cuisine avant d'aller se coucher. Rory s'y trouvait en short et T-shirt, en train de lire le journal tout en mangeant des corn flakes à même la boîte.

— Alors, cette petite séance de cinéma ?

— C'était bien…

Soucieuse d'appliquer les recommandations de Becky, elle ne s'installa pas en face de lui.

— Je suis épuisée, dit-elle en feignant un bâillement irrépressible. Je vais me coucher.

— Pas tout de suite. Je t'ai fait couler un bain.

Il rit de sa surprise.

— Pour décompresser, je ne connais pas de meilleur remède. N'est-ce pas toi qui dis toujours à ta mère : « Rien de tel qu'un bain chaud pour oublier ses soucis » ?

— Je plaide coupable.

— D'autant qu'il est temps d'enlever ce pyjama…

— J'avais l'intention de prendre une douche, qu'est-ce que tu crois ?

Sans le remercier, elle referma la porte de la salle de

bains derrière elle. Ce n'était pas du tout ce qu'elle avait prévu.

Elle retira son pyjama, le jeta dans la panière à linge et s'enfonça dans l'eau délicieusement chaude et parfumée. Au lieu de sels de bain, Rory y avait versé du shampoing — c'était bien d'un homme. Mais le résultat était le même : ça faisait des bulles.

Toutefois, le bain, loin d'accomplir son effet souverain, ne fit que la tendre davantage. Son intention avait été de dire un rapide bonsoir à Rory puis de s'enfermer dans ses quartiers pour y prendre sa douche. Maintenant, il lui faudrait retraverser la cuisine pour gagner sa chambre. Et, horreur, elle se rendait compte qu'elle n'avait pas pris de pyjama de rechange, ce qui signifiait qu'elle allait devoir s'enrouler dans une serviette.

Comme s'il le remarquerait ! Elle aurait pu se promener toute nue qu'il aurait à peine cillé. Becky était persuadée qu'il existait une puissante attirance entre eux et qu'il leur suffisait de se toucher pour faire des étincelles. Hélas, l'attirance fonctionnait dans un seul sens.

Dans l'espoir que Rory finisse par aller se coucher — après tout, il était minuit passé —, elle resta dans l'eau jusqu'à ce que sa peau soit flétrie comme celle d'une vieille prune. Puis elle dut se faire une raison. Après s'être enveloppée de son drap de bain le plus large, elle tenta une percée dans la cuisine où Rory était toujours attablé devant son journal. Elle le contourna comme s'il avait la lèpre et sursauta quand il s'adressa à elle.

— Ça va mieux ?

D'une main tremblante, elle remonta la serviette sur sa poitrine.

— Beaucoup mieux.

— Veux-tu une boisson chaude ?

Sans attendre sa réponse, il tira la chaise à côté de lui. Ally recula comme s'il avait sorti un couteau de sa poche.

— Du calme, Ally. Je ne vais pas te sauter dessus.

Assieds-toi et laisse-moi te préparer un lait chaud avec un peu de miel.

— Inutile de me materner, Rory. Je suis assez grande pour me prendre en charge.

— Bon, dit-il en l'observant d'un air inquiet. Je pensais que tu aurais peut-être envie de bavarder ou de boire quelque chose, mais si tu préfères rester seule, je vais me coucher. Bonne nuit, Ally.

— Bonne nuit, Rory. Merci pour tout, ajouta-t-elle pour se faire pardonner son ton cassant.

— Pas de quoi.

Un sourire forcé aux lèvres, elle s'effaça bien inutilement pour le laisser sortir dans le couloir. Enfin seule, elle poussa un soupir de soulagement. Le danger était passé. La main sur l'interrupteur, elle s'apprêta à éteindre.

— Bonne nuit, Sheba.

Les mots étaient sortis machinalement. Son regard se porta vers l'emplacement où le panier de Sheba se trouvait encore ce matin. Une boule monta dans sa gorge.

Alerté par le bruit de ses sanglots, Rory fit demi-tour. La mine résignée, il la prit dans ses bras.

Heureusement, Becky ne pouvait la voir à moitié nue en train de tremper de ses larmes le T-shirt de Rory. Pour garder ses distances, c'était raté.

— Du vin et un mélo flamboyant n'étaient peut-être pas le programme idéal, dit-il tout en la conduisant vers sa chambre.

— Je n'ai bu que deux verres…

— C'est déjà beaucoup.

Affalée au bord du lit, elle prit docilement le large T-shirt que Rory sortit de sa commode — il connaissait ses habitudes — et ôta sa serviette pour l'enfiler tandis qu'il tournait le dos, soucieux de ménager sa pudeur.

— Au lit.

Il ouvrit les draps. Ally tenta de s'y glisser de manière élégante, mais la manœuvre était malaisée sans sous-vêtement, avec un grand gaillard de deux mètres qui observait le moindre de ses gestes. Tirant la couette sous son menton, elle fixa le plafond.

— Assez pleuré. Demain, tu commences à 7 heures. Alors tu vas me faire le plaisir de dormir.

— Je vais essayer.

Elle ferma les yeux et se mordit la lèvre. Dans deux secondes, il aurait regagné sa chambre. C'était ce qu'elle voulait, n'est-ce pas ? Elle ne savait plus…

Lisait-il dans ses pensées ? Toujours est-il qu'après avoir éteint la lampe de chevet, il s'assit sur le matelas qui se creusa sous son poids. Il lui prit la main et massa lentement sa paume et ses phalanges jusqu'à ce qu'elle se décrispe. Ally noua alors ses doigts aux siens. Comme une amie, tenta-t-elle de se persuader. Comme elle l'aurait fait avec Donna ou Becky si elles étaient restées près d'elle pour l'aider à passer cette première nuit sans Sheba.

— Je vais te laisser dormir.

Ally libéra sa main. Le matelas reprit sa forme initiale.

La chaleur du corps de Rory lui manquait déjà alors qu'il n'avait pas franchi le seuil.

— Reste.

Elle l'avait dit sans réfléchir. D'instinct. Sa propre audace la fit frémir tandis qu'il reprenait place à son chevet.

— Tu veux que je m'étende à côté de toi ? Sur la couverture ?

C'était le genre de choses que ses amies auraicnt fait sans hésiter. Mais impossible de se raconter des histoires, de prétendre que c'était Becky ou Donna qui était assise là près d'elle. Son émoi était là pour témoigner de la différence. Et s'il s'allongeait, ce serait pire.

— Non.

Les larmes aux yeux, elle secoua la tête dans son oreiller tandis que des émotions contradictoires faisaient rage en elle.

— Je ne peux tout de même pas rester assis toute la

nuit, dit-il après de longues minutes, quand il apparut clairement qu'elle n'avait pas l'intention de dormir. Il faut que je me lève tôt demain, moi aussi. Soit je retourne dans ma chambre, soit je m'étends sur ton lit. A toi de choisir.

— Si tu restes, murmura-t-elle en reniflant, on va coucher ensemble et demain, tu seras parti.

Elle devina son sourire dans l'obscurité.

— Je serai parti, c'est vrai. Pour aller à l'hôpital ; et en revenir le soir. Voilà ce que je te propose, Ally : on va dormir ensemble. Je dis bien dormir.

Un mot rassurant qui sonnait comme une garantie. Elle se poussa et se redressa légèrement pour lui permettre de passer le bras sous sa tête.

— Tu as eu une sale journée, dit-il en l'attirant à lui. Maintenant, c'est fini. Essaie de penser à quelque chose d'agréable.

Ce n'était pas bien difficile ! Couchée à côté de lui, elle régla sa respiration sur la sienne, avec la sensation d'être enfin à sa place. Tout naturellement, elle se rapprocha pour se lover contre lui, poser la tête sur sa poitrine, entendre les battements mesurés de son cœur.

Enhardie par la pénombre, elle caressa son torse puis sa main descendit vers son ventre pour y prodiguer des caresses plus sensuelles qui ne laissèrent pas Rory de marbre. Elle sentit sa respiration s'accélérer, son corps se tendre à mesure que le sien se décontractait.

— Peut-être ferais-je mieux de te laisser, dit-il d'une voix rauque.

Comme il saisissait fermement son poignet pour écarter sa main, Ally résista et se cambra contre lui.

— Ally, ce n'était pas une bonne idée. Je ne pense pas être capable de rester sagement étendu…

— Rien ne t'y oblige.

Son ton traduisait clairement son désir qu'il reste et ne soit plus aussi sage… Collée contre lui, elle sentit le moment où il capitula. Il se tourna vers elle et leva la main qu'il avait jusqu'alors gardée le long de son corps pour lui effleurer les cheveux.

La caresse des doigts de Rory était prometteuse de plaisirs à venir, mais également prudente, comme s'il attendait qu'elle prenne l'initiative. Elle n'hésita pas longtemps. Ces derniers jours lui avaient appris une chose : il lui était impossible d'être simplement amie avec Rory, impossible de n'avoir qu'une partie de lui. Il lui fallait tout ou rien. Finie l'époque où elle se contentait de se languir à distance pour lui.

Plus question de travailler et de vivre à côté de Rory tout en lui cachant ses sentiments. Désormais, elle voulait les exposer au grand jour, même si elle devait payer le prix fort pour sa franchise, et le perdre.

Appuyé sur son coude, Rory la regardait intensément tout en caressant le contour de ses pommettes de son doigt.

— Ally, je ne veux pas que tu le regrettes demain…

— Alors, ne me fais plus souffrir.

Il ferma les yeux. La sincérité de ses paroles semblait éveiller un écho douloureux en lui.

— Jamais, je n'ai eu l'intention de te faire souffrir. J'étais sur le départ, je ne voyais pas comment toi et moi, ça aurait pu marcher… Surtout, je ne voulais pas perdre ton amitié.

— Tu as bien failli la perdre. Ce serait au-dessus de mes forces de revivre la même épreuve. Si tu me repoussais de nouveau, je ne pourrais plus jamais te rendre mon amitié.

Malgré la douceur et la tendresse de sa voix, l'avertissement était clair. Comme il l'attirait à lui, Ally sut qu'il en tenait compte, qu'il avait compris la nouvelle donne. Cette fois-ci, il savait qu'il y avait des sentiments en jeu et qu'elle ne lui pardonnerait pas une seconde désertion.

Son baiser effaça l'attente et la souffrance. Le goût de ses lèvres était bien tel que dans ses souvenirs. Il ne s'écarta que le temps de lui ôter son T-shirt. Le désir qu'elle lut dans ses yeux lui donna l'audace de mettre à son tour à nu ce splendide corps d'athlète qui tenait le rôle principal dans ses rêves depuis trois ans.

Brûlante de désir, elle s'abandonna à ses mains qui exploraient son corps, si fragile entre ses bras. La tendresse de Rory n'avait d'égale que sa passion et sa générosité à lui prodiguer du plaisir.

Au moment suprême, elle plongea son regard dans le sien pour lui offrir son extase.

— Sais-tu combien tu m'as manqué ? demanda Rory tandis qu'ils reposaient, alanguis, l'un contre l'autre.

— Non. Tu me raconteras ça demain.

Pour l'heure, elle ne voulait qu'une chose, dormir dans les bras de Rory et se réveiller au petit matin à son côté — une expérience inédite.

7.

— Bonjour.

Les yeux verts de Rory lui souriaient, ses fines pattes-d'oie plissées en éventail. Ses valises l'attendaient-elles dans le vestibule ? Allait-il déposer un baiser léger sur son épaule et filer ?

Elle se frotta les paupières. Mais non, il était en tenue d'Adam et ne semblait pas pressé de s'en aller.

— Tu es encore là ?

— Veux-tu vérifier ?

Ils échangeaient un baiser fougueux quand le biper de Rory sonna. Il se baissa pour le prendre dans la poche de son short et vérifier l'origine de l'appel.

Après lui avoir passé le téléphone, Ally enfila son T-shirt et s'apprêta à sortir du lit pour mettre le café en route — si c'était une urgence, il allait partir sur les chapeaux de roues.

Au moment où elle allait se lever, il lui saisit le poignet tout en concluant sa communication.

— J'attends des jumeaux.

— Félicitations, dit-elle en lui chipant sa réplique favorite. Je vais préparer le petit déjeuner pendant que tu prendras ta douche.

— Il n'y a pas le feu. Rinska est auprès de la maman. Le travail n'en est qu'au début. On en a pour des heures.

Il l'attira contre lui.

— Voyons, où en étions-nous ?

*
* *

La maternité ressemblait à une ruche, bourdonnante d'activité, quand Ally prit sa garde. Tant mieux. Ça empêcherait ses collègues de lui demander pourquoi elle arborait une mine béate alors qu'elle aurait dû être au trente-sixième dessous.

Win l'intercepta dès son arrivée.

— Mon pauvre petit, vous tenez le coup ? Jess et Rinska m'ont appris que vous aviez dû vous résoudre à faire endormir votre Sheba.

— Hélas…

Coupable de se sentir heureuse dans ces circonstances, elle s'efforça de ravaler son sourire.

— … La décision s'imposait. Elle était trop vieille et ses souffrances n'auraient fait que s'accentuer au fil des semaines. C'est mieux ainsi. Et vous, Win, comment allez-vous ?

— Si je vous disais « ça va », je mentirais. Je suis un peu comme Sheba, moi aussi. J'ai fait mon temps. Bien sûr, aucun de ces messieurs des bureaux ne me le dira en face, mais je sens bien qu'ils voudraient que je débarrasse le plancher. A 10 heures, j'ai rendez-vous avec la surveillante générale. A mon avis, elle va me signifier mon licenciement.

— Ils n'en ont pas le droit.

— Par contre, ils ont celui de me faire naviguer dans tous les services. Si je m'efforce de tenir le rythme — quarante heures par semaine, ce n'est pas rien à mon âge —, c'est précisément pour ne pas perdre mon emploi. Or, savez-vous ce qu'ils m'ont fait hier ? Après le déjeuner, ils m'ont enjoint de descendre donner un coup de main aux urgences. En trente ans de service, jamais je n'avais reçu un tel ordre.

— Y avez-vous obéi ?

— Non. M. Rory m'a dit de ne pas bouger et il est

descendu parler au directeur du personnel. C'est sans doute pour ça qu'on me convoque. M. Rory a voulu bien faire, je sais, mais ce n'est pas lui qui va écoper d'un blâme ce matin.

— Bonne chance, Win, dit-elle avec une grimace compatissante. Tenez-moi au courant.

— Ça va, Ally ? demanda Jess, sa collègue de nuit, quand elle entra dans leur bureau pour la relève.

— Beaucoup mieux, maintenant que c'est terminé. J'appréhendais ce jour depuis si longtemps que je me sens soulagée. Sheba va me manquer, mais ç'aurait été égoïste de ma part de la prolonger coûte que coûte. Taxe-moi d'anthropomorphisme si tu veux, mais je suis persuadée qu'elle s'accrochait pour me faire plaisir. Son heure était venue.

— Tu auras des moments de déprime, l'avertit Jess. Je parle en connaissance de cause, j'ai perdu mon Spike l'année dernière.

Hochement de tête d'Ally dont les yeux s'emplirent de larmes à la pensée de Sheba qui, au fil des ans, avait patiemment écouté ses confidences sur sa vie sentimentale — et ses déboires — et qui venait de rater le dernier épisode.

Peut-être avait-elle vu dans le retour de Rory l'occasion de tirer enfin sa révérence ? « Ma maîtresse ne sera plus seule. Je peux m'en aller en paix. »

Vivien, la surveillante générale de la maternité, distribua ses ordres de mission.

— Ally, Jess, en salles d'accouchement, s'il vous plaît. Prenez Marcus avec vous. Trois futures mamans sont entrées en phase de travail. Mme Buchanan va donner naissance à des jumeaux monozygotes — cela devrait intéresser Marcus.

Avec Jake, Marcus était l'autre garçon de la future promotion de sages-femmes.

— Fiona Anderson nous a également annoncé son arrivée. Elle a perdu les eaux ce matin.

— Ce n'est pas trop tôt. Aura-t-on suffisamment de lits ?

— Ça va être juste. Il y a des sorties prévues. Si l'on ne reçoit pas d'admissions de dernière minute, ça devrait aller ; sinon on transférera les mamans et leurs bébés dans l'autre aile.

Flanquée de Jess et de Marcus, Ally se hâta vers l'unité d'accouchement.

— Des jumeaux ! se réjouit l'étudiant. J'ai hâte de voir ça !

Ils se présentèrent aux parturientes et aux familles, et parcoururent les dossiers pour prendre connaissance des dernières observations de leurs collègues de nuit.

Vêtus de leurs blouses vertes, Rinska et Rory s'affairaient tranquillement autour de Louise Buchanan. Tous deux étaient concentrés sur la tâche à accomplir. Dans ces circonstances, Ally n'espérait bien sûr ni bonjour ni sourire de la part de Rory, et elle n'en reçut aucun. C'est le contraire qui l'aurait déçue car toute l'attention des médecins et des sages-femmes devait se porter sur la future maman, à l'exclusion de tout le reste.

Debout près de l'une des deux tables de réanimation chauffantes, le pédiatre préparait des ampoules de médicaments tandis que l'anesthésiste se tenait prêt à intervenir. Avec la multiplication des fécondations *in vitro*, les naissances gémellaires étaient devenues presque monnaie courante. Elles demeuraient néanmoins des grossesses à risques, d'où la présence de personnel supplémentaire pour prévenir les complications.

Le double miracle de Louise ne devait rien à la science. Pas de F.I.V. dans son cas, mais simplement un phénomène naturel et merveilleux dont tout le monde attendait impatiemment le dénouement.

— Je vais peut-être rester pour assister à la naissance du premier jumeau, dit Bella, la sage-femme de nuit. Louise a été une patiente adorable et ce n'est plus qu'une question de minutes. Le second bébé se présente par le siège.

— Seigneur !

Bella rassura Marcus.

— C'est souvent le cas du deuxième jumeau, et ça se passe d'habitude fort bien. Pour toi, c'est l'idéal : tu vas pouvoir assister à une naissance sans problème par le siège pour te familiariser avec les gestes à accomplir. Il va sans dire que toutes ne seront pas aussi faciles.

Jess et Bella s'éloignèrent pour s'entretenir avec l'anesthésiste, laissant Ally avec Marcus.

— On prend des précautions particulières pour l'identification dans le cas des jumeaux monozygotes, expliqua Ally en montrant les étiquettes marquées « Jumeau 1 » et « Jumeau 2 ». Dès que le premier sera né, on la lui attachera au poignet.

— Comme pour tout nouveau-né, je suppose ?

Hochement de tête d'Ally.

— La plupart des jumeaux ont un signe qui les distingue de leur double, un grain de beauté, une tache de vin, une taille différente — il y en a presque toujours un plus gros que l'autre. Toutefois, afin de pouvoir les différencier à coup sûr, on a prévu une petite sécurité supplémentaire...

Intrigué, Marcus observa le contenu du coffret qu'Ally ouvrait sous ses yeux.

— Du vernis à ongles ?

— Chaque maternité a sa méthode. A Bay View, en accord avec la maman bien sûr, on a choisi de peindre en rouge le gros orteil du premier jumeau. Ainsi, même si l'étiquette se détache, on sait toujours à qui on a affaire. Le vernis résiste au bain pendant des semaines, et d'ici là, la maman a amplement le temps d'apprendre à reconnaître ses enfants.

— Je croyais que la maman était la seule personne à ne jamais les confondre.

— C'est ce qu'on dit... Et ça se vérifie généralement plus tard. Mais à 5 heures du matin, à la maternité, après une nuit agitée où ses deux merveilles lui en ont fait voir de toutes les couleurs, elle ne sait parfois plus trop qui est qui. Grâce à ce moyen, elle peut se détendre sans avoir à se poser d'angoissantes questions. Et cela simplifie aussi la vie du personnel et des visiteurs. Quand ces derniers se proposent pour changer les petits et donner le biberon, ils n'ont qu'à regarder le gros orteil des bébés pour être sûrs de ne pas nourrir deux fois le même…

— Ally.

Maureen, l'une des infirmières de l'équipe de nuit, passa la tête dans la salle.

— Juste pour te prévenir que Fiona Anderson vient d'arriver.

— Merci, Maureen.

Impatiente de recevoir Fiona et son mari, Ally quitta Louise Buchanan. Tant pis, elle n'assisterait pas à la naissance des jumeaux. De toute façon, sa présence ne se justifiait pas étant donné qu'il y avait déjà un gynécologue et deux sages-femmes à son chevet.

— Bonjour, Fiona, bonjour, Mark, dit-elle en allant au-devant d'eux dans le couloir. Enfin, le grand jour est arrivé !

— Enfin.

Grimaçant de douleur, Fiona s'appuya au mur. Ally posa la main sur son ventre pour déterminer la force de la contraction.

— Quelle est leur fréquence ? On dirait que les choses sérieuses ont commencé.

— Je confirme. Quatre ou cinq minutes séparent maintenant chaque contraction. Je pensais que j'en avais encore pour un bout de temps, tranquille, à la maison, mais quand elles se sont accélérées, je n'ai plus eu qu'une envie, me précipiter ici.

Les mamans qui accouchaient pour la première fois arrivaient souvent très en avance et on les installait dans une chambre en attendant que le travail progresse, ce qui pouvait prendre plus d'une journée. Dans le cas de

Fiona, par contre, l'intervalle entre les contractions était si rapproché qu'Ally la conduisit directement dans l'une des suites d'accouchement. Elle lui offrit la visite guidée des lieux, salle de bains incluse, et lui expliqua le fonctionnement de la console de positionnement.

— C'est une chambre avec vue ! dit Fiona en s'approchant de la fenêtre pour contempler l'océan.

— Les palaces de la côte n'en ont pas d'aussi belle. Sur certaines mamans, elle exerce un effet apaisant entre deux contractions. Si la lumière vous gêne, on peut baisser les stores. Je vais vérifier les pulsations cardiaques fœtales — cet appareil s'appelle un Doppler.

— Vous nous l'aviez montré en classe.

Fiona souleva son T-shirt pour permettre à Ally de promener la sonde sur son ventre.

— Des battements forts et réguliers. Je procéderai à un nouvel examen quand vous serez déshabillée. Pour le moment, tout va bien. Installez-vous confortablement. Ceci est la sonnette d'appel. Si ce n'est pas urgent, appuyez une fois. On viendra dès que possible. Nous sommes assez prises ce matin car nous avons une demi-douzaine de mamans en train d'accoucher toutes en même temps.

— C'est ce que j'entends !

Un cri déchirant résonna soudain sur l'étage. Le visage de Fiona se figea. Puis lentement un sourire l'éclaira tandis qu'un vigoureux hurlement de nouveau-né retentissait.

— Un nouveau petit pensionnaire, si je ne m'abuse…

— Tout juste.

Le calme d'Ally ne trahissait rien de son appréhension. Le premier jumeau de Mme Buchanan venait de naître. Pourvu que tout se passe aussi bien pour le second. Les présentations par le siège posaient parfois bien des problèmes. Consciente qu'on pouvait l'appeler à tout moment pour assister Rory et Rinska, elle tendit l'oreille vers la salle 1 tout en achevant ses explications.

— Si c'est urgent, sonnez trois fois et on accourra aussitôt.

— Compris.

Une nouvelle contraction courba Fiona en deux.

Ally jeta un coup d'œil à l'horloge murale.

— Elles sont de plus en plus rapprochées. Respirez profondément comme on vous l'a appris… Voilà, très bien…

Pantelante, Fiona s'adossa à son oreiller quand la contraction fut passée.

— Ouf, je ne sais si je pourrai tenir ainsi des heures.

— A mon avis, vous n'en avez pas pour des heures. Profitez du répit pour vous changer. Voulez-vous revêtir votre chemise de nuit ou préférez-vous une blouse d'hôpital ?

— Une blouse, s'il vous plaît.

— Parfait.

Sortant le vêtement de son sachet en Cellophane, Ally le tendit à Mark.

— Aidez votre femme à l'enfiler.

Pendant que Mark obtempérait, Ally tourna le rocking-chair vers la fenêtre.

— Vous souvenez-vous du cours sur les méthodes naturelles de lutte contre la douleur ? Se balancer dans un rocking-chair peut aider…

Sa voix s'effilocha tandis que les cris d'un second bébé venaient se mêler aux premiers. Un soupir de soulagement lui échappa.

— Des jumeaux, expliqua-t-elle à Fiona et Mark.

Fiona fronça les sourcils. Pas à cause des jumeaux. Une autre contraction s'annonçait. Elle eut tout juste le temps de s'asseoir dans le rocking-chair. Ally l'observa se balancer de plus en plus vite, les yeux fermés, au fur et à mesure que la douleur s'intensifiait.

— Je ne sais pas si ça atténue la douleur, dit Fiona quand la contraction fut passée, mais, au moins, ça occupe.

— Rappelez-vous de bien vous concentrer sur la respiration. Je vais chercher votre dossier et je reviens.

Au lieu d'aller directement au bureau des sages-femmes, Ally fit un crochet par la salle 1 où l'accueillirent de vigoureux pleurs de bébé.

— Des garçons, lui annonça Jess, un sourire radieux aux lèvres. Ils sont superbes.

— Oh, mon Dieu !

Pour être superbes, ils l'étaient, couchés face à face dans le même berceau, enveloppés dans leurs petites couvertures. En parfaite santé. Pour preuve, le pédiatre et l'anesthésiste étaient déjà partis.

— Ils se ressemblent comme deux gouttes d'eau.

Rory qui avait fini de délivrer le placenta s'approcha pour admirer les deux têtes couvertes d'un fin duvet blond.

— Mignons à croquer, commenta Rinska par-dessus son épaule.

— J'ai rarement vu d'aussi beaux nouveau-nés, et Dieu sait si j'en ai vu.

Rory n'exagérait pas. Ils étaient sublimes. Si Ally n'avait pas été de garde, elle serait bien restée à les admirer. Pour l'heure, elle se rappela la raison de sa venue.

— L'un de vous pourrait-il venir examiner ma patiente ? Les contractions sont espacées de moins de cinq minutes. A mon avis, elle va être la prochaine. Si possible, j'aimerais lui éviter deux examens.

— Bien sûr, répondit Rinska tandis que Bella et Jess emportaient les deux angelots vers leur maman. Le temps de reporter mes observations dans le dossier et j'arrive.

Quand Ally revint dans la suite d'accouchement, Fiona était déjà allongée sur le lit en blouse d'hôpital. Par auscultation, Ally entreprit de déterminer la position du bébé, une manœuvre qui s'avéra plus difficile que d'habitude.

— Tout va bien ? s'enquit Fiona tandis qu'Ally palpait et repalpait son abdomen.

Ally s'efforça de ne rien laisser voir de son inquiétude.

— Le bébé a bougé un peu. A quand remonte votre dernière échographie ?

— J'en ai eu une à la dix-neuvième semaine d'aménorrhée. Depuis, rien. On ne voulait pas soumettre le bébé à trop d'examens.

— Bien. Je vais mettre bébé sous monitorage cardiaque et mesurer la variation des contractions utérines par tocographie. Bouge-t-il beaucoup ?

— Un vrai petit acrobate. J'ai parfois l'impression qu'il fait la roue.

Ce n'était peut-être pas qu'une impression, songea Ally en quittant la salle pour aller confier ses craintes à Rinska.

— Je crois que le bébé se présente transversalement.

— Je viens.

Rinska laissa tomber le dossier qu'elle remplissait pour suivre Ally. Si l'hypothèse d'Ally se vérifiait, des complications étaient à prévoir.

— As-tu procédé à un examen gynécologique ? demanda-t-elle tout en auscultant Fiona.

— Pas encore.

Rinska enfila des gants et accomplit l'examen tandis qu'Ally tenait la main de la patiente.

— Va-t-on enfin me dire ce qui ne va pas ?

La gynécologue n'annonça pas d'emblée la mauvaise nouvelle.

— Le col est parfaitement dilaté, les contractions fortes et régulières. Le bébé se trouve toutefois dans une position inhabituelle.

— Il se présente par le siège ? Si c'est le cas, je veux tout de même accoucher par voie basse. Je me suis documentée sur le sujet et sais que c'est possible.

— Non, le bébé ne se présente pas par le siège, dit Rinska. Je vais vérifier par échographie, mais je crois que votre bébé est placé dans une position qu'on appelle transversale.

— Dites-moi simplement si je pourrai accoucher par voies naturelles ! insista la future maman.

— D'abord l'échographie. Quand nous aurons son résultat,

je demanderai l'avis du Dr Donovan. Pour l'heure, inutile de nous perdre en conjectures. Je vais chercher l'appareil.

Avant que Rinska s'éloigne, Ally lui montra la tocographie. Les pics du tracé n'auguraient rien de bon.

— Je vais appeler tout de suite Rory, murmura Rinska avant de disparaître dans le couloir. Donne-lui de l'oxygène.

Ally lui sut gré de ne pas sonner trois fois, ce qui aurait achevé de paniquer Fiona et Mark, sans compter que tout l'étage aurait été en alerte.

Le masque à oxygène fut positionné sur le visage terrifié de Fiona. L'électrocardiogramme commençait à montrer les premiers signes de détresse fœtale. Ally enjoignit à la maman de se coucher en position latérale de sécurité pour mieux oxygéner le bébé.

— C'est juste une mesure de précaution. Je vais également fixer un cathéter au dos de votre main au cas où nous aurions besoin de vous administrer des médicaments par perfusion.

— Je ne veux pas de médicaments.

Sans tenir compte de sa protestation, Ally passa un coton d'alcool sur la peau de la main et introduisit l'aiguille dans la veine.

Rory arriva sur ces entrefaites.

— Bonjour, Fiona.

Il tenait la tocographie dans ses mains. Après un rapide examen, il s'assit sur le tabouret, appliqua du gel sur le ventre de la patiente et y fit glisser la sonde de l'appareil à échographie.

Pourtant incapables d'interpréter les mystérieux dégradés de couleurs, Fiona et Mark gardaient le regard vissé sur l'écran, ce qui les empêcha de voir le froncement de sourcils de Rory qui, lui, décryptait parfaitement l'image.

Quand il prit la parole, ce fut d'une voix très calme.

— Fiona et Mark, votre bébé se présente transversalement ; cette position est encore compliquée par le fait qu'il est sur le dos. Si vous imaginez l'utérus en forme de tasse, eh bien, le bébé est allongé en travers. Dans cette situation, un accouchement vaginal est impossible.

Sortant un stylo de sa poche, il fit un rapide croquis à l'intention des parents tandis qu'Ally sonnait trois fois.

Jess apparut aussitôt. Ally alla à la porte lui donner ses instructions :

— Préviens le bloc de notre arrivée. Présentation transversale, détresse fœtale.

Quand elle revint près du lit, Fiona était en train de sangloter.

— Je ne veux pas d'une césarienne !

Le regard implorant, elle se tourna vers Ally pour réclamer son aide.

— Ally nous avait parlé d'une possibilité de culbute manuelle…

— Pas dans votre situation.

Rory assortit sa remarque d'un regard furieux à Ally.

— Le gynécologue ne peut tenter cette manœuvre que dans les cas où les constantes sont stables. C'est exclu étant donné que votre bébé montre des signes de détresse fœtale…

Il laissa ces mots faire leur chemin avant de reprendre.

— Une césarienne d'urgence est la seule solution. Votre bébé va être bientôt à court d'oxygène. Il faut me signer un formulaire de consentement pour l'opération…

— Vous voulez dire une décharge au cas où ça tourne mal !

— Calme-toi, Fiona, dit Mark. Le Dr Donovan ne cherche qu'à nous aider. Signons ce fichu papier puisque c'est le seul moyen de sauver notre bébé !

Le ton de la jeune maman se radoucit.

— Au moins, est-ce que je pourrais avoir une péridurale au lieu d'une anesthésie ? Je veux assister à mon accouchement. J'ai attendu ce moment si longtemps !

— Non, une péridurale n'est pas envisageable, répondit calmement Rory.

Les protestations de Fiona furent interrompues par l'arrivée des brancardiers. Résignée, elle signa le formulaire d'une main tremblante.

— A la bonne heure, dit Rory. Je vous suis en salle d'opération.

Ally détacha les moniteurs et les perfusions pour permettre aux brancardiers d'emporter le chariot-lit.

Dans l'antichambre du bloc, elle enfila la longue blouse, le masque et les chaussons stériles. Les charlottes étaient de différentes couleurs selon les intervenants. Celles des infirmières instrumentistes étaient bleues, celles de Rory et des chirurgiens vertes, la sienne était à fleurs.

Tout n'était qu'ordre et efficacité dans la salle. L'anesthésiste alignait ses fioles ; les assistantes opératoires ouvraient des kits, vérifiaient leurs chariots. Une infirmière aidait Rory à enfiler sa blouse.

Leurs regards se croisèrent. Au-dessus du masque, Ally vit les yeux de Rory briller. De colère.

— Ne me refais jamais ça, dit-il en passant près d'elle.

— De quoi parles-tu ?

— Ne sème pas le trouble dans l'esprit de mes patientes. Ce n'est pas parce que tu fais une fixation sur l'accouchement par voies naturelles que tu es autorisée à faire du prosélytisme auprès de nos patientes ! Tu sais très bien qu'on ne peut que très rarement opérer un redressement manuel en cas de présentation transversale !

Oh, comme elle aurait voulu lui répondre, aller se planter devant lui pour lui dire ses quatre vérités, quitte à rompre son champ stérile ! Mais les portes battantes s'ouvrirent à cet instant sur le chariot de Fiona.

Ally dut donc se contenter d'une seule et unique petite phrase.

— Et toi, ne me juge pas sans savoir !

8.

La mine grave, Ally et Rory sortirent du bloc pour se diriger vers la salle des familles où Mark Anderson attendait des nouvelles de sa femme et de son bébé.

Ils traversèrent le couloir en silence. Devant la porte de la salle, Rory se tourna enfin vers elle.

— Je ne sais si j'aurai le courage…

Ally hocha la tête. Elle comprenait.

Dès qu'ils ouvrirent la porte, le mari de Fiona bondit de son siège.

— Jess m'a dit qu'il y avait eu des complications !

— Asseyez-vous, Mark, dit Rory d'une voix ferme.

Il lui prit le bras pour le reconduire à sa chaise et s'installa en face de lui.

— Jess ne vous a pas menti. Dès le début de l'opération, l'anesthésiste a remarqué que Fiona ne réagissait pas normalement.

— Fiona ?

Ses yeux affolés allèrent de Rory à Ally.

— Je croyais qu'il s'agissait du bébé !

— Non, le bébé est né par césarienne. Le pédiatre l'a examiné. Il est en parfaite santé.

Mark passa une main tremblante dans ses cheveux. Sa poitrine se soulevait à un rythme inquiétant.

— Ne me dites pas que Fiona est…

— Votre épouse est dans un état très grave, suite à une réaction allergique à l'un des composants de l'anesthésie.

Elle souffre d'une hyperthermie dite « maligne peranesthésique ». C'est un phénomène extrêmement rare qui se manifeste par une fièvre élevée et une rigidité musculaire.

— Mais elle s'en sortira, dites ? Vous allez la soigner ?

— Pour l'heure, nous ne sommes pas encore parvenus à la stabiliser — mes collègues des soins intensifs s'y emploient en ce moment même. La fièvre a attaqué les organes, les reins, le cœur…

Ally comprit qu'il faisait grâce à Mark des détails techniques, tout en ne lui cachant rien de la gravité de l'état de Fiona.

— Elle ne va tout de même pas mourir ?

Impassible, Rory soutint le regard de son interlocuteur.

— Nous mettons tout en œuvre pour la sauver, mais je ne vous cache pas que ça se présente mal. Le pronostic vital est réservé.

— Elle est venue accoucher et elle se retrouve entre la vie et la mort ! Comment est-ce possible ?

A présent, Mark haussait le ton, les poings serrés sous l'emprise de la colère. Pendant un instant, Ally crut même qu'il allait frapper Rory.

— Ma femme vous faisait confiance ! Vous ne nous avez jamais prévenus que ça pouvait tourner mal en nous faisant signer ce fichu papier. Dire que j'ai insisté pour qu'elle le signe !

— Personne ne pouvait prévoir cette complication, Mark. Cette hyperthermie survient généralement chez des patients souffrant d'une anomalie musculaire génétique, dormante dans la plupart des cas. Elle se révèle à la faveur d'un accident ou, chez votre femme, de cette anesthésie. Aucun test prénatal n'aurait pu la détecter.

Malgré son désespoir, Mark avait écouté attentivement les explications de Rory. Soudain, ses épaules s'affaissèrent et il éclata en sanglots.

Rory contourna la table pour le soutenir.

— On allait avoir un bébé, hoqueta le malheureux,

tout était merveilleux. Et à présent, le rêve se transforme en cauchemar ! Je ne sais même pas si j'ai un garçon ou une fille…

Cette découverte si importante qu'ils avaient voulu faire ensemble passait presque au second plan maintenant.

— Vous avez un fils, dit doucement Rory, le bras toujours passé autour des épaules de Mark. Un superbe garçon de presque quatre kilos. Voulez-vous qu'Ally aille le chercher ?

Devant le hochement de tête de Mark, Ally quitta la pièce, soulagée et honteuse de l'être. Elle se rendit directement à la pouponnière en évitant ses collègues qui, naturellement, étaient impatients de savoir ce qui s'était passé en salle des familles. Si elle s'arrêtait pour leur raconter, elle risquait de s'écrouler.

— Il souhaite voir le bébé, dit-elle à Vivien. Puis-je l'emmener ?

— Bien sûr.

— As-tu des nouvelles de Fiona ?

— Un hélicoptère de Médicair va venir la chercher tout à l'heure pour la transporter à l'Hôpital Central de Melbourne. Ça prouve au moins qu'elle est stabilisée si elle est transportable. Je n'en sais pas plus et j'ai jugé préférable de ne pas poser d'autres questions à mes collègues des soins intensifs.

— Bébé va bien ?

Elle regarda le nouveau-né qui gigotait vigoureusement dans son berceau.

— Un peu agité, mais ses constantes sont bonnes. Il a faim. Pourrais-tu demander à son père de signer le formulaire qui nous autorise à le nourrir par biberon ?

Ally avait du mal à en croire ses oreilles. Supérieure hiérarchique ou pas, Vivien allait en prendre pour son grade !

— Au diable le règlement ! Tu ne crois tout de même pas que je vais déranger le papa en un moment pareil pour lui faire signer un malheureux bout de papier. Donne-moi un biberon.

Quand Ally revint dans la salle des familles, l'anesthésiste était en train d'expliquer à Mark la procédure de transfert à l'Hôpital Central.

— C'est bon signe, n'est-ce pas ? disait Mark. Ça montre que Fiona tient le coup.

— Nous sommes parvenus à la stabiliser, répondit prudemment le médecin, mais la route est encore longue.

Alors seulement, Mark se rendit compte de la présence d'Ally. Le sang reflua de son visage tandis qu'il fixait son précieux fardeau.

— Votre fils, Mark.

Ally ne fut pas la seule à verser une larme quand il prit le bébé. Jess sortit un Kleenex de sa poche pour se moucher vigoureusement et Rory renifla une ou deux fois.

— Comme il est beau !

Mark tremblait de tous ses membres. Ally passa le bras sous le nourrisson pour l'aider à le porter.

— Et il m'a l'air en pleine forme.

— Il est parfait. Et croyez-moi, il ne s'est pas fait prier pour boire son premier biberon.

— Fiona voulait un fils…

De son index, Mark caressa le petit nez rond.

— … Dire qu'elle ne sait même pas qu'elle a donné naissance à ce petit garçon. Elle aurait été si heureuse !

— Voudriez-vous lui donner son prochain biberon ?

Mark secoua la tête.

— Je ne pense pas en avoir la force.

— Nos infirmières s'en chargeront pour vous.

Ally se félicita d'avoir passé outre les recommandations de Vivien. Elle ne se voyait guère sortir de sa poche le maudit formulaire pour le présenter au père. Rory qui n'aimait déjà pas beaucoup la paperasserie n'aurait d'ailleurs pas manqué de l'incendier pour un tel manque de tact.

— Pourrai-je accompagner Fiona dans l'hélicoptère ?

— Non, dit Rory, il n'y aura pas de place. Tout le matériel de réanimation sera à bord, ainsi que deux auxiliaires médicaux et un médecin des soins intensifs.

— Je vais y aller en voiture…

— Vous n'êtes pas en état de conduire, dit Ally. Voulez-vous qu'on prévienne un parent ?

— Nos deux familles sont à Sydney.

— Dans ce cas, un ami ?

— Pour le moment, je n'ai envie de parler à personne de ce qui nous arrive. Non, je vais appeler un taxi…

— Je vais vous emmener à l'Hôpital Central, proposa Rory. Le temps de me faire remplacer et on y va.

— Rory !

Ally le rattrapa dans le couloir.

— Je sais que tu agis dans de bonnes intentions, mais on a besoin de toi ici. On a des patientes en travail, tous les lits du service sont occupés. Et qui signera les bons de sortie si tu n'es plus là ?

— Eh bien, tu n'as qu'à biper le Dr Davies à son club de golf !

— C'est insensé de nous planter là, au milieu de ta garde ! Tu es un obstétricien, Rory, pas un chauffeur de taxi. Je sais que tu es désolé pour Mark, nous le sommes tous…

— N'essaie pas de me retenir, Ally. Il faut que je sorte d'ici, j'étouffe !

— Et ton travail, qu'en fais-tu ?

— Pour le moment, je m'en fiche. Peut-être après tout ne suis-je pas fait pour être chef de clinique ?

— Rory, tu déraisonnes…

— Laisse tomber, Ally.

Il évitait son regard.

— Tu ne peux pas t'en aller !

— Je vais me gêner !

Son visage était livide, ses mâchoires serrées.

— Je ne suis pas à la hauteur, Ally. Tout ça, ce n'est pas pour moi.

Le sixième sens d'Ally lui souffla qu'il ne parlait pas uniquement de son travail.

— On en discutera à tête reposée ce soir.

Son regard croisa enfin celui de Rory et elle comprit qu'elle allait avoir besoin de force pour supporter la suite.

— Je ne suis pas fait pour cette vie.

— Tu m'inclus dans ce constat ?

Un lent hochement de tête lui répondit. Les jambes tremblantes, Ally parvint à rester debout par miracle. Tout se répétait comme il y a trois ans. Bien qu'il l'eût assurée du contraire, il lui brisait de nouveau le cœur.

— Ces responsabilités, ces collègues sous mes ordres, ce n'est pas pour moi, répéta-t-il. Dans cinq ans, je ne me vois pas chef de clinique…

— Rien ne t'oblige à le rester si…

Il l'interrompit pour lui asséner le coup de grâce :

— Et je ne me vois pas non plus avec toi.

Ally se gara dans l'allée, derrière la voiture de location de Rory.

Bien qu'elle s'y fût préparée, le cœur lui manqua à la vue des valises alignées dans le vestibule. Rory sortit de la cuisine.

— On est de nouveau sur le départ ? ironisa-t-elle en désespoir de cause. Tu ne seras vraiment pas resté longtemps cette fois !

— Arrête, Ally. Ça ne te ressemble pas.

— Quoi donc ?

Un soupir échappa à Rory.

— Ce ton… Tu n'y es pour rien. C'est moi qui ai un problème.

— Je le sais bien. Moi, je suis juste l'idiote qui t'a fait confiance une fois de plus ! Quand as-tu décidé que c'était une erreur, Rory ?

Elle vit son visage pâlir.

— As-tu seulement songé au mal que ça me ferait ou ne pensais-tu qu'à ton plaisir ?

La colère montait en elle à mesure qu'elle s'exprimait. Elle s'était juré de se comporter dignement, mais tant pis. Qu'il encaisse à son tour ! Elle n'allait tout de même pas le laisser s'en tirer sans lui dire ses quatre vérités. Ce n'était que justice qu'il ait un petit aperçu de l'enfer qu'il lui faisait vivre.

— J'ai cru ce que tu me disais ! Je suis même allée jusqu'à me persuader que je t'avais mal jugé il y a trois ans, que tu n'étais pas un coureur de jupons, tellement j'avais envie de le croire ! En fait, j'aurais dû m'en tenir à ma résolution de ne plus te laisser approcher de moi.

— Mon intention n'était pas de te faire du mal.

Cette remarque provoqua un rire amer d'Ally.

— Sans doute est-ce vrai. Tu es tellement égoïste que ça ne t'a jamais effleuré l'esprit.

— Je croyais que j'étais prêt à revenir, et à m'engager auprès de toi…

— Economise ta salive. Tes excuses à deux sous ne m'intéressent pas.

— N'est-ce pas toi qui disais ce matin qu'il ne faut jamais juger sans savoir ?

— Merci de me le rappeler. Où vas-tu aller en sortant d'ici ?

— A la résidence des médecins. J'y suis passé pour réserver un studio.

— Comment allait Fiona quand tu as quitté l'Hôpital Central ? Et ne me dis pas que son état était critique, je peux le deviner toute seule.

— Pourtant, c'est ce qui le résume le mieux : stable, mais critique. Elle est sous ventilation artificielle. Malgré l'administration massive d'antipyrétiques, la fièvre n'est toujours pas retombée. Les vessies de glace qu'on a appliquées sur sa peau ne donnent rien pour le moment. Une autre crise d'hyperthermie lui serait fatale.

— Seigneur ! Cela n'aurait jamais dû se produire.

Ses problèmes, même si elle ne les oubliait pas, paraissaient bien futiles en comparaison.

— J'en suis conscient, dit Rory, les lèvres pincées. Peut-être avais-tu raison ? Peut-être aurais-je dû tenter un redressement manuel pour laisser à Fiona une possibilité d'accoucher normalement ?

Il doutait de lui-même. Consternée, Ally secoua la tête.

— Ce n'est pas ce que j'ai voulu dire, Rory. D'ailleurs, profitons-en pour dissiper un malentendu : aujourd'hui, je n'ai jamais suggéré à Fiona d'alternative à la césarienne. C'est durant les séances de préparation à l'accouchement que j'avais évoqué les divers moyens de rectifier des positions à problèmes — Fiona était l'élève nerveuse et angoissée dont je t'avais parlé. Ce matin, je savais bien sûr qu'une rectification manuelle était impossible et que tu n'avais d'autre choix que d'opérer. Ce qui est arrivé n'est pas ta faute, j'espère que tu n'en doutes pas un seul instant. En aucun cas, tu n'aurais pu prévoir cette complication.

— Ça ne me console guère. Tout ce que je sais, c'est qu'il m'est impossible de reprendre mon poste…

Sa détresse se lisait dans son regard. Malgré sa carrure de colosse, il ressemblait à un petit garçon perdu.

— … Demain, j'appellerai le Dr Davies pour lui donner ma démission.

— Rory, tu dramatises !

— Une femme est entre la vie et la mort et un enfant n'aura peut-être pas de mère ; alors, ne me dis pas que je dramatise. Si j'ai choisi l'obstétrique, Ally, c'est pour éviter ce genre de drames…

Il enfouit son visage entre ses mains.

— Il faut que j'y aille.

Dans l'état où il était, inutile d'essayer de le raisonner. Or, même s'il lui avait brisé le cœur, Ally ne pouvait le laisser gâcher sa vie. Elle avait beau lui en vouloir à mort pour la manière dont il la traitait, elle l'aimait toujours autant.

Quand il souleva ses valises, elle se mit en travers de son chemin.

— Rory, puis-je te demander une chose ?

S'il ne l'abandonnait pas une seconde fois, peut-être ne l'aurait-il même pas écoutée… En tout cas, que ce soit par culpabilité, remords ou un autre motif, il posa ses bagages.

Elle se retourna pour décrocher le téléphone sur la console de l'entrée et lui tendre le combiné.

— Appelle le Dr Davies maintenant et dis-lui que tu es malade, que tu ne viendras pas demain.

— Un jour de plus ou de moins ne changera rien à ma décision, Ally.

— Alors, ça devrait t'être égal. Fais-le pour moi, s'il te plaît.

Mais il ne lui accorda même pas cela et reprit ses valises pour franchir le seuil.

9.

Le lendemain matin, Ally accomplit sa tournée des lits, les hôpitaux étant les seuls endroits au monde où la routine suivait son cours en dépit des morts et des tragédies. Certaines patientes demandèrent des nouvelles de Fiona. Lors de la pause, son cas fut évoqué en salle de repos entre les médecins présents.

— Où est Rory ? s'enquit Rinska. Je ne l'ai pas vu ce matin.

— Il est malade et a demandé sa journée au Dr Davies, répondit Vivien, à la grande surprise d'Ally. La gastroentérite a encore frappé. Pourvu qu'il ait la sagesse de rester chez lui jusqu'à sa guérison complète ; je ne tiens pas à être la prochaine victime.

La surveillante générale affecta Ally à la pouponnière — un changement appréciable. Le rythme de travail y était nettement plus tranquille qu'en salles d'accouchement. Elle passa son après-midi à montrer aux jeunes mamans comment donner le bain à leurs bébés et veilla sur les nouveau-nés exposés à la photothérapie — pour les guérir de leur ictère. Sans oublier le fils de Fiona qu'il fallait nourrir et câliner en l'absence de sa maman.

— Comment va Mme Anderson ? demanda Win qui repassait la serpillière autour du berceau du bébé pour la cinquième ou sixième fois.

— Toujours pareil. Le Dr Davies va rappeler l'hôpital Central ce soir.

— Le papa est-il venu voir ce petit bonhomme ?

— Non. Il préfère rester au chevet de sa femme pour l'heure, mais il a appelé plusieurs fois pour prendre des nouvelles.

— Pauvre homme.

— Avec tous ces événements, Win, j'ai complètement oublié de vous demander comment s'était déroulée votre entrevue avec le directeur du personnel.

— Très bien, dit la femme de ménage, rayonnante. Je n'en ai pas parlé car ç'aurait été indécent de ma part de claironner ma joie alors que la maman de cet angelot est dans un état critique. Ils acceptent de réduire mes heures.

— Tout en vous maintenant à la maternité ?

— Mais oui. Je ne bougerai plus d'ici. Et ils se sont même excusés pour les misères qu'ils m'avaient faites.

Ally ouvrit de grands yeux.

— Comme quoi, il ne faut jamais désespérer de la nature humaine !

— Oh, je ne me fais pas d'illusions ! Ces messieurs des bureaux n'en pensaient pas un mot, ajouta Win en riant. Mais ça faisait quand même plaisir à entendre. Je sais à qui je dois ce miracle : M. Rory. Depuis ce matin, je le cherche pour le remercier. Où est-il ?

— En congé maladie.

— Malade, lui ? Il est solide comme un roc.

— Un roc terrassé par la gastro-entérite…

Ally résista à la tentation d'en dire davantage.

Perspicace comme elle l'était, la vieille dame n'eut pas besoin de ses confidences pour arriver à la bonne conclusion.

— Balivernes… La vraie raison de son absence, c'est qu'il est bouleversé par ce qui s'est passé hier. Il se sent coupable pour Mme Anderson.

— Il n'a aucune raison, dit Ally en se gardant bien de confirmer la supposition de Win.

— Je n'ai pas dit qu'il *était* coupable, simplement qu'il le prenait à cœur.

— Comme nous tous, dit Ally qui s'efforçait de ramener la conversation en terrain sûr. De toute façon, quel est le rapport entre Rory et la réduction de vos heures de travail ?

— Il est allé leur dire leurs quatre vérités aux ressources humaines.

Win jeta un regard alentour pour vérifier qu'elles étaient seules.

— Mon amie Ethel faisait le ménage dans la pièce voisine…

— L'oreille collée au mur ? suggéra Ally avec un sourire.

— Avec Ethel, c'est fort possible. Toujours est-il qu'elle a tout entendu. M. Rory leur a dit qu'il leur avait évité un procès de justesse, mais que s'ils persistaient à traiter aussi honteusement une vieille employée comme moi, il n'hésiterait pas à aller trouver lui-même les médias pour exposer mon cas sur la place publique.

— Il a osé leur dire cela !

— Et bien plus encore. Il leur a fait tellement peur que ces messieurs m'ont convoquée dare-dare pour m'annoncer la bonne nouvelle. Quelle chance j'ai !

— C'est nous qui avons de la chance de vous avoir, Win…

Bébé Anderson les interrompit par un long vagissement.

— Il réclame sa maman, le pauvre chou.

— Je crois plutôt qu'il a faim.

Win resta à l'observer tandis qu'elle donnait le biberon au fils de Fiona.

— Pourvu que sa maman s'en sorte, dit la femme de ménage. En toutes mes années au Bay View, je n'ai vu cela qu'une fois. C'était il y a trente et un ans, au jour près…

— Après tout ce temps, comment faites-vous pour vous rappeler la date ?

— Ça m'a marquée… Ce 22 février restera à jamais gravé dans ma mémoire.

Pour Ally aussi, ça représentait une date importante, pour une raison différente. C'était l'anniversaire de Rory. Il était Poissons. Quand elle lisait son horoscope, elle laissait toujours traîner son regard sur le premier décan des Poissons.

Une pensée lui traversa l'esprit. Non… Sans doute n'était-ce qu'une coïncidence.

— Besoin d'un coup de main ? lui demanda Jess. C'est le calme plat du côté des salles d'accouchement.

Sa collègue tombait bien. Ally lui confia la pouponnière pendant un petit quart d'heure, le temps d'aller vérifier quelque chose aux archives.

Les larmes aux yeux, Ally relut pour la troisième fois les quelques lignes inscrites à l'encre noire sur le registre de la maternité de l'année 1974.

« Lola DONOVAN, 25 ans.
Admise le 22 février.
Décédée le 22 février.
Nouveau-né de sexe masculin. »

La réaction de Rory, si disproportionnée, s'expliquait à présent parfaitement.

Sa mère était morte en le mettant au monde et cela le hantait toujours.

Malgré la tristesse qu'elle éprouvait pour lui, Ally sentit monter la colère. A aucun moment, malgré la peine immense qu'il avait dû ressentir hier, il n'avait éprouvé le besoin de se confier à elle. Il avait préféré partir sans un mot. Cela montrait le peu de cas qu'il faisait d'elle.

Le cœur serré, Ally replaça le registre sur son étagère et reprit le chemin de la pouponnière. Vivien fut la première personne qu'elle croisa.

— Je vous cherchais, Ally. On vient de recevoir des nouvelles de l'Hôpital Central : Fiona Anderson est toujours dans un état grave, mais elle n'est plus en urgence vitale. Les médecins pensent qu'elle devrait s'en sortir. Je vous laisse le soin de l'apprendre à son petit garçon.

Ally osait à peine y croire. Déjouant tous les pronostics pessimistes, Fiona allait vivre et retrouver son mari et ce petit garçon tant désiré.

Prenant dans ses bras le nourrisson qui n'avait toujours pas de prénom, Ally lui chuchota à l'oreille que sa maman allait guérir et venir bientôt le récupérer.

Comme elle aurait aimé l'annoncer à Rory ! Hélas, il ne lui appartenait plus de le faire.

Rory avait clairement fait son choix en la quittant pour la seconde fois.

Un silence de mort régnait dans la maison. Pas d'aboiement pour accueillir Ally ni de joyeux battements de queue contre le panier en osier ni même cette odeur de vieux chien qu'elle chassait jadis à coup d'encens et de courants d'air.

Après une douche éclair, elle enfila un short et un T-shirt, et s'empressa de ressortir. Une promenade sur la plage lui changerait les idées — elle en avait bien besoin.

C'était sans compter sur les souvenirs de sa dernière sortie avec Sheba qui l'assaillirent dès les premiers pas. Pauvre Sheba qui avait vaillamment fait semblant de s'amuser !

Ally s'assit en bas de la dune et enfouit sa tête dans ses mains. Chassant Rory, Fiona et son bébé de son esprit, elle pleura pour sa meilleure amie, celle qui ne l'avait jamais laissée tomber.

— Ally ?

La voix de Rory. Elle ne l'attendait pas et il n'était pas le bienvenu. Sans même prendre la peine de lever la tête, elle plissa les yeux pour fixer le soleil couchant à l'horizon.

— Ce n'est pas à cause de toi que je pleure, dit-elle

tandis qu'il s'asseyait à côté d'elle. Je préfère t'enlever tout de suite tes illusions au cas où tu penserais que je suis inconsolable de ton départ. C'est à cause de Sheba.

— Je sais.

— Avec tout ce qui s'est passé hier, je n'ai même pas eu le temps de la pleurer.

— Inutile de justifier ton chagrin.

Le silence tomba entre eux. Ally était décidée à ne pas le regarder. Que venait-il faire ici, de toute façon ? Remuer le couteau dans la plaie ? Lui présenter des excuses dont elle n'avait que faire ?

Les dents serrées, elle fixait obstinément l'horizon quand de petits gémissements attirèrent son attention. Sa curiosité l'emporta. Elle se tourna et aperçut une truffe rose qui dépassait d'un carton posé sur les genoux de Rory. Tant bien que mal — plutôt mal —, il essayait de maintenir le couvercle fermé.

— Je ne veux pas de chiot ! Le jour où je serai prête à avoir un nouveau chien, je suis assez grande pour le choisir moi-même ; et j'irai l'adopter à la S.P.A. ou dans un refuge, pas l'acheter dans un magasin !

— Qui te dit qu'il est pour toi ? Il est peut-être pour moi.

— Ça m'étonnerait ! Avoir un chien implique un engagement, des obligations, des responsabilités — des notions auxquelles tu es semble-t-il réfractaire ! Quand on a un chien, on ne peut pas rentrer à l'heure qu'on veut, découcher, prendre son sac et partir quand ça vous chante !

— J'en suis conscient…

Ally reporta son regard vers la mer sans se laisser attendrir par les plaintes du chiot.

— … et j'ai décidé que je suis prêt maintenant pour ce type d'engagement. Le Dr Davies m'a appelé pour me demander quand je serai de retour et je lui ai répondu demain.

— T'a-t-il appris la bonne nouvelle pour Fiona ?

— Oui. Mais j'avais pris la décision de revenir de toute

façon. Hier, je ne savais plus ce que je disais. Sans toi, j'aurais fichu ma carrière en l'air. Je voudrais te remercier de m'avoir empêché de faire la plus grosse bêtise de ma vie.

Le mince et stupide espoir qui s'était éveillé en elle s'évanouit à ces mots.

— C'est pour ça que tu es là…

Qu'espérait-elle ? Que Rory mette un genou à terre, sorte un bouquet de derrière son dos et s'excuse de lui avoir brisé le cœur ?

— Et aussi pour m'excuser de t'avoir traitée si mal.

— Hier ou il y a trois ans ?

— Les deux. Ally, je n'ai pas été tout à fait franc avec toi.

— Tu ne l'as même pas été du tout.

— Seigneur, tu ne me facilites guère les choses.

— Et pourquoi devrais-je te ménager alors que je vis un véritable enfer à cause de toi ?

— Hier, je n'étais pas dans mon état normal. Nous étions tous les deux bouleversés par l'accident opératoire de Fiona, mais chez moi, ça réveillait en plus certains souvenirs… Enfin, pas exactement des souvenirs. Ma mère est morte en me mettant au monde, Ally.

Elle se garda bien de lui dire qu'elle le savait déjà.

— Elle a fait un arrêt cardiaque pendant le travail. A l'autopsie, on a découvert qu'elle souffrait d'une insuffisance mitrale.

— Je suis désolée, dit-elle d'un ton guindé.

Il aurait été facile de tomber dans ses bras et de pleurer avec lui la perte de cette mère qu'il n'avait jamais connue. Mais quand leurs larmes seraient taries, ils en seraient au même point. Non, s'ils devaient un jour se retrouver, il leur fallait d'abord affronter les obstacles et exposer au grand jour leurs contradictions. Sans complaisance. Alors seulement, ils auraient peut-être un avenir.

— Ally, comprends-tu maintenant pourquoi… ?

— Non, l'interrompit-elle sèchement. Non, je ne comprends pas.

— Tu n'essaies même pas…

— Qu'attends-tu de moi, Rory ? Que je te pardonne parce que ta mère est morte en couches ? Tu penses peut-être que ça excuse ton comportement…

— Pas toi ?

— Non. Ça l'explique, c'est tout. Ce que je vois, c'est que tu n'as jamais daigné te confier à moi, en toutes ces années. Tandis que je m'échinais à assembler les pièces du puzzle, tu gardais bien cachée la pièce maîtresse, celle qui commandait tout le reste.

— Je sais, Ally, et je m'en veux. Mais aujourd'hui, je t'en parle parce que j'espère que ça nous permettra de repartir de zéro.

Ally écarquilla les yeux.

— Jusqu'à la prochaine fois ?

— Que veux-tu dire ?

— La prochaine fois que quelque chose te rappellera ton traumatisme, qui me dit que tu ne prendras pas de nouveau la fuite au lieu de t'asseoir et de discuter ? Hier, tu n'en étais pas à ton coup d'essai. On a un précédent.

— Il y a trois ans, Ally, je suis parti pour une tout autre raison…

Elle eut beau faire un effort de mémoire, elle ne s'en souvenait plus.

— J'ignore laquelle.

Les traits de Rory se durcirent.

— Je ne veux pas d'enfants. Jamais.

Sidérée, elle le fixa en silence.

— Regarde-toi, poursuivit-il, tu es toute petite et menue, alors que moi…

— Je ne vois pas le rapport.

— Ça te tuerait de porter mon enfant ! Comme ça a tué ma mère de me mettre au monde.

— Rory, permets-moi de te rappeler qu'autrefois, nous avons couché une seule fois ensemble. Nous étions à mille lieues d'élaborer des projets de vie commune. Moi, en tout cas, je ne pensais certainement pas aux enfants que nous pourrions avoir un jour.

— Moi si, et ça me rendait malade de peur.

La sincérité de son aveu ne faisait aucun doute.

— Jusque-là, enchaîna-t-il, je n'avais aucun mal à rompre dès qu'une relation devenait trop sérieuse. Dès qu'une femme commençait à parler mariage et bébés, je savais qu'il était temps d'arrêter. Puis, j'ai emménagé chez toi et je suis tombé amoureux de ma propriétaire…

Ally n'en croyait pas ses oreilles.

— … Je t'ai dit que j'avais rompu avec Gloria parce que j'aimais quelqu'un d'autre. Ce quelqu'un, c'était toi.

— Pourquoi ne m'as-tu rien dit ?

Soudain, ses larmes jaillirent. Appuyée contre Rory, elle les laissa couler.

— Oh, Rory, comment peux-tu te tromper à ce point ? Tu n'y es pour rien dans la mort de ta mère. Les femmes meurent depuis la nuit des temps en mettant leurs enfants au monde. Malgré les progrès de la médecine, il y aura malheureusement toujours quelques mamans qui paieront ce lourd tribut. Ce que je ne comprends pas, c'est pourquoi tu as choisi cette spécialité. Tu devais bien te douter qu'un jour ou l'autre, tu serais face à un cas qui te ferait revivre le drame de ta naissance ?

— J'ai voulu justement devenir gynécologue pour empêcher de tels drames de se produire. Sans doute était-ce un peu naïf de ma part. En exerçant cette profession, j'avais aussi l'impression de…

— Rendre hommage à ta mère ?

— Exactement. Ça doit te sembler bien égoïste comme motivation.

— Au contraire. Et n'oublie pas que je te vois à l'œuvre tous les jours. Tu es un obstétricien hors pair. Je n'en voudrais pas d'autre si j'étais enceinte.

— Jamais tu ne le seras, Ally. Pas de moi ! Je ne

pourrai jamais supporter ces neuf mois d'angoisse. Or, naturellement, tu veux des enfants…

— Je te veux, toi, Rory, dit Ally d'une voix ferme. Avec ou sans enfants. Si tu n'en veux pas, je l'accepterai.

— Tu dis cela maintenant, mais dans quelques années, tu changeras peut-être d'avis.

— Peut-être… Et alors, je me rappellerai que je t'aime plus que tout et que j'ai fait le bon choix. Et puis, nous aurons des chiens, ajouta-t-elle pour détendre l'atmosphère. Nous serons l'un de ces couples étranges qui mettent des nœuds à leurs toutous, et les habillent de petits manteaux.

— Ça ne te suffira pas.

— Qu'en sais-tu ? En tout cas, je suis sûre d'une chose : je ne t'attendrai pas encore trois ans. Si tu me tournes le dos maintenant, ce sera fini. Dire qu'on est en train de parler bébés alors qu'on n'a même pas dormi dans le même lit deux nuits de suite !

— Est-ce une proposition ?

Un sourire éclaira enfin le visage de Rory. Ce fut le moment que choisit le chiot pour pousser le couvercle du carton et émerger à l'air libre avec un jappement féroce.

Ally fixa les yeux vivaces, le large museau, le corps déjà robuste, couverts de poils bouclés gris et blancs, et les plus grosses pattes qu'elle ait jamais vues sur un animal de cet âge.

— Rory, as-tu une idée de ce que tu as acheté ?

— Un chien.

Il le sortit du carton pour le poser à côté d'eux. Aussitôt, la bête se mit à gambader autour d'Ally avec un regard qui disait : « Aime-moi, s'il te plaît ! »

— C'est un bobtail ! Il va être énorme quand il aura atteint sa taille adulte. Sans parler des dégâts qu'il fera dans la maison…

— Alors, raison de plus pour ne pas le garder dans mon studio, dit Rory, malicieux. Tu avais vu juste, Ally, c'est bien pour toi que je l'ai acheté.

— Je n'en veux pas. Ecarte-le, sinon, je risque de m'y attacher. Rapporte-le au magasin !

— Le vendeur m'a dit que, malgré sa taille, c'est une race très affectueuse…

Le double sens n'échappa pas à Ally.

— … Il faut simplement faire preuve d'autorité, leur montrer qui commande. Dès qu'ils l'ont compris, ils sont doux comme des agneaux et très faciles à dresser. On pourrait en prendre un deuxième, pour qu'il tienne compagnie à Attila.

— Attila… Drôle de nom pour un agneau.

— Nous leur mettrons des nœuds et de jolis manteaux.

— « Nous » ?

— Nous. Si tu es sûre de vouloir le garder ?

— Bien sûr. Pour rien au monde, je ne m'en séparerai !

Ses larmes coulèrent de nouveau tandis que Rory couvrait son visage de baisers, Attila s'insinuant entre eux pour réclamer sa part de câlins.

— Ramenons-le à la maison, murmura Ally.

Épilogue

— Tu m'avais dit que je ne sentirais rien !

A sa sortie de l'ascenseur, Ally s'appuya contre le mur en attendant que passe la contraction.

Un sourire d'une infinie patience aux lèvres, Rory l'installa d'autorité dans une chaise roulante qu'il entreprit de pousser dans le couloir.

— Ce n'est pas normal, ajouta-t-elle. Ça ne devrait pas faire si mal !

— Mais si, c'est parfaitement normal tant que tu n'es pas passée par les mains de l'anesthésiste. Ce n'est pas parce que ta césarienne est programmée que tu es dispensée des contractions.

— Ne me parle pas comme à une demeurée, d'accord ? Et où est ce maudit anesthésiste ?

— Ici, dit Ralph en les rattrapant dans l'antichambre de la salle d'opération. Je conçois que vous me détestiez cordialement, Ally, mais dans quelques minutes, je serai votre meilleur ami.

Il parlait d'or. La péridurale la soulagea presque aussitôt. Son esprit, libéré de la douleur, retrouva toute sa clarté et sa lucidité tandis que l'engourdissement gagnait ses jambes et son ventre.

— Prête pour Rinska ?

— Prête.

Rory ne pouvant être son médecin accoucheur, le choix d'Ally s'était porté sur Rinska.

A son entrée dans le bloc, la nouvelle gynécologue en titre lui adressa un clin d'œil.

Tout le personnel du bloc retint son souffle quand Rinska incisa horizontalement l'abdomen puis l'utérus et sortit le bébé. Le tout ne prit que quelques minutes. Ce n'était peut-être pas une naissance par voies naturelles, mais Ally n'en avait cure. Par-dessus le champ opératoire, la doctoresse lui montra son enfant.

— C'est un garçon ! s'écria Rory. Regarde-le, Ally.

Elle ne faisait que ça. En fait, elle était bouche bée de l'admirer tant il était beau. Des yeux bleu foncé qui vireraient sans doute au vert dans quelques jours la fixaient comme s'il la reconnaissait tandis que ses poings potelés battaient l'air.

— Quatre kilos trois cents, dit Rinska après l'avoir pesé. Une graine de costaud.

— Tu es formidable, Ally.

Rory l'embrassa tendrement sur le front. Tout l'amour du monde se lisait dans ses yeux. Il avait su affronter et vaincre ses peurs pour lui permettre de vivre ce jour, le plus beau de sa vie.

— N'est-ce pas ? Et toi, tu n'es pas mal non plus.

LYNNE MARSHALL

Un bébé, tout simplement

Traduction française de
GENEVIÈVE BLATTMANN

Blanche

HARLEQUIN

Titre original :
THE HEART DOCTOR AND THE BABY

Ce roman a déjà été publié en 2010

1.

Le Dr Sarah Munroe ne s'était pas sentie aussi nerveuse depuis son premier rendez-vous amoureux, à quinze ans, alors que, aujourd'hui, vingt ans plus tard, elle s'activait pour préparer un dîner à son confrère, Jon Becker.

Elle avait choisi des grosses tomates, avec du basilic frais, et, parce qu'elle préférait le piquant au doux, avait ajouté un trait de vinaigre balsamique dans la sauce.

Cette soirée, si elle arrivait à faire un sans faute, pourrait être à marquer d'une croix sur le calendrier. Avec les pâtes fraîches, une salade de crevettes et du pain italien commandé tout exprès dans sa boulangerie favorite, elle aurait un repas impeccable. Un repas qui pourrait, si tout se passait bien, permettre à ses désirs de devenir réalité...

Les assiettes dans les mains, elle poussa d'un coup de hanche la porte battante séparant la cuisine de la salle à manger. Serait-elle à la hauteur de la situation ? La question tournait en boucle dans sa tête tandis qu'elle s'absorbait dans la préparation de la table.

Trois ans plus tôt, elle avait trouvé un grand atelier d'artiste dans la région de Santa Barbara, idéalement situé à deux pas du cabinet. Etant donné son état de délabrement, elle l'avait acheté pour un prix raisonnable et avait tranquillement commencé à le restaurer puis à aménager le petit appartement contigu. Le grand atelier lui-même, transformé en salle à manger et salon, était sa pièce préférée ; elle y avait gardé les étagères murales, qu'elle avait poncées puis vernies au prix d'une solide dose d'huile de coude.

C'était sa maison, l'endroit où elle avait l'intention de vivre jusqu'à son dernier jour — avec une famille.

Les chaises, le buffet et la table toute simple sur laquelle elle disposa les assiettes étaient les seuls meubles de la pièce — dans son intérieur comme dans sa vie, elle avait toujours combattu le désordre. Le bois blond, presque doré, s'harmonisait parfaitement aux murs d'un tendre tilleul qui avait le don d'apaiser sa nervosité. Du moins en général car, à cet instant, il lui en aurait fallu davantage pour la calmer…

Après ce soir, si tout se passait bien, sa vie serait tout sauf simple.

Dès qu'elle eut placé les sets rouge vif — contraste volontaire avec le bouquet pastel de fleurs séchées au milieu de la table —, elle procéda à une inspection en règle de la partie salon pour s'assurer que tout était en place là aussi.

La cheminée de pierre, encadrée de deux fauteuils et d'un petit sofa situés de part et d'autre de la table basse, était le clou de l'appartement — même si elle avait triché en y plaçant une bûche à gaz —, car le feu conférait à la pièce le confort douillet qu'elle souhaitait. Elle n'avait pas lésiné sur l'ambiance. Normal : elle avait besoin de mettre tous les atouts de son côté pour faciliter le sujet qu'elle comptait aborder ce soir avec Jon.

Elle venait de terminer d'appliquer une touche de brillant sur ses lèvres et de passer la brosse dans ses cheveux quand le carillon de l'entrée tinta. Juste à temps. Parfait.

Jon se tenait sur le pas de la porte, l'air toujours aussi sérieux, avec une bouteille de vin dans chaque main. Ses cheveux bruns semés d'argent étaient comme à leur habitude coupés court, et elle nota distraitement la barbe rase qu'elle ne lui avait encore jamais vue. Il portait une veste en polaire anthracite, un jean, des boots et une chemise gris-bleu. S'écartant pour le laisser entrer, elle respira une agréable odeur de santal et fut étonnée de n'avoir encore jamais remarqué son eau de toilette auparavant.

— Hé ! dit-il avec un sifflement admiratif. Tu as vraiment bien arrangé cet atelier. C'est super.

A sa demande, il l'avait accompagnée pour le visiter et l'avait encouragée à le prendre. Toutefois, après qu'il eut divorcé, deux ans plus tôt, elle n'avait plus trop su comment considérer leur relation essentiellement professionnelle et, refusant de lui donner une fausse impression, avait préféré ne plus le réinviter ensuite. Depuis, il semblait s'être comporté en ermite, refusant toute sortie entre amis. D'où la surprise de Sarah lorsqu'il avait accepté sans hésiter son invitation à dîner.

Etait-il possible que deux ans se soient déjà écoulés depuis sa dernière visite ? Le remerciant, elle prit les bouteilles qu'il lui tendait et l'invita à s'asseoir tandis qu'elle se dirigeait vers la cuisine pour en ouvrir une, mais il lui emboîta le pas.

— Je croyais que c'était moi, le fondu de high-tech ! s'exclama-t-il en découvrant la cuisine ultramoderne.

— Tu as fait une émule, il faut croire ! répondit-elle en riant.

Leurs verres pleins, ils retournèrent dans le salon en discutant de tout et de rien. Ce qui n'avait jamais posé de problème avec Jon ; ils avaient toujours eu de nombreuses discussions sur un tas de sujets très divers. Ils n'avaient toutefois jamais abordé des questions très profondes et encore moins, fût-ce de très loin, celle qu'elle se proposait de soulever ce soir avec lui — l'idée la plus folle qu'elle ait jamais eue de toute sa vie.

— Mmm… Ça sent drôlement bon, chez toi.

— J'espère que tu as faim.

Elle affichait une nonchalance qu'elle était loin de ressentir. Depuis que Jon était entré chez elle, son cœur avait adopté un rythme bien trop rapide. Mais ce n'était pas tous les jours que son avenir dépendait d'un simple dîner.

— Tu veux des amuse-gueules, avec ton vin ? proposa-t-elle. Assieds-toi, je vais les chercher.

Jon s'installa dans un des confortables fauteuils de velours sombre et étira ses longues jambes musclées qu'il croisa aux chevilles. Il allait si bien, dans ce décor, songea-t-elle en prenant place dans le siège jumeau après avoir posé la coupelle de biscuits salés, d'amandes et d'olives sur la table basse. Elle regarda sa main aux doigts fins attraper une olive verte et la porter à sa bouche, puis il but une gorgée de vin.

A quel moment devrait-elle aborder le sujet ? se demanda-t-elle. Elle doutait qu'il y ait une règle établissant l'art et la manière d'évoquer l'insémination artificielle entre amis… Elle avala une longue gorgée de son vin et sentit sa bouche se dessécher.

— Je vais aller chercher un peu d'eau. Tu en veux ?

Elle avait gagné… Il n'y avait pas besoin d'être très perspicace pour remarquer sa nervosité, évidemment, et Jon la considérait maintenant avec une lueur suspicieuse dans les yeux — celle qu'elle l'avait souvent vu adresser à un patient réticent à prendre ses remèdes ou à suivre son régime.

— Tu as l'air d'être assise sur une plaque chauffante, dit-il, en l'observant, la tête inclinée. C'est à cause de moi ? Oh… Ma barbe. C'est ma barbe qui te gêne, non ?

— Ta barbe ? Me gêner ? Non !

A vrai dire, ce n'était pas vraiment son problème. Si elle avait dû s'arrêter sur cette nouvelle particularité physique, elle aurait au contraire admis qu'elle adoucissait son visage taillé à coups de serpe et accentuait singulièrement son charme naturel. Mais ce soir, elle avait autre chose en tête…

— C'était l'idée de mes filles, dit-il en se frottant le menton d'un geste un peu gauche.

— Cela te va très bien. Si, je t'assure, ajouta-t-elle

inutilement, s'efforçant de dissimuler son embarras en mangeant une noix de cajou.

Jon fronça soudain les sourcils et la scruta plus attentivement.

— Tu m'as invité pour une raison précise, n'est-ce pas ? Et j'ai comme l'impression que ce n'était pas pour discuter de ma barbe…

Elle n'allait pas tarder à avoir besoin d'un deuxième verre.

— Non, c'est vrai. Il y a quelque chose dont je voudrais te parler, en effet, dit-elle. Mais je… je pense que ce serait mieux en dînant, d'accord ?

— D'accord, répondit-il avec un haussement d'épaules.

S'il avait tout d'abord été intrigué, il la considérait à présent avec l'air d'un détective confronté à l'énigme du siècle.

— Assieds-toi, j'arrive tout de suite, dit-elle en se précipitant vers la cuisine.

— Je peux t'aider ?

— Non, non. Installe-toi, j'en ai pour deux minutes.

Heureuse de cette diversion, elle jeta les pâtes dans l'eau bouillante, coupa le gaz sous la sauce qui mijotait à feu très doux, sortit les salades du réfrigérateur, et trancha le pain.

Dix minutes plus tard, tous deux commençaient à manger en s'ingéniant à entretenir une conversation qui se traînait lamentablement. La vraie raison de son invitation était suspendue entre eux comme une vague menace, un nuage chargé de pluie risquant de se déverser sur eux à chaque seconde. Elle fuyait le regard interrogateur qu'il posait régulièrement sur elle et allait chercher refuge dans la cuisine sous un prétexte ou un autre dès que l'atmosphère se faisait trop pesante.

— C'était excellent, Sarah…, dit-il après avoir terminé ses pâtes. J'ignorais que tu avais de tels dons culinaires.

— Je suis heureuse que tu aies apprécié, répondit-elle, tournant le pied de son verre entre ses doigts, toute raidie à la perspective d'aborder enfin ce sujet qu'elle ne pouvait plus ajourner davantage.

Elle prit une longue inspiration.

— Donc, Jon, je me demandais si… Enfin…

Jon se redressa pour s'appuyer au dossier de sa chaise et la dévisagea. Elle pouvait presque entendre les microprocesseurs de son cerveau fonctionner à plein régime.

Elle se jeta à l'eau.

— Que penses-tu de l'insémination artificielle ?

Voilà. C'était dit… Elle ferma les yeux une seconde, puis les rouvrit prudemment pour voir Jon se pencher et s'accouder à la table.

— En général ? Ou pour une raison spécifique ?

Elle déglutit avec l'impression d'avaler un morceau de papier de verre.

— Commençons par… en général ?

— Eh bien, pour quelqu'un qui a un problème de fécondité ou qui n'a personne dans sa vie…, commença-t-il d'un ton très professionnel avant de s'interrompre pour poser sur elle un regard scrutateur. Est-ce de toi qu'il s'agit, Sarah ?

Elle eut soudain la sensation d'avoir des projecteurs braqués sur elle, sans plus aucune possibilité de se terrer dans l'ombre.

Bien sûr, elle avait pris ses informations, notamment à la banque du sperme locale, vraisemblablement approvisionnée par les étudiants de la région qui trouvaient là un moyen facile de se faire un peu d'argent, et elle avait sérieusement réfléchi à la possibilité de choisir un donneur anonyme en fonction de sa liste de conditions et de qualités requises. Mais des images de garçons immatures, riant niaisement à des plaisanteries débiles devant un verre de bière, avaient surgi dans son esprit et l'avaient dissuadée de s'inscrire sur le site Web. Ce qui l'avait amenée à réfléchir plus précisément sur sa liste de conditions, et une, en particulier, s'était imposée à elle…

Elle termina son verre de vin et, lentement, le reposa sur la table.

— Je l'envisage très sérieusement. Je ne rajeunis pas, et l'homme idéal n'a toujours pas frappé à ma porte.

Impulsivement, elle posa une main sur la sienne.

— Je veux un enfant, Jon, c'est un réel besoin, pour moi.

— Et tu souhaites mon opinion parce que… ?

A son tour, il prit son verre pour le finir d'une seule traite.

Elle inspira longuement. A présent qu'elle avait lancé le sujet, elle n'avait d'autre solution que d'aller jusqu'au bout.

— Mon désir de maternité avait jusqu'à présent inclus l'amour et le mariage, dit-elle. Mais à moins d'un miracle dans un très proche avenir, cela ne risque pas de m'arriver. Or, comme nous sommes au XXIe siècle, il existe heureusement une alternative à la voie traditionnelle.

L'expression méfiante et vaguement terrorisée de Jon lui donna presque envie de rire.

— Donc, dit-elle, inspirant profondément avant de lui assener le coup de grâce, si j'ai tenu à t'en parler, c'est parce que, pour moi, il me semble que… tu serais le donneur idéal.

Visiblement pris au dépourvu, il renversa son verre d'un geste brusque et tous deux se précipitèrent avec leurs serviettes en papier pour éponger les quelques gouttes de vin.

— Excuse-moi, dit-il.

— Non, non, c'est moi. Je n'aurais pas dû lâcher ma bombe aussi brusquement.

— J'espère que ça ne tache pas.

— C'est le dernier de mes soucis, dit-elle en emportant les serviettes pour rapporter une éponge.

Il la regarda un instant nettoyer la table avant de soupirer.

— Tu es vraiment sérieuse, n'est-ce pas ?

Elle rencontra son regard et hocha fermement la tête.

— On ne peut plus.

— Mmm…

Se relevant, il commença à arpenter la pièce.

— Tu pourras au moins y réfléchir ? demanda-t-elle.

— Mmm…

Elle pouvait être fière : elle avait réduit l'éloquence du très sérieux et génial Jon Becker à un discours monosyllabique.

Recouvrant ses esprits elle-même, elle poursuivit sur sa lancée :

— J'ai établi une liste de tout ce qui m'est venu à l'esprit, et tu pourras peut-être y jeter un œil. J'ai pu oublier de considérer certains aspects…

Il s'arrêta de marcher et se tourna vers elle. Une lueur d'animal traqué s'était allumée dans ses yeux bruns.

— Tu voudrais que je sois de nouveau père à quarante-deux ans ?

— Non, Jon. Je veux que tu donnes ton sperme afin que je sois mère à trente-six.

— Mère d'un bébé sur mesure ?

Tout à coup, elle sentit un calme étrange l'envahir, et son esprit devint aussi clair qu'un torrent de montagne.

— Viens, on va s'installer devant le feu, d'accord ?

Elle le précéda sur le sofa où elle l'invita à la rejoindre.

— J'ai déjà mes filles, dit-il en s'asseyant. Je ne veux pas d'autres enfants. Et j'envisage de prendre un congé sabbatique dès que Lacy entrera à l'université. Il y a longtemps que j'attends d'être de nouveau libre.

— Et tu le seras, Jon. Tu n'auras pas à t'occuper de l'enfant. Je te demande uniquement de donner ton sperme.

— Pourquoi ne pas le demander à Phil, plutôt ? Il est célibataire. Et jeune…

— Et c'est aussi un play-boy irresponsable. Jon, j'ai vraiment pensé à tous les hommes que je connais, et tu viens largement en tête de liste. Tu es intelligent, en bonne santé, tu as de la personnalité… Et je crois que ton ADN s'harmoniserait parfaitement avec le mien, conclut-elle non sans sentir les battements de son cœur s'accélérer.

— Pour faire un super bébé ?

— Un bébé, tout simplement… Avec de bons atouts pour lui. J'assumerai intégralement ma responsabilité envers lui. Et je n'attendrai rien — vraiment *rien* — de toi, en dehors de ta… euh… contribution initiale.

Elle avait buté sur le mot et s'était sentie rougir.

— Tout bien considéré, cela ne devrait pas exiger un trop gros effort de ta part, ajouta-t-elle malgré tout, les joues en feu.

Leurs regards s'accrochèrent un instant. Jon paraissait hésitant, comme s'il imaginait, non sans gêne, exactement à quoi son rôle l'obligerait.

— Nous travaillons ensemble, Sarah, dit-il enfin. Comment veux-tu que je ne me sente pas concerné ?

— Je reconnais que ce n'est pas pour faciliter les choses, mais si tu considérais la situation d'une façon scientifique, comme, disons, une expérience entre amis et confrères, ce serait plus facile, non ?

Il avait l'air tout sauf convaincu.

Une fois de plus, elle posa une main sur la sienne. Deux fois en une soirée, c'était beaucoup. Jamais encore elle ne l'avait touché auparavant.

— Je *sais* que c'est possible, Jon.

Une heure et demie plus tard, après qu'ils eurent étudié tous les aspects du problème, des antécédents médicaux aux obligations parentales — du moins, en ce qui le concernait, de leur *absence* —, en passant par l'intervention d'un avocat et les méthodes d'insémination, l'étrangeté de cette conversation avait presque disparu. Ils finissaient par analyser le problème comme deux confrères discutant de résultats de laboratoire.

— Tu veux un dessert ? proposa-t-elle soudain.

Il acquiesça en riant et avala sa part de tarte aux myrtilles sans en laisser une seule miette.

Au moment de partir, il hésita.

— J'ai besoin de temps pour réfléchir, Sarah.

— Cela va de soi. J'ai déjà de la chance que tu ne te sois pas enfui de chez moi ventre à terre !

— Ce n'est pas mon genre. En tout cas pas avec toi.

— Je le sais, Jon.

Elle posa fugacement le front contre son épaule — un geste qu'elle n'avait jamais osé avant ce soir.

— Quand tu auras pris ta décision, et si c'est un oui, je demanderai à mon avocat d'établir un contrat. Tu ne seras en aucun cas responsable de quoi que ce soit, Jon. Tu as ma parole.

Il acquiesça, une lueur soudain rieuse dans les yeux.

— Dans ce cas, nous pourrions nous épargner beaucoup de problèmes en concevant cet enfant « à l'ancienne ».

Un rire gêné lui échappa, et elle lui donna un petit coup de poing sur le bras.

— Très drôle...

Et surprenant. Depuis cinq ans qu'elle le connaissait, Jon ne lui était jamais apparu comme un champion de la plaisanterie, et encore moins de la plaisanterie plutôt... osée.

Et puis, ils venaient d'avoir une longue conversation sur la possibilité de créer une vie sans passer par le sexe. Il lui avait énuméré les statistiques des chances de succès compte tenu de sa motilité à lui, et de sa fertilité à elle en rapport avec son âge. Ils avaient élevé le débat au niveau scientifique, ce qui n'avait rien de surprenant dans la mesure où ils étaient tous les deux médecins, et il avait presque consenti à ce projet. Alors, elle n'avait aucune envie qu'il vienne tout gâcher par une suggestion inepte, fût-elle dite sous le couvert de la plaisanterie. A l'ancienne ? Et puis quoi, encore ? Pas question.

Se mordant la lèvre inférieure, elle leva les yeux vers lui. Comme leurs regards s'unissaient, une nouvelle sorte de relation s'établit entre eux. A la faveur de circonstances les plus improbables qui soient, ils avaient porté leurs rapports professionnels à un autre niveau. Et elle sut à cet instant que, quelle que soit la décision de Jon au bout du compte, les choses entre eux ne seraient plus jamais les mêmes…

Jon savait qu'il pourrait courir trois marathons d'affilée sans pour autant que les émotions qui l'avaient tenu éveillé une bonne partie de la nuit s'apaisent. Le peu de sommeil qu'il avait réussi à grappiller avait été perturbé par des rêves de bébé, de pédiatre, de propositions extravagantes et de positions intéressantes — surtout celle où Sarah le chevauchait… Ce rêve très sexy s'était malheureusement trop vite interrompu et il s'était réveillé frustré et désorienté.

Une nouvelle montée, dans les collines de Santa Barbara, l'obligea à oublier momentanément sa fatigue et ses troublantes visions oniriques.

Fichue proposition ! Il avait des projets, lui ! Il avait déjà commencé à organiser un voyage en Extrême-Orient pendant son congé sabbatique. Un voyage qu'il avait préparé en travaillant avec des cardiologues et des guérisseurs asiatiques afin d'étudier leurs méthodes tout en leur transmettant ses propres connaissances. Quant à ses filles, elles avaient atteint l'âge de se lancer dans le monde à leur tour sans plus nécessiter ni son soutien ni son autorité. Enfin !

Il avait toujours du mal à croire que sa femme, deux ans plus tôt, sans qu'il ait rien vu venir, avait demandé le divorce. Même encore aujourd'hui, à cette seule idée, il avait l'impression que des milliers d'épingles de glace s'enfonçaient dans sa poitrine. Où s'était-il fourvoyé ? Pourquoi avait-elle cessé de l'aimer ? Comment, après cette trahison, pourrait-il jamais accorder sa confiance à une autre femme ?

Depuis, il s'était replié sur lui-même, refusant toute sortie, s'éloignant de ses amis, allant jusqu'à courir régulièrement de longues distances afin de ne plus voir personne. Sa carrière de médecin et ses projets de voyage l'avaient aidé à remonter la pente quand il avait craint de sombrer pour de bon dans la dépression. Et ses filles, bien sûr, avaient été là pour le soutenir aux moments les plus difficiles.

Sarah lui avait demandé de considérer cet « acte » qu'elle sollicitait de lui comme une faveur, et lui avait assuré qu'elle n'attendrait plus rien de lui ensuite. La sincérité dans ses yeux ne laissait aucun doute : elle souhaitait réellement un enfant, mais… Il s'interrogeait, fort de son expérience avec son ex-femme : pouvait-il vraiment être certain que sa relation avec Sarah n'irait pas au-delà d'un don de sperme ?

Cet après-midi-là, la réunion du personnel du centre médical MidCoast, qui se tenait comme d'habitude dans la cuisine transformée pour l'occasion en salle de conférences, semblait s'éterniser. Sarah tapait discrètement du pied sous sa chaise tout en prêtant une oreille distraite au fastidieux rapport trimestriel que lisait Jason.

Son esprit avait une nette tendance à s'évader vers un sujet bien plus brûlant pour elle : la décision de Jon. Avait-il une réponse à lui donner ? Elle mourait d'envie de regarder dans sa direction, mais s'en abstenait pourtant — non sans mal. Elle ne voulait surtout pas lui donner le sentiment de le presser.

— Nous avons équilibré notre budget, ce qui nous donnera la possibilité d'acheter le nouveau matériel que nous souhaitions pour le labo, annonça Jason qui, à l'aide de son stylo laser, désigna l'écran derrière lui. Et si nous avons la chance que cette situation favorable se prolonge, nous n'aurons, d'ici quelques mois, plus besoin d'envoyer nos patients faire leur bronchoscopie à l'hôpital local. Nous pourrons nous en charger ici même.

— Fantastique…, commenta Phil Hansen. Depuis le temps que j'attends ça…

Le cabinet, installé dans une grande demeure victorienne rénovée, située au cœur de Santa Barbara, ne désemplissait pas. Les quatre médecins avaient joué gros en ouvrant cet établissement et gagné leur pari. Leurs débuts difficiles, où ils n'avaient pas ménagé leurs efforts, avaient été récompensés au centuple.

Jason arbora un large sourire réjoui — celui dont il se départait rarement depuis qu'il avait épousé Claire, son assistante.

— Qui aurait imaginé, il y a cinq ans, quand nous avons conçu ensemble le projet de nous associer pour créer notre propre cabinet de groupe, que nous en serions là aujourd'hui ? dit-il en promenant son regard sur ses associés et sa femme enceinte.

— Moi ! dit Jon en levant la main. Nous avions nos diplômes et nos compétences, avions étudié le profil démographique de la région, trouvé l'endroit idéal pour nous installer. Et, bien sûr, nous avions ton argent, Jason, ajouta-t-il avec un sourire amusé, ainsi que ton expérience des affaires. Avec tous ces atouts de notre côté, notre succès était inévitable.

Il avait comme toujours tout analysé et, avec le discernement qui le caractérisait, s'était forgé une idée limpide de la situation. Ses yeux bruns lumineux s'adoucirent légèrement lorsqu'il croisa ceux de Sarah. Elle hocha la tête et il répondit avec un petit sourire discret et cependant empreint de fierté qui provoqua de drôles de sensations dans son ventre.

Lui adressait-il un message subtil ? Devait-elle comprendre qu'il avait fait son choix ?

Claire, la dernière à avoir rejoint le groupe, changea de position dans son fauteuil et son front se plissa tandis qu'elle se mordillait les lèvres. Sarah avait très souvent vu ce genre d'expression sur le visage de ses patientes amorçant leurs trois derniers mois. Vers la fin de leur grossesse, en manque constant de confort, elles attendaient avec impatience que leur bébé se décide à sortir... Elle lui adressa un sourire d'encouragement quand Claire tourna la tête vers elle. La jeune femme le lui retourna, mais leva aussitôt la tête vers le plafond comme pour y chercher un soutien moral. Bien que son cas soit considéré à haut risque étant donné qu'elle souffrait d'un lupus, sa grossesse n'avait pas posé le moindre problème depuis la première fois où Sarah l'avait examinée.

Claire avait déjà eu un enfant d'un premier mariage, et l'histoire d'amour qu'elle vivait maintenant avec Jason tenait presque du miracle. Le bonheur qui les unissait donnait à Sarah le sentiment que tout était possible. Même pour elle.

Comme elle écoutait la fin du rapport de Jason, Sarah baissa les yeux sur ses mains. Des mains qui avaient aidé d'innombrables bébés à naître... et dont l'annulaire, à gauche, était notablement nu. Elle fêterait son trente-sixième anniversaire le mois prochain et, cette année, pour la première fois, elle avait pris conscience d'une sorte de... manque.

L'égrènement de l'horloge biologique, qui ne l'avait jusqu'alors jamais perturbée, assiégeait désormais son esprit, l'obsédait avec le désir impérieux d'avoir un enfant.

Au point d'avoir osé demander à Jon d'être un donneur de sperme...

Claire gémit, l'arrachant brusquement à ses pensées.

— Ça va, Claire ? demanda-t-elle.

— Oui, répondit celle-ci avec un long soupir. J'ai eu des contractions de Braxton Hicks toute la journée.

Sarah haussa les sourcils.

— Toute la journée ? Tu aurais dû me le dire.

Sarah se rassura en songeant que le bébé n'était pas attendu avant plusieurs semaines, mais demeura néanmoins vigilante tandis que la réunion se poursuivait.

Phil se leva, dominant la petite assemblée de son mètre

quatre-vingt-dix. Ses cheveux châtain clair frôlaient le col de sa chemise et encadraient son visage bronzé qui n'avait rien à envier aux stars faisant régulièrement la une des magazines *people*.

Il lut son rapport mensuel obligatoire de l'inspection du travail, et les tortura avec les règles en vigueur, sans rien leur épargner, depuis les produits chimiques autorisés jusqu'à la façon de se débarrasser des pansements usagés. Elle pria pour qu'ils n'aient pas droit à un nouvel exercice de simulation d'incendie…

Claire poussa un nouveau gémissement, mais, cette fois, en se tenant le dos.

Sarah regarda sa montre. La dernière contraction remontait à moins d'une minute…

2.

Jason se précipita au côté de sa femme qui se tenait recroquevillée.

— Je peux faire quelque chose, ma chérie ?

Sarah, qui s'était agenouillée devant elle, posa une main sur son ventre dur. Le bébé était manifestement descendu depuis le rendez-vous de la veille, et était même déjà engagé.

— Nous allons devoir interrompre la réunion. Il faut que je t'examine, Claire.

— D'accord.

Phil, le seul célibataire du groupe, avait blêmi sous son hâle.

— Je serai dans mon bureau, annonça-t-il en s'éclipsant.

Jason aida précautionneusement sa femme à se lever et l'accompagna jusqu'à la salle d'examen.

Jon, lui, n'avait pas bougé, mais Sarah devinait sans peine que son esprit fonctionnait à plein régime.

— Tu as besoin d'aide ? lui demanda-t-il.

— Je ne sais pas encore, répondit-elle en sortant de la cuisine. Tu pourrais peut-être rester dans le coin, juste pour le cas où ?

Cinq minutes plus tard, Sarah examinait Claire installée sur la table, dans son cabinet, et eut la confirmation de ses craintes : non seulement le col était très dilaté, mais elle avait perdu les eaux !

— Le bébé est pressé d'arriver ! lança-t-elle par-dessus son épaule pour avertir Jason qui vint aussitôt la rejoindre.

— C'est ce que je craignais, dit Claire avec inquiétude.

— A-t-on le temps de l'emmener à l'hôpital ? s'enquit Jason d'un ton anxieux.

— Non, pas à ce stade, dit Sarah qui adressa un regard assuré à Jason avant de répondre à la question muette de Claire. Ne crains rien, Claire, je suis là, d'accord ?

Celle-ci se tourna vers Jason.

— Demande à Mme Densmore si elle peut garder Gina, ce soir.

Jason acquiesça avec des yeux écarquillés. Sarah ne l'avait encore jamais vu aussi angoissé.

— Tout se passera bien, dit-il, sans doute pour s'en convaincre lui-même.

Il pressa la main de sa femme tout en sortant son portable pour appeler leur baby-sitter.

— Je peux aider ? proposa Jon du seuil de la pièce.

— Oui, je vais avoir besoin de serviettes et d'une couverture de bébé bien chaude, et, ensuite, ce serait bien de lancer une perfusion.

Un cri monta de la gorge de Claire.

— Jason, tu peux aller chercher notre réserve de morphine et un antiémétique ? dit Sarah. Cela aidera peut-être à apaiser Claire avant qu'elle passe au stade suivant.

Elle attendit que la contraction faiblisse, puis plaça le fœtoscope de sorte à obtenir un pouls. Elle mettait les bébés au monde à l'hôpital local, mais cela n'était encore jamais arrivé dans leur établissement, aussi ne disposait-elle pas d'un équipement de monitorage fœtal électronique sur place.

— Et demande une ambulance, aussi…, ajouta-t-elle. Nous en aurons besoin pour le transport, ensuite.

Après la naissance, la mère et l'enfant devraient être admis à l'hôpital pour être placés en observation.

Baissant la tête, Sarah se concentra pour compter les

battements forts et réguliers du cœur de l'enfant. Cent trente à la minute. Très bien.

Rencontrant le regard angoissé de Claire, elle s'efforça de lui transmettre son calme. A peine trente secondes plus tard, une autre contraction s'annonça, et des gouttes de sueur apparurent sur le front de Claire, où se collèrent ses courts cheveux de miel. Sarah continua d'écouter le cœur du bébé, et fut soulagée de percevoir la variation naturelle consécutive à la contraction.

Jason revint précipitamment dans la pièce avec le matériel et, devant les tremblements de ses mains, Jon vint à la rescousse pour poser la perfusion. Jason, de son côté, titra une très faible quantité de morphine afin de soulager la douleur de Claire entre les contractions. Sarah ne souhaitait pas que cette dernière soit trop détendue lorsqu'il s'agirait de pousser.

Le travail se poursuivit pendant une bonne heure et demie, jusqu'à ce que Sarah sente venir une très forte contraction.

— C'est bon, pousse, maintenant, Claire.

Bien que manifestement épuisée, Claire mit toute son énergie dans ce nouvel effort. Cette fois-ci, le haut de la tête apparut. A la contraction suivante, Sarah continua de l'encourager.

— Vas-y, Claire ! Pousse encore !

Sarah vit Jon se pencher vers elle.

— Je vais chercher une cuvette d'eau tiède. Auras-tu besoin de faire une épisiotomie ?

— Je ne pense pas, mais apporte-moi le nécessaire chirurgical tout de même, on ne sait jamais.

Jon sortit en courant comme s'il était lui-même le père anxieux et, à son retour, Sarah lui confia la tâche de surveiller le rythme cardiaque du bébé à l'aide du fœtoscope afin qu'elle-même puisse se concentrer sur la naissance.

Tout se passait bien, sauf que les contractions se succédaient à un rythme si rapide que Claire n'avait pas le temps de se reposer. Le visage mouillé de transpiration, elle paraissait épuisée, prête à abandonner.

Une nouvelle contraction s'annonça.

— Pousse ! Allez, pousse ! l'encouragea Sarah une fois de plus.

Elle tenait la tête du bébé dans les mains et la tirait tandis que Claire donnait tout ce qui lui restait de forces en proférant des mots que Sarah n'avait pas entendus depuis le dernier match de basket auquel elle avait assisté.

Elle écarta le cordon ombilical du visage du bébé tandis que la tête, puis une épaule, puis l'autre lui glissaient dans les mains. Claire, visiblement soulagée d'atteindre enfin la fin de l'épreuve, se mit à pleurer.

Du coin de l'œil, Sarah vit les yeux de Jason se remplir de larmes aussi.

— Oh, mon Dieu…, murmura-t-il.

La vision se brouilla pour elle aussi, mais elle se ressaisit avec fermeté. Sa tâche n'était pas terminée, et elle n'avait pas le droit — pas encore — de laisser l'émotion la gagner.

Elle réceptionna le bébé avec aisance, comme elle l'avait si souvent fait au cours de sa carrière, mais celui-ci comptait un peu plus pour elle que les autres. C'était l'enfant de son associé et de son amie. Tenir ce petit être dans ses mains lui fit souhaiter plus que jamais de connaître elle aussi, un jour, le bonheur de mettre son propre enfant au monde.

— C'est un magnifique petit garçon, annonça-t-elle.

A peine lui avait-elle essuyé le visage qu'il poussait un cri retentissant. Elle l'enveloppa dans la couverture que lui tendait Jon, qui avait également apporté le nécessaire pour lui nettoyer le nez et la bouche. Il avait pensé à tout.

Etait-il également parvenu à une décision la concernant ?

Après que Jason eut coupé le cordon et qu'elle eut posé le bébé sur le ventre de sa mère, elle se prépara pour l'expulsion du placenta. Jon avait préparé une grande cuvette à cet effet.

Accroupi près de Claire et du bébé, Jason pleurait et

riait avec elle. Sarah les entendit prononcer le nom de Jason James Rogers Junior.

Observant Jon à la dérobée, elle vit dans ses yeux l'expression familière d'émerveillement et d'étonnement qu'une nouvelle vie suscitait le plus souvent. Comme il rencontrait son regard, il sourit. Jamais encore elle ne lui avait vu une telle intensité. Comprenait-il ce qu'elle ressentait ? Ce besoin farouche de connaître elle aussi le fabuleux bonheur d'être mère ?

Elle pria que l'arrivée de cet enfant et l'indicible joie de ses parents accomplissent un autre miracle…

Et, cette fois-ci, pour elle.

— Félicitations, mon vieux…, dit Jon à Jason.

Le souvenir de la naissance de ses filles était encore bien présent en lui. Rien ne l'avait plus enchanté que d'assister à leur venue au monde.

Par ailleurs, il n'avait pas besoin de regarder Sarah pour savoir ce qu'elle vivait. Elle lui avait suffisamment parlé de son profond besoin de maternité la veille pour cela. Comment vivait-on le fait d'avoir fait naître des dizaines de bébés et de ne pas connaître soi-même cet événement si essentiel pour une femme ?

Jason venait de poser le nouveau-né sur la poitrine de sa femme, et, du coin de l'œil, Jon vit le regard presque respectueux que Sarah posa sur l'image de pure béatitude que tous trois leur offraient.

Alors, soudain, il ne put supporter le sentiment ou les conséquences qu'un simple « oui » engendrerait. Il ramassa les serviettes souillées et alla les jeter dans le panier prévu à cet effet.

— On aura droit à être payés en heures sup, pour notre peine ? demanda-t-il, soucieux d'alléger l'atmosphère.

Sa plaisanterie fut accueillie par un rire général un peu étonné car il n'était guère coutumier du fait. Contre toute attente, l'impression de bien-être qu'il en ressentit lui donna envie de consentir au souhait le plus cher de sa consœur. Mais pas question de se laisser influencer. Sa décision serait prise de la même manière que toutes celles qu'il prenait dans le cadre de son rôle de médecin, autrement dit basées sur la logique et le bon sens. Rien de moins.

Sarah le regardait par-dessus les heureux parents et leur bébé. Son expression avait changé, comme si elle comprenait le poids des espoirs qu'elle avait placés en lui, et l'injustice de cette naissance arrivant à point nommé pour faire pencher la balance en sa faveur. Puis un chaud sourire éclaira soudain son visage, comme si le soleil perçait de lourds nuages noirs. Comment ne pourrait-il y répondre ?

— Tu ne te débrouilles pas mal, pour un novice, dit-elle.

Ainsi optait-elle pour l'humour et la légèreté, elle aussi. Le soulagement enveloppa Jon comme une couette bien chaude. Il n'était pas décidé à laisser le destin lui forcer la main. Pas encore prêt à faire un choix qui risquait de bouleverser sa vie. Même si la sincérité et la spontanéité de Sarah avaient une singulière tendance à infléchir son libre arbitre.

Il lui retourna un regard appuyé.

— Tu n'es pas la seule à être pleine de surprises, Sarah…

Sarah venait à peine d'arriver, le lendemain matin, quand Jon l'appela. Elle avait eu le temps de passer voir Claire à l'hôpital et de s'assurer que la mère et le bébé allaient bien. Elle avait pris le nouveau-né dans ses bras, aussi. Un instant de pure émotion…

— Tu as une minute ?

— Oui, bien sûr.

Il la précéda jusqu'à son bureau à elle, et la laissa

entrer la première avant de la suivre puis de refermer la porte derrière lui.

Elle eut la sensation que son cœur s'arrêtait de battre. Mon Dieu… Qu'allait-il lui annoncer ? Devrait-elle recourir au plan B et s'adresser à un donneur anonyme ? Elle espérait de tout cœur que non.

— J'ai réfléchi, dit-il sans préambule. J'ai *beaucoup* réfléchi.

— Et ?

— J'avoue que ta proposition me sidère, Sarah. Je ne comprends toujours pas pourquoi tu insistes pour me choisir, alors que Phil est célibataire et disponible.

Il leva une main pour prévenir les arguments qu'elle s'apprêtait à lui répéter.

— Mais je ne mets pas en doute la sincérité de ton désir d'avoir un enfant, ajouta-t-il. J'en ai eu la confirmation dans tes yeux hier. Je sais maintenant que ce n'est pas une simple lubie de ta part.

Elle acquiesça de vigoureux hochements de tête.

— Et je pense que je peux te faire confiance quant au petit rôle que je jouerai dans cette histoire.

— Tu n'as aucune crainte à avoir à ce sujet, Jon.

Doux Jésus… Elle n'osait pas encore se réjouir, mais il semblait décidé à accepter son plan. Discrètement, elle croisa les doigts dans son dos.

— Ça peut sembler irresponsable de ma part étant donné que j'envisage comme je te l'ai dit de prendre un congé sabbatique, et compte tenu de mon estime pour toi en tant que consœur… Pour être franc, ça m'ennuierait beaucoup que notre relation professionnelle en soit… gâchée.

— Moi aussi, Jon.

Oh, flûte… Soudain elle ne savait plus où elle en était. Souhaitait-elle vraiment prendre le risque de sacrifier leur amitié à cause de son désir de maternité ? Pourrait-elle, en toute honnêteté, lui en vouloir de renoncer à ce projet complètement insensé ?

— J'aimerais penser que nous pourrons toujours discuter franchement chaque fois que nous en aurons besoin, poursuivit-il. Que même si je ne suis que le donneur de sperme — puisqu'il faut appeler les choses par leur nom —, je resterai ton ami. Et que, à ces deux titres, je pourrai partager ton bonheur, comme tout le monde dans ce cabinet.

Elle acquiesça de nouveau, prudemment, redoutant de prendre trop tôt ses désirs pour des réalités et de n'en être que plus cruellement déçue.

— Moi aussi, Jon, c'est ce que je souhaite. Je ne veux pas perdre ce qu'il y a entre nous. Jamais…

Il se rapprocha d'elle.

— Qu'y a-t-il entre nous, Sarah ?

Sous son regard insistant, elle eut tout à coup la sensation de se retrouver sous un microscope. Sa gorge se serra, et elle prit une profonde inspiration.

— Cinq années de travail acharné et de fantastiques résultats, répondit-elle. Nous avons partagé les joies, les déceptions, les espoirs et les découragements tous ensemble.

A son tour, elle s'avança vers lui pour lui prendre la main.

— Quoi qu'il arrive si tu acceptes, Jon, tu resteras un ami très cher pour moi.

Ses longs doigts se nouèrent aux siens. Il restait cependant distant, bien que chaleureux.

— J'impose toutefois une condition, reprit-il. Personne ne doit rien savoir. Si on devait l'apprendre, je quitterais le cabinet.

L'importance qu'il attribuait à cet anonymat l'angoissa. Etait-elle prête à assumer la responsabilité de son départ si quelqu'un venait à découvrir leur secret ? Etait-elle prête à le laisser en payer le prix ? A voir son avenir bouleversé par sa faute ? Sa volonté flancha. Le plan B était peut-être moins risqué, en fin de compte… Mais Jon, doucement, lui caressa le dos de la main — un message silencieux qui apaisa ses doutes.

— Je te le promets, murmura-t-elle.

Toutefois, l'éventualité de perdre son amitié lui fit prendre toute la mesure de la gravité de leur pacte. Un pacte qui venait d'être signé entre eux à cet instant. Son rêve allait devenir réalité. Elle s'en sentit étrangement étourdie.

Jon la dévisagea avec insistance, comme pour chercher la confirmation de sa sincérité. Pouvait-il voir assez profondément en elle pour sonder les aspirations de son cœur ? Jamais elle n'avait été plus honnête qu'à cette seconde.

— Une fois que tu seras enceinte, je veux avoir le statut de « super-copain », dit-il avec une ombre de sourire étirant le coin de ses lèvres.

— Tu es d'accord, alors ?

Elle serra ses deux mains dans les siennes, les yeux écarquillés, fixés sur lui, guettant sa réponse. Sa confirmation.

— Oui, Sarah. Oui, je le ferai. Pour toi.

Heureuse au-delà des mots, elle se haussa sur la pointe des pieds pour l'embrasser impulsivement sur la joue.

3.

S'il avait dû subsister encore quelques réticences en Jon, elles auraient promptement été balayées par la joie spontanée et irrésistible de Sarah. Elle tapa des mains et l'embrassa si fort sur la joue qu'il sentirait sûrement l'impact de ce baiser plusieurs heures après. Jamais il ne l'avait vue aussi excitée et heureuse, ce qui l'amena à se demander ce qu'il savait d'elle, en fait…

Depuis son divorce, il avait pris l'habitude, après le travail, de se réfugier dans la solitude. Aujourd'hui, toutefois, il avait du mal à envisager avec plaisir de se retrouver seul dans sa « caverne » — ses filles avaient ainsi baptisé le loft où il s'était installé depuis qu'il avait quitté sa famille.

D'accord, il avait une journée de travail devant lui, mais ensuite ? Il ne verrait pas ses filles avant le week-end.

— Que dirais-tu de prendre un café après le travail ? proposa-t-il sans réfléchir. Ce serait peut-être bien de se connaître un peu mieux, non ?

— Tout à fait d'accord…

— Très bien. Alors à plus tard, dit-il en se dirigeant vers son cabinet avec une légèreté qu'il n'avait pas éprouvée depuis longtemps.

Il était 18 heures passées quand ils fermèrent le centre et marchèrent jusqu'à State Street où ils prirent le tramway.

Même si janvier était déjà bien entamé, la température était particulièrement clémente et plusieurs restaurants avaient ouvert leurs terrasses. Une légère brise portait par moments les senteurs piquantes de l'océan.

— Tu ne t'es jamais lassée de mettre des bébés au monde ? demanda-t-il quand ils eurent trouvé des places assises.

— Non. Et je crois que cela ne risque pas de m'arriver. C'est merveilleux, non ?

Jon acquiesça en songeant à la naissance de ses filles. Amanda était née dans une école de sages-femmes, dix-huit ans plus tôt, et Lacy à la maison, dans la baignoire, vingt mois après. Son ex-femme en avait décidé ainsi, et c'étaient les instants les plus mémorables de sa vie. L'arrivée de Jason James Rogers Junior, la veille, avait fait remonter en lui ces souvenirs depuis longtemps éclipsés par les aléas de la vie.

Aider les patients à ménager leur cœur était important, bien sûr, mais ne soutenait pas la comparaison avec le choc émotionnel d'une naissance.

— Je n'aurais jamais cru revoir Jason aussi heureux, remarqua-t-elle.

— Comme quoi il ne faut jamais désespérer, dit-il, appliquant cette réflexion à lui-même qui, sans être franchement démoralisé, se maintenait depuis son divorce dans un état oscillant entre dépression et satisfaction.

Il y avait si longtemps qu'il n'avait pas ressenti une telle exultation. Ses longs joggings lui apportaient une sorte d'allégresse, oui, mais qui n'avait rien à voir. L'émotion, alors, n'était pas au rendez-vous. Pas comme elle l'avait été la veille.

Sarah, en face de lui, avait les joues un peu rougies par l'air frais. Des reflets verts apparaissaient par instants dans ses yeux d'ambre, sans doute dus à son pull jade.

— C'est vrai, répondit-elle. Et tu viens de m'en donner la preuve.

Cette reconnaissance de sa part, à lui qui n'avait jamais été de ceux qui accomplissaient des miracles, lui gonfla le cœur d'une fierté inattendue.

Comme elle tournait la tête vers la vitre, il remarqua ses boucles d'oreilles dont les petites perles colorées se balançaient, et son regard s'accrocha à ce balancement presque hypnotique, à la courbe gracieuse de son cou…

Il se reprit brusquement. Que lui arrivait-il ? Il avait invité Sarah pour la connaître mieux, et non pour remarquer la façon dont ses pendeloques dansaient dans ses longs cheveux soyeux. D'ailleurs, maintenant qu'il y songeait, pourquoi Sarah était-elle encore célibataire ? Elle n'aurait dû avoir aucun mal à trouver un mari, qui ne serait que trop heureux de lui faire cet enfant qu'elle désirait tant au lieu d'avoir à solliciter ses services.

Ses services ? Cette idée le fit presque sourire. Comment avait-il pu consentir à une chose aussi extravagante ? Il n'en revenait toujours pas.

Dix minutes plus tard, ils s'installaient avec un thé pour elle et un espresso pour lui à la terrasse d'un café afin de profiter du ciel clair de fin d'après-midi. De là, ils pouvaient entendre le bruit des vagues s'éclatant sur les piliers du vieux ponton de bois de Stearn's Wharf.

Sarah trempa ses lèvres dans son thé, très calme, comme si elle attendait qu'il fasse le premier pas. Jon but une gorgée de son café, son amertume le faisant grimacer, puis se lança.

— D'accord, je me jette à l'eau le premier…, dit-il. Mes filles sont toutes les deux en *high school.* Amanda devrait obtenir son diplôme en juin de cette année, et Lacy l'année prochaine. Amanda se donne à fond pour pouvoir faire son droit à Harvard.

Tous, au centre Midcoast, avaient été conscients du coup qu'avait été son divorce pour lui, deux ans plus tôt, mais ils ignoraient à quel point il en avait été traumatisé. Quoi d'étonnant à cela ? Il avait travaillé deux fois plus pour le cacher. Pour qu'aucun ne devine qu'il ne croyait plus à l'amour, à part celui qu'il avait pour ses filles. Ils avaient vu leur confrère, apparemment heureux entre « ses trois femmes », comme il le disait lui-même, se fermer complètement du jour au lendemain et se plaindre avec amertume à qui voulait bien l'entendre de la façon éhontée dont Cherie l'avait pratiquement laissé sur la paille. Toutefois, il n'avait jamais confié à personne son sentiment de ne pas avoir la force de vivre seul, et pas davantage le désir de se lancer dans une nouvelle relation.

Il ne souhaitait pas non plus ennuyer Sarah avec ses difficultés à entretenir sa famille habituée à un certain niveau de vie, tout en économisant pour les frais que nécessiteraient les universités.

Par ailleurs, eu égard à ses confrères avec qui il avait ouvert ce centre, il s'était refusé à s'octroyer une augmentation lorsque Cherie avait revendiqué une pension alimentaire d'un montant scandaleux.

Sarah l'écoutait attentivement en sirotant son thé dont l'odeur légèrement piquante flottait jusqu'à lui. Elle haussa ses sourcils bien dessinés, qu'il n'avait encore jamais remarqués.

— Et Lacy ? s'enquit-elle. A quoi se destine-t-elle ?

Jon partit d'un rire bref.

— Elle pense plutôt à l'université d'Oahu ; le tempérament hawaiien lui conviendrait sûrement mieux. Mes filles sont aussi différentes que le jour et la nuit, ajouta-t-il, fier de savoir qu'elles avaient toutes les deux des Q.I. bien au-dessus de la moyenne.

Comme leur père… Parfois, il se demandait s'il devait se réjouir ou déplorer de leur avoir transmis ses gènes.

— Du moment qu'elles sont heureuses, dit Sarah.

Il acquiesça en soupirant. Ah, être de nouveau jeune et tout recommencer… Mais le bonheur était un état si subjectif. A quarante-deux ans, il jouissait d'une santé de fer, ce qui aurait dû le rendre heureux, et pourtant il se sentait parfois inutilement alourdi par les responsabilités. C'était dans ces moments-là que la perspective de son congé sabbatique l'aidait à tenir le coup.

Depuis son divorce et le déménagement qui en avait résulté pour lui, il occupait un loft de cent vingt mètres carrés high-tech où il pratiquait un minimalisme urbain confinant à l'ascétisme. D'où le sobriquet d'« homme des cavernes » que lui avaient donné ses filles. Du moment qu'il avait ses livres, sa chaîne hi-fi et son droit de visite, il pouvait survivre.

Le regard attentif que Sarah rivait sur lui le poussa à dire quelque chose. N'importe quoi.

— Et toi ? Je suppose que notre « accord » te rendra heureuse ?

Sarah le dévisagea, ses yeux chaleureux semblant détenir une sagesse bien plus profonde que ne l'auraient suggéré ses seules trente et quelques années, et elle parut presque sur le point de lui confier ses secrets les plus intimes.

— Tu n'as pas idée…, répondit-elle avec son si beau sourire.

Puis elle lui parla de ses parents partis vivre leur retraite au Nevada. De son enfance en tant que fille unique. De ses amies désormais toutes mariées avec lesquelles elle vivait plutôt mal son statut de célibataire chaque fois qu'elle les rencontrait. Il lui demanda ce qu'elle avait fait des hommes qui avaient traversé sa vie et une subtile contrariété accueillit sa question.

Il connaissait la chanson : les hommes, tous des bourreaux des cœurs. Il aurait pu chanter la même en parlant des femmes. Mais il avait envie de l'entendre parler d'elle, envie qu'elle lui confie quelque chose de personnel, qu'elle s'ouvre davantage à lui, aussi tint-il sa langue. S'ils devaient concevoir un enfant ensemble, la moindre des choses était d'en connaître un peu plus sur elle…

— Il y a dix ans, j'ai cru rencontrer l'âme sœur, dit-elle, mais il faut croire que l'amour rend vraiment aveugle :

il m'a laissée tomber un beau jour, sans prévenir, et est parti sans se retourner.

Elle releva les yeux vers lui. Pouvait-elle deviner qu'il savait exactement ce qu'elle ressentait ?

— Désolée, se reprit-elle. Je dois avoir un ton terriblement dramatique, mais c'est ce que j'éprouvais alors. J'ai vécu un véritable drame. Depuis, j'ai connu des histoires très peu satisfaisantes et je suis devenue très pessimiste sur le sujet du prétendu « grand amour ».

Un refrain qu'il avait entendu à plusieurs reprises dans la bouche de ses patientes. L'amour et la constance semblaient destinés à ne pas s'entendre. Pourtant, il ne pouvait comprendre pourquoi Sarah était toujours seule. Quel genre d'homme pouvait renoncer à elle ?

L'observant tandis qu'elle buvait son thé, il supposa que son horloge biologique influençait toutes ses pensées. Bien sûr, il n'était désormais plus rare que les femmes attendent jusqu'à quarante ans pour avoir leur premier enfant, mais, dans son cas à elle, il lui faudrait prendre le risque de ne pas trouver l'homme de sa vie, et de voir les années passer en sachant que la fécondité déclinait régulièrement à partir de trente ans. Non. Il connaissait assez Sarah pour deviner qu'elle n'était pas une joueuse, et qu'elle ne parierait pas sur cette improbable rencontre avec l'âme sœur dans les années à venir. Si elle voulait un enfant, elle devait en effet agir rapidement.

— Et tu as complètement renoncé à rencontrer quelqu'un ? s'enquit-il.

Elle ne répondit pas tout de suite. Son regard s'attarda un peu sur le fond de sa tasse avant de répondre.

— Pas complètement, non.

— Oui, mais… Une fois que tu auras un enfant…

Mon *enfant*, songea-t-il fugacement avec un certain plaisir qui le surprit lui-même.

— … cela risque d'être plus difficile pour toi de le trouver.

Elle eut un haussement d'épaules fataliste.

— Elever un enfant seule n'est sans doute pas la solution idéale, mais c'est ce que je souhaite. Je n'ai pas besoin d'un homme pour consacrer la légitimité de ma décision. Et si je dois être une mère célibataire, j'assumerai mon rôle comme une grande…

Elle se pencha par-dessus la table et, pour la troisième fois depuis la veille, posa la main sur la sienne. Sa chaleur l'enveloppa et, par réflexe, il entrecroisa ses doigts aux siens. Curieusement, le geste commençait à lui paraître naturel. Elle riva ses yeux presque caramel sur lui.

— Tu m'offres un cadeau merveilleux, tu sais ? Comment pourrai-je jamais te remercier ?

Il réfléchit à la réponse. Et songea au plus beau cadeau que lui-même avait reçu — ses filles. Aussi n'eut-il pas à chercher très longtemps.

— En étant une mère juste et aimante, dit-il.

Sarah avait tiré le bon numéro quand il s'était agi de se répartir les pièces dans la grande maison d'un étage classée comme l'une des bâtisses historiques de Santa Barbara : elle était installée à l'avant de la demeure victorienne — version américaine, évidemment. Son bureau était niché dans la tour polygonale, qui jouissait en plus de grandes baies vitrées allant du sol au plafond où elle avait mis des rideaux de dentelle blanche. Elle adorait les dessins que le soleil de l'après-midi filtrant au travers projetait sur les murs et les tapis orientaux.

Un environnement plus digne d'une princesse que d'une fille issue de la classe moyenne de Tustin, en Californie…

Elle avait fait de son mieux pour être une fille parfaite, une étudiante parfaite, une petite amie parfaite — de ce côté-là, cela avait été un fiasco —, une associée parfaite, un médecin parfait. Ce qui ne lui avait laissé que peu de place pour une vie sociale normale. A présent, grâce à la décision de Jon, elle allait pouvoir éviter les préliminaires et sauter directement à la case maternité.

Sa seule exigence ? Qu'elle soit une bonne mère. Pas une mère *parfaite*, non. Simplement une mère juste et aimante. Et elle s'y attellerait de tout son cœur.

Un coup retentit à la porte, et son assistante introduisit sa patiente suivante dans la pièce. Elle était accompagnée de son mari, et tous deux, après les salutations, s'assirent face à elle de l'autre côté du bureau. La femme se tordait les mains entre ses cuisses, et son mari, assis à côté d'elle, se tenait raide comme un piquet.

— J'irai droit au but, dit Sarah en souriant après avoir ouvert un rapport devant elle. J'ai reçu les résultats de votre biopsie endométriale ce matin, et ils sont très rassurants.

Elle sourit de nouveau, remarquant que l'angoisse du couple ne s'était pas apaisée pour autant.

— Ils sont négatifs…, explicita-t-elle. Vous n'avez plus de cancer, madame Miller.

La femme, qui avait fêté son cinquante-deuxième anniversaire un mois plus tôt, releva les yeux vers son mari pour partager avec lui l'intense soulagement que leur apportait cette bonne nouvelle. Puis tous deux se prirent par la main et se levèrent pour la remercier avec chaleur avant de prendre congé, non sans que Sarah leur ait dit de s'arrêter à la réception afin que Gaby leur donne un rendez-vous pour le suivi.

Après leur départ, elle arpenta la pièce, les bras serrés sur la poitrine. Elle avait trente-cinq ans, était en excellente condition physique, et elle était bien placée pour savoir que la santé n'était pas à prendre à la légère. Donc, ce serait le moment idéal pour…

Ses yeux se tournèrent vers le mur réservé aux bébés qu'elle avait mis au monde. Les photos, toujours plus nombreuses sur le grand panneau de liège, paraissaient l'appeler. Aurait-elle dans un proche avenir le bonheur de sentir son bébé grandir dans son ventre, elle aussi ? Elle était si impatiente…

Sur le mur opposé, elle avait exposé une grande photographie encadrée des quatre associés du centre médical de MidCoast le jour de son ouverture.

Elle s'avança et prit le cadre. Tous arboraient un sourire radieux. Elle était entre Jon et Philip ; Jason — le propriétaire des lieux — se tenait de l'autre côté de Jon. Ce jour avait été l'un des plus beaux de sa vie. Elle se rappelait les embrassades qui avaient suivi, le champagne qui avait coulé. Elle se souvenait des espoirs qu'ils partageaient tous, et de leur volonté de servir au mieux la communauté de Santa Barbara.

C'était avant que la femme et la fille de Jason trouvent la mort dans un accident d'avion. Avant que le mariage de Jon parte à vau-l'eau…

Elle-même espérait encore se marier, mais la vie leur avait réservé à tous des surprises. Seul Philip, l'heureux et seul célibataire du groupe, avait traversé ces cinq années sans une égratignure.

Mais la chance semblait enfin lui sourire. La banque du sperme l'avait appelée ce matin pour lui annoncer que Jon avait pris rendez-vous ce jour même — la Saint-Valentin ! Il avait reporté quelques-uns de ses rendez-vous de la matinée afin de pouvoir s'y rendre. A l'idée que son rêve était en très bonne voie de devenir réalité, elle sentit un sourire irrépressible monter à ses lèvres. Jon avait raison sur deux points : il était plein de surprises et, quoi qu'il arrive ensuite, leur relation ne serait plus jamais la même.

Elle resta un moment à regarder la photo. Et plus particulièrement Jon. Sa longue silhouette, ses traits anguleux, son attitude amicale et son regard intelligent lui confirmaient, si elle en doutait encore, qu'elle avait fait le bon choix. Elle lui devait un énorme merci. Et peut-être un autre dîner ?…

*
* *

Jon était assis face à Antonin Grosso. L'homme râblé, au cou de taureau, de l'autre côté de son bureau, avait les bras croisés sur son torse large et une lueur butée dans les yeux.

— Votre thallium d'effort a révélé une anormalité suggérant un blocage artériel, annonça-t-il.

L'homme passa sa main épaisse sur son menton.

— Hé, docteur, je suis boucher… pas chercheur à la NASA, alors causez-moi en anglais, d'accord ?

Jon grimaça. Il devait reconnaître que le langage de profane n'avait jamais été son fort.

— Vous avez peut-être une artère bloquée dans le cœur, reprit-il. Je ne saurais trop insister pour que vous fassiez une angiographie. Euh… C'est un examen qui me confirmera si c'est ou non le cas.

Il fouilla parmi les brochures destinées aux patients et trouva celle qu'il cherchait qu'il lui tendit.

— Je n'ai pas besoin de faire un truc comme ça, déclara Antonin. Je me sens bien.

— Se *sentir* bien et *aller* bien sont deux choses différentes, monsieur Grosso.

Glissant ses doigts dans ses cheveux courts et raides, il chercha une autre façon d'expliquer la situation en langage de boucher.

— Prenez votre viande qui est de premier choix, dit-il, soudain inspiré. Elle a l'air très belle, mais, tant que les services sanitaires ne l'ont pas examinée et déclarée saine, vous ne pouvez pas affirmer qu'elle n'est pas contaminée par on ne sait quel parasite ou quelle maladie.

L'analogie sembla avoir excité quelques neurones dans le cerveau de l'homme.

— Vous avez l'air en forme, continua-t-il, encouragé par le froncement de sourcils de son patient. Vous vous *sentez* en forme. Mais votre cœur n'est pas si en forme que cela. C'est ce que dit le résultat de votre examen. Il va peut-être falloir déboucher certaines artères pour que votre cœur puisse recevoir plus de sang et se sentir mieux.

Quelque chose parut s'enclencher dans les paresseux rouages cérébraux du boucher dont, tout à coup, le visage s'éclaira.

— C'est un peu comme une histoire de plomberie, alors ? Ma tuyauterie a besoin d'être récurée, c'est ça ?

Jon fit claquer ses doigts.

— Exactement ! Vos tuyaux ont besoin d'un bon nettoyage. Nous allons prendre un rendez-vous pour un examen particulier qui nous dira exactement ce que nous voulons savoir.

— Oh là, doucement… Ça m'a l'air dangereux, votre affaire. Faut d'abord que j'en parle à ma femme.

— Très bien. Parlez-en à votre femme, mais faites vite. Je lui parlerai aussi, si vous le souhaitez. Mais plus tôt nous serons fixés, mieux ce sera.

— O.K., mais je me sens bien, répéta son patient en se levant.

— Nous sommes vendredi, dit Jon qui se leva à son tour. Je veux avoir de vos nouvelles avant mercredi prochain. Chaque jour peut compter, monsieur Grosso.

L'homme se dirigea vers la porte dont il saisit la poignée.

— On verra ! lança-t-il par-dessus son épaule avant de sortir en laissant la porte ouverte.

Jon s'assit sur le bord de son grand bureau en chêne et se frotta le visage. Avant qu'il ait pu pester entre ses dents, toutefois, un mouvement dans le couloir attira son attention…

Deux jeunes filles se précipitèrent vers lui.

— Salut, papa ! s'exclamèrent-elles presque en même temps.

Amanda et Lacy se jetèrent dans ses bras pour l'étreindre, et toutes ses pensées de médecin frustré le quittèrent aussitôt. Ses filles avaient le don de chasser tous les tracas de sa tête.

— Hé ! Vous êtes en avance, dit-il, ravi.

— Maman a un super rendez-vous, dit Lacy d'un ton lourd de sarcasme en levant les yeux au ciel.

Il serra les dents. Depuis leur divorce, Cherie ne cherchait même pas à cacher ses multiples aventures à leurs filles. Ils n'étaient pas encore officiellement séparés quand elle avait commencé à courir à droite et à gauche. Il sentait son sang bouillir dans ses veines rien que d'y penser.

Amanda et Lacy étaient encore dans ses bras quand il remarqua Sarah qui s'arrêtait devant sa porte restée ouverte. Etant donné que son bureau était à l'arrière de la bâtisse, il savait qu'elle n'avait pu venir que pour lui parler.

Elle se contenta toutefois de lui adresser un petit signe assorti d'un sourire tout en articulant silencieusement « merci ». La lueur dans ses yeux, depuis qu'il avait accepté de l'aider à réaliser son rêve, n'était pas passée inaperçue au cabinet.

— On dirait presque que le Dr Munroe est amoureuse, avait-il entendu une des infirmières chuchoter à une consœur.

Ses filles tournèrent la tête à leur tour vers la porte et aperçurent Sarah juste au moment où elle s'apprêtait à s'éloigner.

— Je voulais juste te souhaiter une bonne Saint-Valentin, Jon, lança-t-elle.

— Merci, à toi aussi.

Sa reconnaissance lui semblait presque disproportionnée, voire imméritée au regard de la simplicité de sa contribution. Mais si elle était heureuse de le hisser sur un tel piédestal, après tout, pourquoi pas ? Du moment que le secret n'était pas éventé. Et que sa routine n'en était pas modifiée, non plus que ses projets pour la Chine…

— Qui était-ce ? demanda Lacy.

— Tu sais bien, le Dr Munroe. Sarah… C'est une des associés.

— Elle est jolie, remarqua Amanda.

— Pourquoi tu ne sors pas avec elle ?

— Sortir avec elle ?

Il secoua la tête en riant.

— Pour quelle raison ? J'ai déjà mes deux filles préférées.

Même si cela devait lui coûter un dîner au restaurant et quelques achats dans les boutiques de mode, il ne renoncerait pour rien au monde à son week-end avec ses filles.

Surtout pour la plus intéressante Saint-Valentin qu'il ait connue depuis très longtemps…

4.

Etant donné que Claire avait accouché prématurément, Sarah dut assurer elle-même le dernier cours de « Attendre un bébé », le lundi matin. Dix femmes enceintes à des stades divers attendaient avec grand intérêt le sujet du jour : « Péridurale ou accouchement sans douleur ? » Quant à elle, elle avait déjà choisi : ce serait la seconde solution.

Surprise, elle vit une femme qu'elle ne connaissait pas dans le groupe et, dans la mesure où seules les patientes du centre Midcoast pouvaient suivre les cours, elle lui demanda de se présenter.

— Je suis Gretchen, la doula de Stephanie Ingram. Elle a été appelée au tribunal, aujourd'hui.

L'avocate participait au procès d'un meurtrier jugé pour un crime particulièrement odieux, et Sarah le déplorait. Cette affaire n'aurait pu tomber plus mal pour sa grossesse.

Une doula. Hmm. Stephanie avait donc engagé une accompagnante à la naissance. Le rôle de Gretchen Lingstrom — une rouquine criblée de taches de rousseur, de tatouages et de piercings — allait du massage aux séances d'aromathérapie, en passant par les courses et n'importe quelle autre tâche qui pourrait soulager la future mère débordée, et ce, tout le temps de la grossesse et jusqu'à l'accouchement.

« Ce qui me sera peut-être bien utile au moment venu, à moi aussi, si tout se passe bien. »

Après le cours, Sarah alla trouver Jon qui, assis à son

bureau, écrivait. Comme tout gaucher qui se respecte, il avait un indéniable côté artiste qui apparaissait notamment dans son écriture. Cela lui rappela qu'il tenait un journal, ce qu'elle avait toujours admiré. Il le lui avait confié au Noël qui avait suivi son divorce et où, pour la première fois au cabinet, il s'était laissé aller à boire un peu trop. Encore traumatisé par le choc de la séparation, il lui avait avoué que ce journal faisait pour lui office de thérapie.

Discrètement, elle frappa à la porte puis l'ouvrit. Sans qu'elle comprenne pourquoi, son cœur battait un peu plus vite qu'il ne l'aurait dû.

— Salut…, dit-il en relevant la tête avec une lueur chaude dans le regard.

— Salut. Je voulais juste te tenir au courant. On vient de m'informer que le… euh… l'échantillon est bon et que l'aventure commencera dès que je…

Elle s'assura d'un coup d'œil dans le couloir que sa confidence ne tomberait pas malencontreusement dans une oreille indiscrète.

— … dès que j'ovulerai.

Contre toute attente, elle vit une nette rougeur monter aux joues de Jon quand elle lui adressa un large sourire en levant un pouce avant de refermer la porte.

Cet après-midi-là, Antonin Grosso revint accompagné de son épouse, laquelle se planta devant Jon tandis que son mari faisait de son mieux pour se cacher derrière le mètre cinquante-quatre de sa tendre moitié.

— On veut pas de l'examen. C'est trop dangereux, déclara-t-elle avec un très fort accent.

— Madame Grosso, avez-vous conscience que votre mari pourrait mourir d'une crise cardiaque s'il ne prend pas rapidement soin de ses artères ? objecta patiemment Jon.

Visiblement non. Se détournant d'un bloc, elle se lança dans une longue invective en italien. Sans connaître la langue de Dante, Jon devina que son patient avait droit à un savon en règle pour ne pas lui avoir révélé ce « détail » plus tôt.

— Non, non, non ! s'entêta pourtant son mari. Pas d'examen.

Les lèvres pincées, elle se tourna vers Jon.

— Qu'est-ce que je dois faire ?

Jon rencontra le regard d'Antonin.

— Si je vous prends un rendez-vous pour une échographie du cœur — c'est totalement indolore, on passe simplement des ondes sonores sur votre poitrine —, irez-vous, monsieur Grosso ?

— Pas de bistouri ? Pas de piqûres ?

— Rien de tout cela. Mais si vous vous rendez compte vous-même qu'il y a bel et bien un blocage dans vos artères, me promettez-vous de vous soumettre à l'examen — le *vrai*, cette fois — pour sauver votre vie ?

La gracieuse épouse déversa un nouveau flot d'italien, cette fois avec force gestes à l'appui pour faire bonne mesure, et une expression résignée s'imprima peu à peu sur le visage renfrogné du boucher.

— Alors, qu'en dites-vous ? insista Jon.

Les yeux rivés sur le bout de ses chaussures de sport défraîchies, Antonin hocha la tête.

— Bon. D'accord.

Jon retint de justesse son soupir de soulagement et, sans perdre une seconde au risque de le voir changer d'avis, attrapa son téléphone pour composer le numéro de l'hôpital.

— Voyons ce qu'ils vont nous proposer.

Pendant qu'il attendait, et que les Grosso continuaient de discuter âprement dans leur langue natale avec force gesticulations, il passa distraitement sa main sur sa barbe rase. Une idée de ses filles qui lui avaient assuré qu'elle lui donnerait un « look sexy ». Comme si un homme pouvait encore avoir l'air sexy à quarante-deux ans ! Cependant, une pensée bizarre s'insinua dans son cerveau : si Sarah l'avait choisi pour être le donneur, ce pouvait-il que ce soit pour une autre raison en dehors de son ADN ? Le trouvait-elle *sexy*, elle aussi ?

Il rejeta aussitôt cette idée idiote. Et puis, de toute façon, pour rien au monde il ne voudrait compromettre sa liberté pour une relation, quelle qu'elle soit.

Tandis que l'insipide musiquette continuait à tinter à son oreille et que les Grosso poursuivaient leur pittoresque discussion, son esprit lui présenta l'image de Sarah telle qu'il l'avait vue, ce matin même, à sa porte. Vêtue d'un pull de cachemire blanc et d'une jupe évasée d'un bleu que rappelait le fin collier de turquoises à son cou… Il avait remarqué qu'elle était toujours attentive à ce genre de détails.

Une minutie qu'elle appliquait également dans son travail — et dans sa façon de cuisiner, aussi ; il avait pu apprécier son talent original dans ce domaine. Si elle n'avait pas été un aussi bon médecin, il lui aurait suggéré de se recycler dans la restauration…

Il pouvait se réjouir toutefois qu'elle n'ait pas choisi cette voie car sinon il ne l'aurait pas connue. A cette idée, une sorte de pincement se manifesta au creux de son estomac. Le genre de sensation peu appropriée pour un homme projetant de partir dans un avenir relativement proche à l'autre bout du monde.

Après que la standardiste de l'hôpital lui eut exprimé ses regrets de le faire patienter aussi longtemps et de le remettre en attente, il feuilleta nonchalamment son journal intime, survolant la liste des villes qu'il envisageait de visiter après le congrès mondial de cardiologie à Beijing en 2011.

2011 — l'année du lièvre en astrologie chinoise.

Le lièvre, champion de la course… et de la fuite. Etait-ce un clin d'œil ? Curieux. Pour la première fois depuis qu'il avait envisagé ce voyage, il n'éprouva pas l'exaltation habituelle.

Quelque chose avait changé : Sarah était entrée dans sa vie par une porte dérobée…

Le samedi suivant, Sarah décida d'aller faire un tour à bicyclette sur la piste cyclable longeant le boulevard Cabrillo. L'air était agréablement frais et le soleil dissipait les dernières brumes matinales. Soudain, devant elle, sur le chemin, elle aperçut une silhouette longiligne courant presque aussi vite qu'un sprinteur et, bien qu'il soit au milieu de nombreux joggeurs, elle n'eut aucun mal à reconnaître Jon.

Elle ne l'avait jamais vu courir. Jamais vu en simple débardeur, non plus. Sa musculature la surprit. Il avait des épaules de crawleur, un ventre plat, des cuisses longues et fermes…

Concentré, il ne parut même pas la voir quand elle arriva en face de lui. Peut-être était-ce le casque qu'elle portait ? Par coquetterie, elle s'empressa de l'ôter avant de l'appeler.

— Jon !

Son rythme fut cassé net et il ralentit, se retournant au son de sa voix.

— Jon ! C'est moi !

Répondant à son salut, il revint vers elle.

— Que fais-tu par ici ? s'enquit-il, essoufflé.

— Je profite de cette superbe matinée…

Pendant qu'ils bavardaient, elle s'évertua à fixer ses yeux ailleurs que sur son visage afin qu'il n'ait pas l'impression qu'elle l'étudiait. Mais elle sentit le regard de Jon passer fugacement à deux reprises sur ses cuisses nues.

Avisant un groupe de cyclistes qui arrivaient dans leur direction, elle coupa court à leur discussion.

— Je voulais encore te remercier pour… tu sais quoi.

— Ah…

— Tu sais à quel point c'est important pour moi.

— Oui.

— O.K. Je te laisse. A lundi ! lança-t-elle avant de s'éloigner.

Elle était restée éveillée une bonne partie de la nuit précédente à penser à lui. Rien de torride, non. Simplement, elle le voyait à présent sous un jour nouveau.

Jon avait toujours forcé son respect. L'aventure qu'ils avaient partagée, avec le centre Midcoast, avait été capitale, pour elle. Elle avait été très flattée quand Jason et lui étaient venus la trouver afin de lui proposer de se joindre à eux pour le projet. Elle avait obtenu ses diplômes de gynécologue-obstétricienne un an plus tôt seulement, et pourtant ils l'avaient invitée à prendre le risque de donner une autre direction à sa carrière, avec plus de responsabilités et d'indépendance à la clé.

La proposition l'avait tout à la fois sidérée et enthousiasmée. Après dix minutes de réflexion, pas une de plus, elle leur avait donné son assentiment, et elle ne l'avait pas regretté une seule fois depuis.

Elle longea les courts de tennis et bifurqua vers l'étang. Malgré elle, ses pensées revinrent à la musculature de Jon. Dire qu'elle n'avait jamais remarqué que l'ami qu'elle côtoyait depuis cinq ans était également un homme très séduisant… Mais même s'il avait une allure folle en short et débardeur, il n'était pas question de laisser libre cours à des fantasmes générateurs d'insomnie. L'émotion et les sentiments n'avaient pas leur place dans son plan.

Si tout se passait bien, elle ovulerait la semaine suivante. Plongée dans ses calculs, elle ne vit arriver le cycliste face à elle qu'au dernier moment et faillit être éjectée de son vélo. Elle tourna brusquement et s'arrêta sur le gazon, avant de reprendre la route. Son cœur battait à tout rompre.

Comme si c'était le moment d'avoir un accident ! Juste quand ses rêves allaient enfin se réaliser…

*
* *

La semaine suivante, pour Jon, commença de façon éprouvante avec un résultat d'analyses corroborant ses craintes pour une mère de famille, l'annonce d'un infarctus pour l'un de ses plus vieux patients, et la confirmation qu'Antonin Grosso, d'après son électrocardiographie, allait devoir subir un triple pontage, et *molto presto.*

Le mercredi matin, il était en train de prescrire un remède contre l'hypertension à un nouveau patient quand son Interphone sonna. C'était Sarah.

— J'ai le contrat. Tu pourrais me retrouver au Stearn's Wharf pour déjeuner ?

— D'accord, répondit-il sans hésiter, heureux de la revoir en dehors du centre. Quelle heure ?

La matinée parut se traîner jusqu'à ce qu'il soit enfin temps de partir à son rendez-vous. Pour la énième fois, il se demanda s'il avait pris la bonne décision, pour Sarah. Mais il lui suffisait de se rappeler la joie dans ses yeux lorsqu'il lui avait accordé son consentement pour ne pas en douter. Un simple oui avait suffi à donner vie à ses espoirs. Quel homme pouvait se vanter de rendre une femme aussi heureuse sans avoir le moins du monde à s'engager ? Il avait l'impression de sentir encore le baiser spontané de Sarah sur sa joue…

Il la retrouva comme convenu devant le petit restaurant à deux pas du vieux ponton. Le soleil jouait dans ses cheveux châtains, révélant des reflets roux qu'il n'avait encore jamais remarqués. Glissant son bras sous le sien, elle l'entraîna à l'intérieur.

— C'est moi qui invite, décréta-t-elle comme ils franchissaient la porte.

Elle attendit que le serveur ait posé une coupe d'amuse-gueules devant eux pour sortir une enveloppe kraft.

— J'ai lu et relu au moins dix fois ce qu'a concocté mon avocat, et je pense que tu seras satisfait.

Il croqua dans un biscuit salé puis s'essuya les mains avant de prendre le document qu'elle lui tendait.

— Dès que tu l'auras signé, j'aurai accès à ton échantillon.

Quand ils eurent fini leurs entrées et leurs filets de flétan, le contrat était dûment signé.

Relevant les yeux alors qu'il rangeait son stylo dans sa poche, il vit les yeux de Sarah briller un peu trop… Oh, non ! Il n'avait jamais pu supporter de voir une femme pleurer ; il se sentait toujours terriblement impuissant et embarrassé. Ses filles, pas folles, en avaient grandement profité et étaient passées maîtres dans l'art de le manipuler en faisant naître au besoin de fausses larmes dans leurs yeux. Mais celles de Sarah étaient vraies.

— Merci. Merci, merci…, répétait-elle comme une litanie.

— J'avoue être curieux de voir à quoi ressemblera notre rejeton, plaisanta-t-il pour détendre l'atmosphère.

— Moi aussi ! dit-elle en riant alors même que de nouvelles larmes roulaient sur ses joues.

Il éprouva à cet instant l'envie saugrenue de se pencher pour les sécher de ses lèvres. Une idée qu'il repoussa aussitôt. Il laissait ce genre de choses aux acteurs de films romantiques…

— Bien, reprit-il, s'efforçant d'avoir l'air enjoué. J'ai fait ma part du travail. A toi de faire le tien, à présent.

A son grand soulagement, elle se mit à rire et s'essuya les joues avec sa serviette. Le regard dont elle l'enveloppa alors lui donna le sentiment, à cette seconde, de tenir une place très importante dans sa vie. Un sentiment qui lui réchauffa étrangement le cœur et lui fit prendre conscience de la place que Sarah prenait peu à peu dans la sienne, presque à son insu.

Il en fut tout… bouleversé. Heureusement, le serveur vint leur apporter les menus afin qu'ils choisissent leurs desserts, ce qui dissipa la troublante émotion qui avait plané entre eux.

*
* *

Une semaine plus tard, après qu'une analyse de sang eut révélé chez Sarah un afflux de lutéostimuline confirmant l'ovulation, elle annula ses rendez-vous de la matinée et se précipita chez sa gynécologue.

Jon et elle s'étaient mis d'accord pour ne pas évoquer l'aspect clinique de la situation. Il avait joué son rôle et, ainsi qu'il l'avait dit, c'était à présent à son tour de jouer le sien.

— Et voilà, c'est fait, dit l'obstétricienne après avoir déposé le sperme. Maintenant, je vais boucher le col de votre utérus à l'aide d'une petite éponge que vous laisserez en place pendant au moins huit heures.

Elle lui tapota amicalement le bras.

— Bonne chance, Sarah… Restez allongée une demi-heure. Mon assistante viendra vous dire quand vous relever.

Si elle avait connu un chant pour encourager un ovule à s'unir à un spermatozoïde, elle l'aurait volontiers fredonné. Il n'était pas question que cette tentative échoue. Croisant les mains sur son ventre, les yeux fermés, elle autorisa son esprit à vagabonder. A s'imaginer enceinte, à voir son ventre s'arrondir, à sentir le bébé bouger en elle. Et puis, insensiblement, son esprit lui envoya d'autres images…

Elle avait dit à Jon qu'elle avait renoncé à voir un jour l'homme idéal frapper à sa porte, et cependant elle le revoyait, lui, sur son perron, le soir même où elle lui avait fait part de son projet. D'une certaine manière, c'était *lui*, l'homme idéal, pour elle. Lui qu'elle avait élu pour être le père de son enfant.

Qui sait si, en d'autres circonstances — si elle n'avait pas insisté pour avoir un enfant très vite, et s'il n'était pas si attaché à sa liberté —, les choses n'auraient pas tourné autrement ? Mais à quoi bon rêver ?… Durant ces cinq années à travailler ensemble, pas une fois ils ne s'étaient regardés autrement que comme des confrères, comme des amis, et il serait idiot de spéculer sur quelque chose qui n’arriverait jamais.

Mieux valait qu’elle se concentre sur ce qui était peut-être en train de se passer là, sous ses mains croisées, et garder une attitude résolument optimiste…

5.

Jon n'avait pas intentionnellement évité Sarah au cours du mois passé, mais il estimait que, s'étant acquitté de ce qui était attendu de lui, il n'avait plus aucune raison de l'ennuyer à seule fin de satisfaire sa curiosité. De plus, c'était clair, il ne souhaitait pas s'engager.

Mais il espérait en revanche ardemment que la F.I.V. ait un résultat favorable.

Il invita son patient suivant à entrer dans la salle d'examen.

— Monsieur Grosso, comment allez-vous ?

— Pas bien fort, répondit l'homme en se frottant la poitrine.

— Ça lui fait encore mal, dit Mme Grosso, derrière lui.

— C'était une opération importante, et les terminaisons nerveuses de votre peau se réveillent là où on vous a ouvert la poitrine, expliqua Jon. Il est normal que ce soit sensible.

— Ça fait bizarre.

— Je m'en doute. Mais vous n'avez plus de douleurs, n'est-ce pas ?

— Non. Plus de douleurs.

— Très bien. Otez votre chemise, s'il vous plaît. Nous allons voir cela.

Après un examen minutieux, Jon invita Antonin à se rhabiller.

— Je vous attends dans mon bureau, dit-il ensuite.

Il était à peine assis que le téléphone sonna. C'était Sarah.

— Jon ? Ça y est !

Sa voix radieuse lui apprit la nouvelle sans même qu'elle ait eu besoin de l'énoncer.

— Quoi ? chuchota-t-il, étonné. Tu veux dire que… ça a marché ? Tu es *enceinte* ?

— Oui !

— Waouh… Ça mérite d'être fêté.

— Absolument.

— J'ai une bouteille de cidre sans alcool dans mon réfrigérateur. Pourquoi pas ce soir, à 20 heures chez moi ?

— O.K. A plus tard, dit-elle en raccrochant.

Mme Grosso vint s'asseoir face à lui.

— Félicitations…, dit-elle.

— Pardon ?

— Votre dame. Elle attend un bébé ?

— Oh… Non, c'est juste une amie.

— Une *petite* amie ?

— Non, une amie, répéta-t-il d'un ton ferme, feuilletant inutilement les papiers devant lui en attendant qu'Antonin Grosso les rejoigne.

Il serait en fin de compte peut-être plus difficile qu'il ne l'avait envisagé de garder le secret quant à son rôle dans la grossesse de Sarah…

Sarah frappa avec cinq minutes d'avance à la porte métallique de Jon qui s'ouvrit presque aussitôt, comme s'il l'avait attendue de l'autre côté.

— Entre, dit-il, les yeux brillants.

Sa chemise noire, dont il avait roulé les manches sur ses avant-bras, mettait son torse en valeur et ses cheveux légèrement humides trahissaient la douche qu'il avait prise tout récemment.

Il la précéda dans le loft dont la sobriété du décor était étonnamment contrebalancée par des œuvres artistiques aux formes douces et aux couleurs chaudes. Intriguée, elle promena son regard sur la pièce vaste comme un hangar à bateaux et s'arrêta brièvement sur une sorte d'alcôve isolée par un paravent japonais. Sa chambre, probablement. La porte fermée, à côté, ouvrait sans doute sur la salle de bains. Une psyché ovale, dans un coin, donnait encore plus de profondeur à la pièce et reflétait les deux grandes ailes blanches d'ange qui trônaient dans le coin opposé.

— Mes filles m'ont copieusement mis en boîte à cause d'elles, dit-il, suivant son regard. Je les ai trouvées à Venise, et je n'ai pas pu résister. Le montant de l'expédition m'a coûté une petite fortune.

— J'imagine…

Elle lui sourit. Curieusement, elle n'était pas si étonnée de voir ces ailes chez lui. Après tout, n'était-il pas un ange lui-même ? Celui grâce à qui ses espoirs allaient enfin se réaliser ?

Elle se sentait bien, ici, et était heureuse de pouvoir partager la joie qu'elle avait dû contenir toute la journée.

Lui emboîtant le pas vers la cuisine aménagée dans un des coins de la pièce, elle observa une grande table noire vernie occupée pour une bonne moitié par du matériel informatique.

— Tu reçois beaucoup ? demanda-t-elle devant la taille de la table.

— Moi ? Tu plaisantes ! Non, c'est seulement pratique pour moi et pour les filles, quand elles viennent avec leurs livres et leurs portables.

— Tu fais beaucoup de choses en fonction d'elles, n'est-ce pas ?

— Les enfants occupent une grosse part de ta vie, ainsi que tu auras bientôt l'occasion de t'en rendre compte…

Sortant le cidre du seau à glace, il en fit sauter le bouchon et versa le liquide doré dans les deux verres à pied déjà prêts sur le comptoir.

— Portons un toast à notre succès, dit-il.

— Oui ! C'est pour cette raison que je suis venue ! Alors, à notre succès, dit-elle, levant son verre.

— Et que ce bébé soit aussi beau que sa mère si c'est une fille, et aussi irrésistiblement viril que son p... — pardon, que son donneur de sperme, si c'est un garçon.

Elle faillit s'étouffer avec sa gorgée de cidre.

— Qui êtes-vous ? Et qu'avez-vous fait du discret Dr Jon Becker que je connais ? plaisanta-t-elle.

Elle adorait cette facette de lui qu'elle n'avait eu que très rarement l'occasion de découvrir au cours des cinq années passées. Un humour pince-sans-rire qu'il ne distillait qu'à très petites doses.

— J'avoue que je suis ravi de la réussite de cette expérience, dit-il en tendant la main vers son ventre qu'il effleura du bout des doigts.

Surprise, elle éprouva comme une décharge électrique. Se refusant à rencontrer son regard, elle fixa le sien au-delà de l'épaule de Jon. Mauvais choix : ses yeux s'arrêtèrent sur un grand lit couvert d'une confortable couette couleur puce et éclairé d'une lampe diffusant une douce lueur orangée ; le paravent, de cet angle, ne le cachait qu'en partie. Des images érotiques et franchement inconvenantes surgirent à son esprit... Une facétie de ses hormones, sûrement ! Elle s'empressa de boire une nouvelle gorgée de cidre puis détourna la tête.

La prenant alors par le bras, il l'entraîna vers le coin salon-salle à manger de la pièce où elle s'assit sur le canapé à l'armature chromée et aux coussins recouverts de velours marine, posa son cidre sur le plateau de verre de la table basse, et admira la petite sculpture d'un paon en céramique à laquelle étaient accotés trois gros livres d'art. Encore une surprise... Elle ressentit ce contraste avec le décor très masculin comme une bouffée d'air frais.

— Alors raconte-moi, je suis curieux...

— Eh bien, j'ai fait ma part du « travail », selon ton expression... Trois semaines plus tard, mes règles ne sont pas arrivées, et l'analyse de sang, ce matin, a révélé que j'étais bel et bien enceinte !

— Fantastique ! On forme une bonne équipe, si je comprends bien ? dit-il, l'air sincèrement réjoui.

Peut-être était-ce l'afflux d'hormones, ou un débordement de gratitude, toujours est-il qu'elle se jeta dans ses bras de façon impulsive.

Jon n'avait eu d'autre intention, en l'invitant, que de célébrer la réussite de leur « collaboration ». Mais, soudain, elle était contre lui qui, instinctivement, referma les bras sur elle en s'ingéniant à nier la réaction naturelle survenant le plus souvent entre un homme et une femme normalement constitués. Or il n'était pas question de cela entre eux deux. Pas du tout.

Se rendait-elle seulement compte de l'effet qu'elle avait sur lui chaque fois qu'elle se jetait à son cou ? Baisser sa garde à cet instant serait très décommandé, et, pourtant, c'était plus fort que lui, il savourait la délicieuse chaleur de son dos sous ses paumes et la non moins enivrante senteur de fleurs dans ses cheveux. Depuis quand n'avait-il pas frémi ainsi ?

Il capitula.

Non sans une légère hésitation, il pressa la bouche sur sa tempe et la douceur de sa peau fit courir une onde chaude dans ses veines. Des souvenirs de tendresse et de plaisir se rappelèrent à lui dans son corps… Sarah ne chercha pas à se soustraire à son étreinte, aussi, encouragé, se pencha-t-il pour l'embrasser dans le cou.

Bientôt, elle inclina la tête afin d'accueillir son baiser. Tout homme sain d'esprit aurait alors répondu à l'avertissement qui fusa dans son esprit. Sarah était une amie, une consœur, et de plus lui-même devait partir en Chine dans un an. Qu'attendait-il pour s'écarter d'elle, pour remettre de l'ordre dans sa tête et brider ses sensations ?

Pourtant, il ignora les signaux d'alarme que lui envoyait sa raison — qui ne lui avait jusqu'alors que rarement fait défaut, mais qui capitula devant une curiosité pressante : à quoi ressemblerait un baiser de Sarah Munroe ?

Chaudes et légèrement humides, les lèvres de Sarah se pressèrent contre les siennes et Jon sentit que son discernement jouait lâchement la fille de l'air. Elle avait un goût de cidre et il s'abandonna sans plus de réticences à leur étreinte, qui se fit plus étroite et plus lascive alors que leurs sens s'enflammaient.

Comme, emporté par son désir, il effleurait ses seins fermes, toutefois, il la sentit se raidir brusquement.

— Oh, mon Dieu ! murmura-t-elle en se redressant. Mais que… qu'avons-nous fait, Jon ?

Les yeux fermés, il enjoignit son cœur de reprendre un rythme normal, et son corps de se calmer. Plus facile à dire qu'à faire. Quand il fut à peu près certain de pouvoir parler sans que sa voix rauque trahisse le désir dévorant qui l'avait saisi, il chercha refuge dans l'humour.

— Pas de panique, Sarah ! Nous effaçons la scène et reprenons le film où il en était, d'accord ?

Comme si c'était aussi simple…

— C'est le cidre. Ils ont encore dû mettre un aphrodisiaque dedans, ajouta-t-il.

Sa plaisanterie parvint par chance à détendre quelque peu la soudaine gêne entre eux, mais il savait qu'il ne s'en tirerait pas à si bon compte. Cette attirance inattendue ne figurait pas dans le contrat, mais il regrettait soudain de ne pas avoir envisagé plus sérieusement avec elle une autre façon de faire un bébé…

En l'occurrence, la plus naturelle qui soit. Mais il savait où cela les mènerait — à quelque chose qu'il se sentait incapable d'assumer.

Prenant une longue inspiration, il passa une main dans ses cheveux courts.

— Désolé, dit-il. Je n'aurais jamais dû profiter de cet instant de faiblesse.

Elle secoua la tête.

— Jon, c'est moi qui me suis jetée dans tes bras.

— Exact, mais c'était de la reconnaissance de ta part, rien de plus, et moi, je…

— Arrête.

Intrigué par son ton ferme, il acquiesça.

— Je crois que nous sommes tous deux conscients qu'il se passe quelque chose entre nous que nous n'avions pas du tout prévu, reprit-elle en repoussant une mèche de son visage. En tout cas, *je* ne l'avais pas vu venir. Mais ce contrat que nous avons signé ne t'engage en aucun cas à prendre femme et enfant.

— Absolument.

— Et courir le risque d'explorer ce qui se passe entre nous est bien trop risqué. Nous choisissons très mal notre moment.

— L'histoire de ma vie…, soupira-t-il, espérant de nouveau alléger leur embarras.

Posant les mains sur ses hanches, elle secoua la tête.

— Surtout que tu ne veux pas qu'on sache que tu es le père.

— C'est vrai.

— Et que tu prendras bientôt ton congé sabbatique.

— Vrai aussi. Et toi, tu veux un enfant sans avoir à subir le père. De toute façon, je ne veux pas m'engager. D'aucune manière…

— Donc, nous devons revenir à la case départ… Au moment où…

Elle aussi soupira.

— Au moment où nous ignorions encore que…

— Que nous avons envie de faire l'amour, termina-t-il pour elle en allant délibérément droit au but.

Inutile de perdre du temps à tourner autour du pot. Ils étaient adultes, et pouvaient se permettre d'appeler un chat un chat.

— Oui.

Au moins ne cherchait-elle pas à le nier. Mais il devrait se contenter de malheureuses miettes alors que le gâteau était là, devant lui, sortant tout juste du four et prêt à… Bon. D'accord. La métaphore laissait à désirer, mais, bon sang, c'était exactement ce qu'il éprouvait à cet instant — une furieuse frustration de ne pouvoir rassasier une soudaine faim dévorante…

Il se frotta le visage pour s'éclaircir les idées.

— O.K., dit-il. Alors que fait-on, maintenant ?

Le visage concentré par la perplexité, elle lui tourna le dos pour effectuer quelques pas avant de faire volte-face pour revenir vers lui.

— Nous ne changeons rien à notre plan. Nous sommes des confrères qui travaillons ensemble, et tu m'as accordé une merveilleuse faveur.

Etrangement, ses gestes, son attitude démentaient la détermination que transmettait sa voix. Mais comme il la regardait enrouler nerveusement une mèche de ses cheveux sur un doigt en s'obstinant à fuir son regard, il parvint à la seule conclusion logique qui s'imposait : rien ne serait jamais possible entre eux. Toute entorse faite à la nature de la relation qui les unissait depuis cinq années serait inadmissible et dangereuse.

Donc inutile de tergiverser. Sarah était et resterait une consœur et amie.

Point final.

6.

Le lendemain matin, Jon évita d'aller dans la cuisine du centre car il n'était pas prêt à revoir Sarah. Un seul baiser de quelques secondes lui avait valu presque une nuit entière d'insomnie. Avec impatience, il attendit que son assistante aille chercher le patient suivant.

Il n'avait aucune envie de se lancer dans une nouvelle relation. Le divorce-surprise de Cherie l'avait laissé émotionnellement vidé, et sans plus rien à offrir. Sa participation, dans le contrat qui le liait à Sarah, ne stipulait rien de plus que cela : il donnait sa semence pour le bébé. Rien d'autre.

Alors, pourquoi l'avait-il embrassée ?

D'un autre côté, ne serait-ce pas trop exiger de lui qu'il garde ses distances et ne révèle à aucun moment le rôle qu'il avait joué dans la grossesse de Sarah ? Comment pourrait-il rester indifférent au fait que, même s'il n'avait pas *activement* participé à sa fabrication, c'était tout de même *son* enfant qui allait grandir dans le ventre de la jeune femme ?

Pourtant, il avait dûment ratifié son accord au bas du contrat. Elle désirait élever son enfant seule, et lui voulait partir en Chine. Leur relation était et devait rester de nature professionnelle et amicale, rien de plus.

Il ferait bien de l'écrire cent fois ou plus pour que cela lui rentre une bonne fois pour toutes dans la tête !

*
* *

Sarah n'arriva au cabinet que vers 13 h 30. Les visites à domicile qu'elle avait groupées pour cette matinée l'avaient heureusement dispensée de croiser Jon. Elle n'aurait pas supporté de le voir ce matin après ce qui s'était passé la veille entre eux.

Cependant, alors qu'elle poussait la porte de la cuisine, elle eut la surprise de le découvrir assis à table.

— Tu arrives juste à temps pour déjeuner, dit-il, sans paraître particulièrement content de la voir non plus.

Que faisait-il ici ? Normalement, à cette heure, il devait rendre visite à ses patients. Elle qui avait tout fait pour l'éviter, c'était réussi…

— Comment se fait-il que tu sois encore ici ? demanda-t-elle.

— J'ai pris du retard dans mes horaires ; j'ai été obligé d'aller en urgence auprès d'un jeune basketteur qui a perdu connaissance en plein match, et je l'ai fait admettre à l'hôpital pour une étude électrophysiologique, expliqua-t-il entre deux poignées de chips.

— Oh… C'est mauvais signe, non ?

— La bonne nouvelle, c'est qu'il est encore en vie et, lorsque nous aurons découvert l'origine de l'arythmie, nous pourrons déterminer le traitement qui le maintiendra sur pied.

Elle acquiesça en silence. Même si elle avait cherché à le fuir, elle devait reconnaître qu'elle était heureuse de le voir. Sa chemise pistache, décorée de hiéroglyphes bizarres sur le revers de la poche, faisait ressortir son teint mat. Comme il attrapait la bouteille d'eau, le tissu se tendit sur son torse et elle songea à son intéressante musculature que lui avait révélée son débardeur…

Stop !

Avec un soupir las, elle s'assit sur la chaise en face de lui et posa ses pieds sur celle d'à côté. Elle avait mal dormi. *Très* mal dormi. Obsédée par l'idée qu'elle avait demandé à Jon de l'aider à devenir enceinte *avant* de se rendre compte qu'il l'attirait. Mais il était trop tard pour remonter le film. C'était fait, et elle devrait vivre avec.

— Et toi ? s'enquit-il. Pourquoi arrives-tu si tard ?

— C'était jour de consultation au dispensaire. J'ai reçu deux femmes plus jeunes que moi qui ont déjà l'une et l'autre eu leur content d'enfants et qui souhaitent se faire ligaturer les trompes. Alors que moi…

Elle se tourna vers le couloir pour être sûre de ne pas être entendue.

— … à trente-cinq ans, je m'y mets seulement, ajouta-t-elle d'une voix plus basse. La vie est bizarrement faite, non ?

— C'est certain. Tu as mangé ?

— J'ai grignoté une barre chocolatée.

Il poussa une moitié de sandwich vers elle.

— Tiens. Rosbif-crudités. Je n'ai plus faim. Et tu dois manger, c'est important.

— Jon… Tu n'as pas à t'occuper de moi.

Son sourire la désarma.

— Il faut bien que quelqu'un s'en charge, pourtant. Allez, mange. Il y a des pickles comme tu les aimes.

Affamée, elle se jeta dessus et articula un « merci » étouffé par le pain de mie.

— J'aime te voir manger avec un tel appétit, dit-il.

Elle s'interrompit une seconde, le temps d'avaler sa bouchée.

— Jon… Nous étions d'accord pour…

— Oui, je sais, dit-il en se levant sans la laisser terminer. Désolé. A plus tard.

Elle se sentit coupable. Sa décision avait déjà brouillé les limites de leur relation, qu'ils avaient désormais l'un et l'autre du mal à définir. Mais se tenir sur la réserve était pourtant la seule façon pour eux de préserver leurs rapports professionnels.

*
* *

Deux semaines plus tard, Sarah avait manifestement rendu sa grossesse publique. Elle se tenait au centre du petit groupe des femmes du cabinet qui la félicitaient et la pressaient de questions, et son maintien fier lui rappela Cherie. Son ex-femme avait eu l'air de marcher sur des nuages chaque fois qu'elle avait été enceinte.

Avec son chemisier abricot aux manches larges et sa jupe chocolat, elle était adorable. Il s'apprêtait à faire demi-tour quand elle tourna son regard vers lui. Il lut dans le sien une profonde gratitude et renonça à s'éclipser pour se diriger au contraire vers elle.

— Que se passe-t-il ? s'enquit-il, l'air innocent, espérant que les quelques cours de théâtre qu'il avait suivis pendant ses années universitaires l'aideraient à être convaincant.

— Le Dr Munroe attend un bébé ! s'exclama Gaby, la réceptionniste.

— Ah oui ?

Il se tourna vers Sarah qui lui sourit.

— C'est pour quand ? demanda-t-il.

Une question que, trop perturbé, il n'avait même pas songé à lui poser la veille.

— Novembre.

— Comme ma fille, Lacy, dit-il. Et c'est une gamine formidable.

Il dut se contenir pour ne pas la prendre dans ses bras et l'embrasser comme il l'avait fait quinze jours plus tôt, ce fameux soir où ils avaient bien failli franchir la ligne blanche.

Les femmes autour d'eux s'étaient tues, et le fait que Sarah et lui se regardaient comme s'ils étaient soudain seuls au monde n'y était sans doute pas étranger… Il avait conscience qu'il était impératif de trancher le fil invisible qui les liait, mais avait toutes les peines du monde à réagir. Enfin, non sans difficulté, il sortit de cette bulle dans laquelle ils semblaient s'être tous deux réfugiés, et fit un pas vers elle.

— Félicitations…, dit-il en lui tapotant gauchement l'épaule. Je suis très heureux pour toi, Sarah.

Et cela, au moins, c'était vrai. Il était réellement ravi pour elle.

— Merci, dit-elle.

— De rien.

Enfin, de *presque* rien, rectifia-t-il *in petto* en retournant dans son bureau avec un cœur qui, à son avis, battait un peu trop vite pour sa tranquillité d'esprit.

La semaine suivante, alors qu'elle sortait des toilettes pour femmes après avoir dû y courir, propulsée par les détestables nausées matinales, Sarah tomba sur Jon qui se dirigeait vers son bureau.

— Ça va ? demanda-t-il, visiblement inquiet.

Il y avait de quoi. Elle-même, devant son propre visage qu'elle venait de voir dans le miroir, avait été atterrée par sa pâleur.

— Ces nausées sont vraiment une sale période à passer… Je dois voir des doulas, aujourd'hui, enchaîna-t-elle aussitôt, préférant ne pas s'appesantir sur son sort. J'espère que l'une d'elles me conviendra.

— Des doulas ?

— Ce sont des accompagnatrices de femmes enceintes. Des coachs, si tu veux. Elles leur apportent un soutien physique et moral.

— Je vois.

— Etant donné que je dois me débrouiller seule, je préfère engager quelqu'un assez tôt pour me donner un coup de main, ajouta-t-elle devant son air perplexe.

— Ce qui paraît raisonnable, oui.

Il détourna rapidement les yeux, mais pas avant qu'elle ait eu le temps d'y voir un soupçon de déception. Se mordait-il les doigts d'avoir participé à son projet ? Elle espérait de tout cœur que non.

Ils se regardèrent avec insistance, au point qu'ils en furent l'un et l'autre gênés.

— Je dois y aller, dit-elle.

— Sarah ?

— Hmm ?

— S'il y a quoi que ce soit que je puisse faire pour t'aider, n'hésite pas à m'appeler en renfort. Il faut bien que je sois à la hauteur de mon titre de « super-copain ».

Ses émotions à fleur de peau faillirent bien lui jouer un tour : pour un peu, elle aurait fondu en larmes.

— Merci, dit-elle, avant de filer vers son bureau de crainte de se rendre ridicule.

Il pourrait interpréter ses pleurs comme un signe de détresse ou de regret. Alors qu'elle était heureuse. Vraiment heureuse. Si elle devait regretter quelque chose, c'était sa solitude. Mais ce n'était pas une surprise. Alors pourquoi pleurait-elle pour un rien depuis deux semaines ?

En tant qu'obstétricienne, qui mieux qu'elle pouvait connaître les difficultés d'une grossesse ? Or, loin de prendre les inconvénients avec le recul qu'aurait dû lui conférer son expérience professionnelle, elle les vivait au contraire avec une intensité inattendue et affligeante. Elle passait de la joie à l'hystérie, de la suractivité à l'épuisement total, et la perspective d'élever son enfant seule la faisait osciller entre une solide confiance en elle et une angoisse proche de la panique.

Seule. C'était le maître mot de toutes ses appréhensions.

Après avoir fermé derrière elle la porte de son cabinet, elle se laissa tomber dans son fauteuil. De nouvelles larmes perlèrent au coin de ses yeux, qu'elle essuya d'un geste agacé en refusant de laisser monter les sanglots qui s'annonçaient.

Un enfant grandissait dans son ventre. C'était son rêve

depuis des années. Et pourtant jamais elle ne s'était sentie aussi seule de sa vie.

Mi-juin — Seizième semaine de grossesse.

Après plusieurs entretiens, elle avait finalement porté son choix sur la doula de Stephanie Ingram, Gretchen Lingstrom, qui lui avait déjà donné des devoirs à faire.

Allongée sur son lit, à minuit, et déterminée à vivre sa grossesse en tant que future mère et non en tant que médecin, elle lisait consciencieusement le petit manuel que la doula lui avait confié :

« *Pour une maternité et un accouchement heureux* ».

Le cocktail spécial d'huiles essentielles embaumait sur la table de chevet.

La journée avait été longue, et elle était fatiguée. Au moins n'avait-elle plus ces affreuses nausées du premier trimestre. S'étirant, elle laissa son esprit envisager un instant la couleur qu'elle choisirait pour la pièce attenante destinée à devenir la chambre d'enfant.

C'est alors que quelque chose d'étrange se passa. Un léger mouvement sous son nombril, comme si un gros papillon avait été pris au piège de son utérus, capta son attention. Instinctivement, elle posa une main sur son ventre et ferma les yeux, sans bouger, afin de graver la magie de cette sensation dans son esprit. En principe, une femme ne ressentait pas les premiers signes de vie avant la dix-huitième ou la vingtième semaine, mais elle avait déjà eu l'occasion de remarquer que, grâce à ses connaissances en la matière, elle était particulièrement sensible aux changements survenant à chaque stade de sa maternité.

Mais aucun des changements notés jusqu'alors ne pouvait se comparer à *cela* — cette affirmation de la vie qui grandissait en elle. Une émotion jaillie du plus profond d'elle-même fit monter des larmes à ses yeux. Des larmes de joie. Un sourire irrépressible aux lèvres, elle resta ainsi, totalement immobile, concentrée sur la vie qui se manifestait au creux de son ventre.

Mais, bientôt, elle eut envie de partager cet instant. Ses parents étaient dans le Nevada, et il était trop tard pour les appeler. Il en allait de même pour ses amies. Gretchen l'avait encouragée à lui téléphoner à n'importe quelle heure si elle en éprouvait le besoin, mais, à cette seconde, il n'y avait qu'une seule personne à qui elle souhaitait parler…

Attrapant le téléphone, elle composa le numéro. Une voix ensommeillée lui répondit après deux sonneries.

— Je te réveille ? demanda-t-elle inutilement.

— Non, répondit Jon. Je lisais et j'ai dû m'assoupir. Tout va bien ?

— Oui. Très bien, même. Je viens de sentir pour la première fois le bébé bouger.

— C'est vrai ?

L'intérêt sincère était manifeste dans sa voix.

— Oui. Et j'ai adoré.

— Attends qu'il grandisse… Tu déchanteras peut-être quand il te donnera de vrais coups de pied, plaisanta-t-il.

— Nous verrons.

— *Nous ?*

— Façon de parler…

Le contrat établissait clairement qu'il n'avait aucun droit de regard sur cet enfant. Pourquoi l'avait-elle appelé ?

— Tu me manques, dit-il d'une voix un peu rauque.

Elle retint son souffle, puis répondit presque à voix basse :

— Toi aussi, tu me manques.

— Qu'allons-nous faire, alors ?

Elle se mordit la lèvre inférieure comme pour s'empêcher de dire ce qu'elle pensait vraiment.

— Rien, Jon, répondit-elle. Nous avons passé un accord, et nous devons nous y tenir.

— Mmm…

Ils restèrent un instant sans parler, et elle écouta la respiration de Jon qui, lorsqu'elle fermait les yeux, lui donnait l'impression qu'il était là, près d'elle sur le lit…

— Je crois qu'il vaut mieux que tu dormes, maintenant, dit-il enfin.

— Oui, tu as raison…, soupira-t-elle. A demain.

— A demain. Fais de beaux rêves.

Jon ne voyait pas comment il allait pouvoir supporter de rester à l'écart de la grossesse de Sarah. Comment avait-il pu signer ce contrat et négliger ce détail essentiel ?

« Super-copain… Tu parles ! »

Il allait devoir trouver un moyen de contourner ce problème.

D'ici là, il lui faudrait continuer à éviter Sarah dans la mesure du possible, autrement dit à prendre ses repas dans son cabinet et à utiliser la porte de derrière pour ses allées et venues. Il avait connu pire — en l'occurrence un divorce brutal après dix-sept ans d'un mariage qu'il avait toujours cru heureux.

Son dernier patient de l'après-midi venait de quitter son bureau quand on frappa à la porte. C'était Sarah. Il en éprouva un léger coup du côté du cœur. Avec ses grands anneaux dorés qui semblaient se refléter dans les paillettes de ses iris, elle était plus belle que jamais.

— Tu pourrais faire une consultation pour moi ? s'enquit-elle.

— Quel est le problème ?

Elle lui tendit un électrocardiogramme, où il repéra immédiatement plusieurs contractions ventriculaires anticipées apparaissant sur le relevé des dérivations.

— Où est-elle ?

— Dans mon cabinet, dit-elle, le précédant déjà dans le couloir. Elle est enceinte de huit mois de son quatrième enfant. Elle est sous-alimentée, sa tension est un peu élevée et, d'après elle, elle l'a toujours été. Et en écoutant son cœur, j'ai eu l'impression d'entendre une troisième pulsation à la diastole.

Il eut aussitôt une idée de ce que signifiait le tracé — une pathologie très rare survenant dans une proportion de dix à quinze cas pour mille accouchements. La patiente avait le profil idéal pour une grossesse à haut risque qui aurait dû être suivie depuis le début, peut-être même déconseillée bien avant la conception. Pourquoi n'avait-elle pas consulté Sarah plus tôt ?

— D'après ce que tu me dis, elle pourrait être en cardiomyopathie du péripartum, et l'examen clinique ne suffira pas ; j'aurai peut-être besoin de la faire admettre à l'hôpital pour en être sûr. A-t-elle eu des problèmes lors de ses précédents accouchements ? demanda-t-il.

— Je l'ignore. C'est la première fois que je la vois. Son dossier médical est on ne peut plus succinct, et je ne pense pas qu'elle ait la garde des enfants. Quand j'ai cherché à savoir pourquoi elle avait attendu si longtemps pour consulter, elle a simplement haussé les épaules. J'ai été choquée d'apprendre qu'elle était enceinte de huit mois. J'aurais pensé cinq mois, pas plus.

Devant l'inquiétude qu'elle manifestait, il comprit soudain que le cas de la jeune femme n'était pas ordinaire.

— Elle est sans domicile ? Comment a-t-elle obtenu un rendez-vous avec toi ?

— Je fais plusieurs consultations bénévoles chaque mois et, d'après elle, quelqu'un lui a parlé de moi. Pour être franche, je pense qu'elle se livre plus ou moins à la prostitution pour survivre, et qu'elle vit probablement dans la rue ou dans un de ces motels de dernier ordre.

Il grimaça.

— Des conditions pas franchement idéales quand on est enceinte… Si mes suspicions se confirment, elle devra être admise à l'hôpital, et nous pourrons appeler les services sociaux, pour elle et le bébé.

— J'ai chargé mon assistante de lui faire faire un bilan sanguin complet, tests MST et drogues compris, l'informa-t-elle avant qu'ils entrent tous les deux dans son cabinet.

Jon s'arrêta devant la femme d'une trentaine d'années, mince comme une brindille bien qu'enceinte de huit mois, assise sur la table d'examen.

— Chloe Vickers, dit Sarah. Chloe, le Dr Becker est cardiologue.

— Bonjour, Chloe. Je vais commencer par vous examiner, si vous le voulez bien…

Il sortit un stéthoscope de sa poche et en réchauffa la plaque avant de la placer sur le sternum de la patiente. Il écouta avec une attention intense tout en promenant la plaque sur sa cage thoracique qui lui semblait aussi frêle que celle d'un oiseau. Il y avait assurément un bruit de galop présystolique.

Vingt minutes plus tard, au terme d'un minutieux examen clinique, et après s'être informé plus amplement des antécédents médicaux de la patiente, il appela l'hôpital local afin d'organiser d'autres analyses et l'admission de Chloe.

— Chloe Vickers a trente-quatre ans, grossesse avec ECG présentant des anomalies et tension élevée. Je suspecte une cardiomyopathie du péripartum. Je veux un lit pour elle et un régime hyposodé. Les analyses sont en cours et, si l'échocardiogramme confirme mon diagnostic, nous devrons prévoir une césarienne aussi vite que possible.

Il lança un regard vers Sarah restée à côté de lui pendant la consultation. Sa santé florissante offrait un contraste flagrant avec celle de la patiente. Jon espéra qu'elle n'était pas trop fatiguée, aujourd'hui, car il était prêt à parier qu'elle serait mise à contribution pour une césarienne avant la fin de la journée.

Ne voulant pas courir le risque de voir Chloe leur fausser compagnie, Jon organisa personnellement son transport à l'hôpital, où il la retrouva pour l'accompagner dans le bureau des admissions.

Le lendemain matin, Jon passait devant le bureau de Sarah quand il vit une jeune rouquine, tatouage coloré sur le bras et piercing sur l'aile du nez, assise en tailleur devant la porte fermée.

— Désolée…, dit-elle en levant les yeux de son magazine quand il voulut frapper à la porte. Le Dr Munroe se repose.

— Pardon ?

Depuis quand Sarah employait-elle un garde du corps ?

— Elle a travaillé très tard cette nuit, et elle a besoin de rester un peu les pieds en l'air pour récupérer.

— Oh… Et vous êtes ?

— Gretchen. Sa doula, dit-elle en lui tendant une main aux ongles bigarrés.

Oh ! La fameuse doula… Il lui serra la main avant de repartir vers son bureau. Il attendrait donc pour questionner Sarah et savoir comment s'était déroulée la césarienne.

A midi, Sarah n'apparut pas dans la cuisine et, même s'il avait promis de l'éviter, il partit à sa recherche. Il avait été trop occupé le matin pour l'appeler, mais, quand il découvrit la taille du cœur de Chloe sur la radio, il tint réellement à avoir des nouvelles de la mère et de l'enfant.

Après avoir rapidement avalé une demi-boîte de raviolis, il alla frapper à la porte du bureau de Sarah qu'il entrouvrit légèrement sans attendre sa réponse.

Il se figea sur le seuil.

La doula, debout derrière Sarah assise dans son fauteuil, lui massait les tempes.

— Respirez bien… De longues inspirations… Oui, comme ça. Et imaginez votre migraine qui s'envole…

Il en éprouva une brusque et violente contrariété. Pourquoi ne s'était-elle pas adressée à lui pour ce genre de choses ? Il était aussi compétent que cette doula, et sûrement bien plus créatif. Un après-midi avec lui sous la couette, et elle ne risquait plus de penser à sa migraine. Succès garanti.

Bon... Il fallait vraiment qu'il mette un gros sens interdit dans sa tête pour empêcher ses pensées de prendre cette voie, car il ne se rendait vraiment pas service. Depuis qu'il l'avait embrassée, Sarah était devenue pour lui bien plus que la consœur qu'elle avait été pendant cinq ans, et les bonnes résolutions qu'il avait prises en accord avec elle faiblissaient de jour en jour.

Il s'éclaircit la gorge, et Gretchen tourna la tête vers lui. Sarah ouvrit les yeux.

— Jon ? Tu as besoin de quelque chose ?

— Je venais seulement prendre de tes nouvelles. Mmm... Qu'est-ce que ça sent ? La menthe ?

— Et l'eucalyptus, dit Gretchen. Idéal pour les maux de tête, et c'est ce dont souffrent les femmes enceintes qui ne dorment pas assez.

— Gretchen, merci, mais j'aimerais parler à Jon, si ça ne vous ennuie pas, dit Sarah.

Sans protester, la jeune femme jeta ses pots d'onguent dans son grand fourre-tout, puis elle déposa une boîte en plastique transparent sur le bureau avant de se diriger vers la porte.

— N'oubliez pas de prendre vos vitamines. C'est votre déjeuner. Il est parfaitement équilibré pour vous et le bébé.

Quand elle eut enfin franchi la porte, Sarah soupira.

— Je n'aurais jamais cru que ses fonctions iraient aussi loin, dit-elle.

Jon s'appuya contre le bureau en croisant les bras.

— Il faut reconnaître qu'elle se donne à fond, ironisa-t-il. Un pit-bull ne serait pas plus efficace pour garder ta porte.

Son rire doux lui fit l'effet d'une caresse.

— Comment s'est passée la césarienne ? demanda-t-il, reprenant son sérieux.

Elle soupira.

— Ça a été difficile. Chloe a une tolérance surprenante à l'anesthésie, ce qui mettait le bébé en danger. J'ai dû faire très vite. La petite a été conduite immédiatement aux soins intensifs ; elle pèse à peine trois livres. A huit mois ! Tu te rends compte ?

Il secoua la tête.

— Je ne suis pas trop surpris. Dans l'état où il est, le cœur de Chloe ne fournissait pas assez d'oxygène au fœtus. Il faut s'attendre à ce qu'il subisse une lente détérioration. Mais il peut aussi reprendre une taille normale. D'ici six mois, nous serons fixés sur l'évolution de la maladie.

— Si nous arrivons à obtenir un suivi, dit-elle en se frottant distraitement le ventre.

— Quant à la petite, c'est une autre histoire.

— Tu crois qu'elle peut souffrir de lésions cérébrales ?

— C'est très possible.

— Au moins, tant qu'elle est à l'hôpital, on s'occupe bien d'elle…, soupira Sarah. Et espérons que c'est une battante.

Tout comme il souhaitait que le bébé grandissant dans le ventre de Sarah fût un battant, lui aussi. Songeant qu'elle partagerait désormais tous les petits riens de sa grossesse avec Gretchen, il en conçut une brusque jalousie qu'il n'eut d'autre choix que de réduire impitoyablement au silence.

Il avait signé le contrat.

Ce n'était pas juste. Non. Sarah n'aurait jamais dû s'immiscer dans sa vie pour s'en retirer aussitôt. Il avait envie de participer, de suivre avec elle la croissance de ce petit être. Mais le prix à payer en serait trop élevé…

— Tu ferais mieux d'avaler ton déjeuner, dit-il en se dirigeant vers la porte. Sinon, gare ! Gretchen devra sévir…

Il l'entendit rire avant de quitter la pièce. D'une humeur de chien, il traversa la réception et, du coin de l'œil, vit Gaby et une des infirmières baisser la voix à son approche et le suivre des yeux.

Sauf paranoïa de sa part, il avait le sentiment que certaines le regardaient d'une drôle de manière. Commencerait-on à supputer sa participation au bébé-surprise de Sarah ?

Peut-être ferait-il mieux de partir avant qu'il soit trop tard, finalement. Il connaissait deux ou trois cabinets de groupe prêts à l'accueillir à bras ouverts. Jusqu'à présent, il ne l'avait pas envisagé, mais la situation n'était plus la même.

Il allait sérieusement devoir reconsidérer son avenir…

7.

Sarah était allongée sur la table d'examen tandis que son obstétricienne pratiquait une échographie. La silhouette diffuse du bébé semblait émerger d'une tempête de sable en forme d'éventail. Grosse tête, petit corps, pieds et mains minuscules, il avait l'air parfait. Mais elle avait trente-six ans, et elle-même était la première à recommander une amniocentèse à ses patientes enceintes quand elles avaient passé le cap des trente-quatre ans. Mieux valait écarter au plus vite l'éventualité de désordre génétique et d'anomalie chromosomique.

Une fois que l'obstétricienne eut établi la position du bébé dans l'utérus et marquée d'un X sur le ventre, elle désinfecta la zone désignée à l'aide d'un antiseptique puis y posa une serviette stérile dont le trou ménagé au centre laissait apparaître le repère. Ensuite, sous le guidage constant des ultrasons, elle inséra une longue aiguille dans son ventre. La sensation, lorsque celle-ci traversa la paroi abdominale, fut tout à fait supportable grâce à l'anesthésie locale, mais Sarah ressentit une étrange pression quand elle transperça l'utérus pour plonger dans le liquide amniotique où baignait son bébé. Ce n'était pas vraiment douloureux, plutôt bizarre, surtout quand la seringue ponctionna les trente millilitres de liquide nécessaires.

Cette opération mineure pourrait-elle créer un problème ? Elle connaissait le risque, si minime soit-il, de fausse couche qu'elle pouvait engendrer, mais qui, à son avis, était négligeable par rapport à celui de mettre au monde un enfant handicapé sans y avoir été préparée.

Gretchen était à son côté, et Sarah se félicitait de ne pas subir seule cette intervention. Mais elle regrettait que la main qui tenait la sienne ne soit pas celle de Jon. Elle l'imaginait toutefois près d'elle, qui la rassurait, qui l'encourageait, et, même s'il n'était là que dans sa tête, elle en fut curieusement apaisée.

Quelques minutes après, tout était terminé et elle s'était rhabillée.

— Vous connaissez la procédure, dit le médecin. Nous enverrons l'échantillon dans un laboratoire spécialisé où ils analyseront les cellules et les chromosomes. Maintenant, au moindre saignement, vous me faites signe.

A présent, elle allait devoir attendre les résultats pendant deux longues et éprouvantes semaines.

— Au fait, vous voulez connaître le sexe de votre enfant ?

Sarah avait évité de trop détailler l'échographie, ainsi qu'elle l'avait fait avec les précédentes.

— Non, merci, dit-elle en souriant. Je préfère garder l'effet de surprise intact à l'arrivée.

— Tu sais ce que tu vas offrir au Dr Munroe pour la fête ?

Jon, qui passait devant le vestiaire, le lendemain, entendit la question que Lois, son assistante, posait à Christina, une des infirmières.

La fête… C'est vrai. Il avait entendu dire qu'une petite fête serait organisée pour le bébé à venir. Il allait devoir trouver quelque chose à offrir à Sarah, et de préférence qui ne soit pas trop personnel. Quelque chose de solide et de pratique. Une poussette high-tech comme celle qu'il avait offerte à Claire et à Jason, par exemple. Oui. Et il savait aussi où il la trouverait…

*
* *

Le samedi matin suivant, Sarah décida d'aller faire les magasins — seule. Elle avait donné son week-end à Gretchen, qui commençait à s'immiscer un peu trop dans sa vie et à lui porter passablement sur les nerfs. Ce dont elle avait besoin, c'était juste de faire quelques courses pour son bébé, et de les faire à son rythme et sans personne pour l'assommer avec ses suggestions et ses conseils.

Le grand magasin spécialement réservé aux futures mamans et à leurs bébés avait ouvert depuis moins d'un an dans le très chic centre commercial près de Montecito. A peine avait-elle franchi les grandes portes vitrées qu'elle en eut le tournis. Les salles d'exposition se succédaient, proposant des centaines d'objets utilitaires, des décorations de chambre, des jouets, des vêtements…

Elle se penchait sur un petit lit de bois laqué turquoise quand, relevant la tête, elle se figea.

En jean et polo rouge, Jon était en train de tendre une carte de crédit à l'une des caisses. C'était curieux comme, chaque fois qu'elle le voyait dernièrement, elle éprouvait une sorte d'exaltation, presque une légère ivresse. Au début, elle avait attribué cette sensation à ses hormones, mais non, inutile de se leurrer. Tout avait commencé après qu'il l'avait embrassée. Et Dieu sait qu'il était doué pour cela…

Il se retourna alors qu'elle songeait à son baiser, justement, et son regard s'arrêta sur ses lèvres. Le hasard ? Rien n'était moins sûr.

— Que fais-tu ici ? demanda-t-il en venant vers elle.

Elle baissa ostensiblement les yeux sur son ventre qui s'arrondissait puis haussa les épaules.

— Ce ne serait pas plutôt à moi de te poser la question…

— Pourquoi ? Un homme n'aurait pas le droit de venir dans cet antre de la maternité ? Je ne vous savais pas aussi sexiste, docteur Munroe, plaisanta-t-il.

Elle rit de bon cœur.

— D'accord. Alors cartes sur table… Que m'as-tu acheté ?

— Désolé, mais tu devras attendre un peu pour le savoir.

— Oh, je vois… Monsieur veut jouer les mystérieux… Bien. Dans ce cas, donne-moi au moins un coup de main pour choisir un berceau.

Une heure plus tard, grâce au goût sûr et aux suggestions pertinentes de Jon, elle avait opté pour le modèle parfait — dont le style ancien et le bois naturel seraient en parfaite harmonie avec l'atelier d'artiste — qui lui serait livré la semaine suivante.

— Et je suis aussi doué pour les peintures, au cas où tu te poserais la question, dit-il. Apparemment, tu n'as qu'une semaine pour préparer cette chambre avant que le berceau arrive.

— Tu m'offres tes services ?

— C'est envisageable, mais seulement si tu me nourris.

Pourraient-ils supporter de se trouver dans la même pièce, seuls, sans se jeter de nouveau dans les bras l'un de l'autre ? Elle n'était pas certaine de vouloir tenter le diable…

— Je saurai me tenir, promis, ajouta-t-il, devinant manifestement la raison de ses hésitations.

Sentant le rose lui monter aux joues, elle se passa nerveusement une main dans les cheveux puis, sans répondre, se dirigea vers les caisses, Jon sur les talons.

Toutefois, avant d'y arriver, elle remarqua un couffin. Exactement comme elle l'avait rêvé : en osier, avec une capote, et qui pouvait devenir à bascule. Elle s'arrêta net pour se retourner et se heurta au large torse de Jon. Respira sa discrète eau de toilette. Sentit sa chaleur se mêler à la sienne. Elle en eut presque la chair de poule…

— C'est ce que tu cherchais ? demanda-t-il.

De tomber dans ses bras ?

— Oui, répondit-elle sans hésiter.

Il restait immobile, tout comme elle, et elle eut le

sentiment qu'il allait l'embrasser, là, dans ce magasin, au milieu de tous ces gens qui allaient et venaient autour d'eux.

Au prix d'un effort méritoire, elle parvint à se ressaisir et à se diriger vers le couffin.

— J'imagine déjà le bébé dedans, murmura-t-elle. Je suis tellement impatiente…

— Il sera là plus vite que tu le penses.

Un lien plus fort que les mots se tissa à cet instant entre eux. Une signature au bas d'un contrat ne pourrait jamais effacer les faits — ils avaient fait ce bébé *ensemble.* Cet enfant serait à eux deux, même si elle avait juré à Jon que sa participation ne serait en aucun cas requise pour son éducation. C'était ainsi qu'elle l'avait voulu, et lui-même l'avait exigé. De plus, il avait prévu de s'envoler bientôt pour la Chine.

Pourtant, elle appréciait ses conseils avisés. Grâce à lui, le choix du berceau, qui aurait pu devenir ennuyeux et fatigant, avait été léger et amusant. Elle était certaine aussi qu'il saurait transformer la corvée de peinture en une partie de plaisir. Ou presque… Dommage qu'il ait expressément spécifié qu'il ne voulait rien avoir affaire avec le bébé, parce qu'à en juger par l'expérience d'aujourd'hui, ils s'entendraient bien, tous les deux.

Son discernement, sa sagesse, même, lui seraient tellement utiles et salutaires pendant les années à venir… Toutefois, l'un et l'autre devraient rester dans leurs rôles de confrères et d'amis. Jon avait été très clair : à quarante-deux ans, et à présent que ses filles allaient enfin voler de leurs propres ailes, il aspirait à une liberté qu'il n'avait pas connue depuis longtemps et était impatient d'aller étudier la médecine chinoise. Il lui avait expliqué tout cela le soir où elle lui avait fait part de son projet. Qu'espérait-elle d'autre ?

Qu'il soit auprès d'elle pour élever *leur* enfant ?

Aucune chance. Il avait été limpide sur ce sujet, et le contrat était là pour en attester. Alors, après avoir une nouvelle fois croisé son regard, elle acquiesça en se forçant à sourire.

— Oui. Mon bébé sera là plus vite que je le pense.

Voilà. *Mon* bébé. Elle l'avait dit. Afin qu'il ne subsiste plus d'équivoque. Jon ne serait pas le père de son enfant.

Jon accompagna son patient jusqu'au petit laboratoire situé en face du bureau de Sarah — un prétexte en fait pour lui déposer les échantillons de peinture. Elle avait évoqué des tons pêche, jaunes ou bleu lavande, pour revenir finalement sur l'orange pâle, encore que le rose... Il l'avait arrêtée avant qu'elle ait pu énumérer toute la palette.

La veille au soir, il s'était arrêté dans un magasin spécialisé et voulait discuter ce matin avec elle de ses choix. Lui-même avait un net penchant pour le jaune ; la chambre de Lacy avait été d'un beau jaune lumineux et il s'y était toujours senti bien.

Gretchen était en train de disposer des fleurs dans un vase.

— Elle est avec un patient, dit-elle en le voyant arriver.

— Je reviendrai plus tard, alors.

Il avait failli lui demander si elle n'avait rien de mieux à faire que de coller ainsi aux semelles de Sarah, avant de se rappeler que c'était son travail. Mais n'avait-elle pas d'autres clientes ? songea-t-il, exaspéré. A ce train-là, c'est bientôt elle qui recevrait les patientes...

— Oh, ce sont les couleurs pour la chambre du petit ? ajouta-t-elle en lui prenant presque des mains les échantillons pour les étudier un par un. Celle-là ?

Elle fronça le nez.

— Non. Peut-être le bleu ? Encore que... En tout cas, pas le jaune. J'en parlerai à Sarah tout à l'heure. Nous avons prévu de commencer à peindre dans la semaine.

Nous ? Sarah avait changé d'avis ? Ils n'avaient pas décidé d'un jour précis, mais il avait pensé que demain soir serait très bien. Il avait prévu, dès qu'elle aurait arrêté une teinte, de passer le lendemain au magasin prendre le nécessaire avant d'aller directement chez elle et de s'y mettre.

Il tourna les talons sans un mot, furieux.

De retour dans son bureau, il attendit dix minutes, puis appela Sarah.

— Allô ?

C'était Gretchen. Il raccrocha.

Vingtième semaine. Début juillet.

A combien de patients devrait-il encore annoncer aujourd'hui qu'ils étaient de vraies bombes à retardement ambulantes ? Il y avait d'abord eu cet homme d'une quarantaine d'années frisant l'obésité et issu d'une famille de cardiaques, puis cette femme de soixante ans qui croyait souffrir des nerfs et dont l'ECG révéla qu'elle avait déjà fait à son insu un infarctus du myocarde mineur. Sans parler de cette patiente de trente-quatre ans en surcharge pondérale et tellement imbibée de graisse qu'il soupçonnait ses veines de charrier des morceaux de beurre.

Mais le pire pour lui fut d'annoncer à une étudiante de vingt ans que son cœur s'était dégradé au point qu'elle devrait subir une transplantation cardiaque.

De telles journées, heureusement, étaient rares, mais, lorsqu'elles arrivaient, il en ressortait complètement abattu, physiquement et émotionnellement. Le plus souvent, il allait trouver Jason, ou courir une heure pour dissiper le stress, ou bien encore il allait boire une bière avec Phil après le travail, mais, parce qu'elle lui manquait, Jon décida de rendre visite à Sarah.

Soulagé, il constata que pour une fois Gretchen le cerbère n'était pas dans les parages. En revanche, Amy, son assistante, vint au-devant de lui quand elle le vit entrer.

— Elle a reçu les résultats de son amniocentèse tout à l'heure, expliqua-t-elle à voix basse et avec inquiétude. Et elle s'est enfermée dans son cabinet depuis.

Oh non… Aurait-elle reçu des résultats alarmants ? Pour une femme de son âge, le risque de mettre au monde un enfant souffrant de malformation congénitale était un sur quatre cents. Angoissé, il s'approcha de la porte et, après avoir hésité, frappa doucement.

— Sarah ? C'est Jon.

— Entre, répondit-elle d'une voix étouffée.

Jon ouvrit et la trouva en pleurs.

8.

Sarah essuya rapidement ses larmes avant que Jon n'entre et s'efforça d'oublier le stupide scénario qu'elle avait imaginé et qui avait provoqué ses sanglots.

Jon lui avouait qu'il l'aimait, et la suppliait de l'épouser… ce qu'elle acceptait avec un indescriptible bonheur.

Rêverie éveillée de femme enceinte, à n'en pas douter.

— Sarah ? dit-il, en venant s'accroupir devant elle assise sur la chaise. Que se passe-t-il ? Ce sont les résultats ?

Elle se tourna vers lui, et l'empathie qu'elle lut dans ses yeux faillit lui valoir une nouvelle crise de larmes. Vaillamment, elle parvint cependant à sourire.

— Non. Le bébé va bien. Les résultats sont normaux.

— D'accord, dit-il, visiblement rassuré. Le bébé va bien, mais toi, tu n'as pas l'air en si bonne forme. Qu'y a-t-il ?

Elle soupira.

— J'ai renvoyé Gretchen ce matin.

Jon hocha lentement la tête et elle eut l'impression qu'il cachait son soulagement.

— Ce sont des larmes de joie, alors ?

Elle lui donna un léger coup de poing sur l'épaule.

— Tu exagères, elle n'était pas si terrible que cela.

— Oh si, crois-moi… Bien pire que tu l'imagines.

Elle se mit à rire, ce qui lui fit un bien fou. Elle avait la sensation, dernièrement, que seul Jon avait le don de la faire rire.

— Elle était un peu trop zélée, c'est vrai, un peu trop

crampon, et, surtout, je ne me voyais pas vivre quelque chose d'aussi important qu'une naissance avec elle.

— Alors pourquoi pleurer ? Tu devrais chanter et danser, au contraire, dit-il.

Il s'était relevé et lui massait doucement la nuque et les épaules ; elle sentait la paix descendre lentement en elle.

— Je dois commencer mes cours pour l'accouchement sans douleur dans deux semaines. J'ai décidé de sauter les premières séances parce que je connais ce qu'on y enseigne, mais ce qui m'ennuie, c'est que je vais y arriver toute seule, et cela risque de paraître bizarre. Toutes les femmes ont leur coach, désormais.

Jon se releva et se mit à arpenter la petite pièce. Enfin, il s'arrêta, soupira, puis se planta devant elle, les bras croisés sur son torse.

— Tu l'as devant toi, ton coach.

— Jon, non ! Je ne peux pas te laisser faire une chose pareille.

— Pourquoi ? Je l'ai déjà fait deux fois, et je m'en suis très bien sorti. Si tu ne me crois pas, demande à Cherie — si elle accepte de te parler de moi.

Sarah sentit son humeur sombre s'évaporer. Mais le laisser remplacer la doula était impensable.

— Tu ne peux pas m'accompagner à ces séances, voyons ! Tu ne t'y sentirais pas bien.

— Depuis quand sais-tu ce que je pense ? Sarah, je peux t'assurer que tu n'as aucune idée de ce qui se passe dans ma tête.

— Mais…

— Je viens de te proposer d'être la réponse à ton problème. Dîne avec moi ce soir et nous en parlerons plus tranquillement, dit-il avant de regarder sa montre. J'ai un autre patient qui m'attend. Je passerai te chercher tout à l'heure.

Avant qu'elle ait pu protester, si tant est qu'elle en ait eu réellement le désir, il était déjà sorti.

Elle baissa les yeux sur les résultats de son amniocentèse et sourit. Le bébé se portait comme un charme, elle s'était enfin débarrassée de cette envahissante doula et Jon venait implicitement de lui dire qu'elle ne vivrait pas cette grossesse seule. Ce n'était pas tout à fait ce qu'elle avait imaginé plus tôt, mais c'était tout de même un grand pas dans cette direction…

Comme il refermait la porte du bureau, Jon sentit soudain peser sur lui tout le poids de la décision qu'il venait de prendre. Devenir le coach de Sarah ! Où avait-il la tête ? Il faut croire que la voir aussi désemparée, aussi triste, avait totalement occulté tout son bon sens. Une fois de plus. Mais le bonheur de Sarah comptait bien davantage que les répercussions de son impulsivité avec lesquelles il devrait se colleter par la suite. D'autant que…

Un autre pacte semblait se profiler à l'horizon qu'il refusa d'envisager. Il avait déjà du mal à accepter le premier, et n'était pas certain d'être prêt pour le pas suivant.

Il fouilla avec agacement dans son deuxième tiroir. Où était passé ce fichu journal ? Il ne pouvait jamais mettre la main dessus quand il en avait besoin…

Quatre heures plus tard, à 20 heures passées, agréablement repue et incontestablement fatiguée, Sarah invita Jon à entrer pour lui montrer la chambre du bébé.

Au cours de leur dîner dans un petit restaurant grec, il avait apaisé l'anxiété qu'elle éprouvait à l'idée de s'insérer dans le groupe déjà formé des cours pour l'accouchement, et elle était de plus ravie à la perspective de l'avoir auprès d'elle.

Elle lui avait offert de lui préparer un thé au lait avec des biscuits chez elle, et il avait acquiescé avant même qu'elle ait terminé sa phrase.

Quand ils eurent fini la boîte de cookies au chocolat, elle le précéda jusqu'à la chambre qu'elle ouvrit non sans appréhension.

Le silence consterné de Jon fut plus éloquent qu'un long discours…

— Violet ? dit-il enfin, incrédule.

— Bruyère…, rectifia-t-elle. C'est le nom marqué sur la boîte. Et Gretchen m'a assuré que c'était très apaisant pour les bébés.

— Tu n'avais pas évoqué cette teinte, dans ta liste.

Et pour cause. A présent qu'elle la contemplait à travers ses yeux à lui, elle découvrait son erreur et fut furieuse d'avoir cédé à l'insistance de son ex-doula. Et son moral retomba comme un soufflé raté…

— Je déteste cette couleur, dit-elle. Je la déteste !

Jon, qui avait de toute évidence été déçu qu'elle ne l'ait pas attendu pour peindre, ainsi qu'il le lui avait proposé, l'attira aussitôt contre lui.

— Hé, ce n'est pas si grave. Le mobilier ressort très bien sur ce fond, non ? Mais si tu le souhaites, ma proposition tient toujours. Je peux repeindre par-dessus.

Pourquoi se sentait-elle si bien, dans ses bras ? Elle pourrait rester des heures pressée contre son torse solide et rassurant, à respirer son odeur très légèrement musquée.

— Tu le ferais ?

— Evidemment, il faudra bien deux couches de plus pour cacher le violet, ce qui veut dire que mes honoraires passeront d'un repas à deux ou trois…

Sans réfléchir, elle se haussa sur la pointe des pieds pour l'embrasser sur la joue.

— Marché conclu. Merci, Jon. Merci, merci, merci !

Il s'immobilisa une fraction de seconde, comme s'il dressait une barrière protectrice entre elle et lui, puis s'écarta en la tenant à bout de bras.

— Avec mon rôle de coach, en plus, tu n'as pas fini de cuisiner pour moi…

Son sourire la fit fondre, mais il la maintenait fermement loin de lui.

« Message reçu cinq sur cinq, docteur Becker… »

Jon aurait aimé arrêter le temps et vivre pleinement le plaisir de tenir Sarah dans ses bras. Mais il connaissait le danger de la garder contre elle, savait où cela le mènerait… Aussi préférait-il la garder à distance avant de commettre une nouvelle erreur.

— Donc, demain, après le travail, nous irons choisir la peinture et je commencerai. Quand débutent les cours ?

— Mercredi en huit.

— D'accord. Maintenant, il vaut mieux que je te laisse dormir. Tu as besoin de sommeil.

Il eut presque honte de prétendre n'agir que pour l'aider alors qu'il exultait à l'idée d'être auprès d'elle pour l'accompagner pendant la seconde moitié de sa grossesse. Même s'il devait s'en sortir meurtri au bout du compte. Et elle aussi. Il devrait lui parler de son prochain voyage en Chine, lui dire qu'il avait été contacté par un cardiologue d'une des universités de Beijing…

Il avait signé le contrat, d'accord, mais se sentait malgré tout lié par le besoin d'aider cet enfant à venir dans la mesure de ses possibilités, ne serait-ce qu'en soutenant moralement sa mère. Du moins le temps de sa grossesse.

Cependant, tous ces raisonnements, ces justifications, ces argumentations furent balayés quand, décidant de vivre l'instant présent sans plus s'occuper des retombées, il l'attira contre lui, l'embrassa chastement sur le front et respira une bouffée de son shampooing. Un sursaut de lucidité, toutefois, le fit réagir à temps. Il la relâcha, tourna les talons et s'enfuit dans le couloir.

Vingt-deuxième semaine. Fin juillet.

— Le dîner est prêt ! lança Sarah depuis le seuil de la chambre.

Jon avait rassemblé les meubles au centre de la pièce et les avait recouverts de vieux draps. Le plancher était lui aussi protégé par une bâche.

— J'arrive, répondit-il.

Elle avait passé une heure à préparer une salade de petits légumes et une purée maison pour accompagner les quenelles de poisson achetées chez le traiteur.

Avoir un homme en train de bricoler chez elle tandis qu'elle cuisinait lui procurait une étrange impression. Cette atmosphère très… domestique lui donnait un sentiment de sécurité — auquel elle ne devait surtout pas s'habituer sous peine de vive déception. Jon n'était là que pour lui donner un coup de main. Rien de plus.

— Deux murs terminés, plus que deux autres à faire, annonça-t-il en s'asseyant. Mmm, ça sent bon…

Son ton enjoué, son expression ravie et son compliment la comblèrent. Bientôt, grâce à son aisance et au plaisir qu'il prenait à honorer ses efforts culinaires, elle se détendit à son tour et ils dînèrent en discutant à bâtons rompus du cabinet MidCoast, de leurs goûts en matière de lecture et de musique, de médecine alternative, pour finir par des sujets plus personnels, comme les petits amis de Lacy et d'Amanda.

— Et ce week-end, je dois les accompagner dans les magasins, conclut-il après l'avoir fait rire avec les péripéties amoureuses de ses filles. Elles veulent acheter des tenues de soirée pour le bal estival de Santa Barbara.

— Ce ne serait pas plutôt à Cherie de s'en occuper ? demanda-t-elle, étonnée.

— Elle passe le week-end avec sa dernière conquête en date. Et comme c'est moi qui règle la facture des robes, de toute façon, j'aime autant mettre mon grain de sel.

— Normal, commenta-t-elle. Mais tu risques d'avoir des ennuis si tu veux imposer le col roulé au détriment d'un beau décolleté…

— C'est certain. Evidemment, ce serait mieux si…

Il la regarda par-dessus le morceau de quenelle piqué au bout de sa fourchette qu'il s'apprêtait à porter à sa bouche.

— Tu as des projets, pour samedi ?

Vingt-sixième semaine. Fin août.

Sarah ouvrit la porte, vêtue d'une robe d'été de lin framboise brodée sur la poitrine et qui lui tombait à mi-mollets. Jon sourit. Son ventre rebondi lui allait à ravir. Cette version plus voluptueuse de Sarah, qui alimentait d'incessants et de frustrants fantasmes, lui donnait beaucoup plus de mal encore à respecter le contrat.

Mais leur entente était à ce prix. Même si ses filles, conquises depuis qu'elle les avait aidées à choisir des tenues « sagement audacieuses », l'encourageaient vivement à sauter la barrière érigée entre eux, il s'y refusait. Et même si les séances de préparation à l'accouchement sans douleur lui donnaient beaucoup plus de mal qu'il l'avait imaginé, surtout lorsque la professeur insistait pour le considérer comme « le mari du Dr Munroe » en dépit de ce que lui avait dit Sarah.

Ce job de coach était de surcroît bien plus éprouvant qu'il l'avait envisagé. Il exigeait de lui un investissement physique et presque intime avec Sarah pendant les séances, ce qui le soumettait à une intense frustration. Certains réglaient ce genre de problème par une douche froide. Lui, il courait. Et depuis quelque temps, il courait de plus en plus, à telle enseigne qu'il avait perdu quelques kilos.

Ce soir, elle avait relevé ses cheveux en queue-de-cheval avec un chouchou assorti à sa robe, et elle était à croquer. L'exercice de respiration avait exigé qu'elle s'asseye entre ses cuisses et qu'il place les mains sur son diaphragme. Une véritable torture pour lui qui avait dû poser son menton sur la tête de Sarah et respirer la délicieuse odeur de shampooing qui produisait toujours un puissant effet sur lui.

La professeur avait ensuite renvoyé ses élèves chez elles avec un exercice particulier à effectuer, mais il ne voyait pas comment Sarah pourrait le faire. A moins que…

Pour des amis qui n'avaient jamais été en peine de trouver un sujet de conversation, le retour à la maison fut singulièrement silencieux.

— Comment suis-je censé observer ton sommeil ? demanda-t-il enfin comme ils entraient chez elle.

— Je pourrais peut-être faire un enregistrement vidéo que tu visionnerais après ? suggéra-t-elle en riant. Tu veux une tisane ?

— Volontiers. Ces exercices m'ont desséché, répondit-il, ne voulant pour rien au monde manquer une occasion de passer plus de temps auprès d'elle.

Même si la tisane n'avait assurément pas sa préférence…

Elle rit de nouveau, et il dut se retenir de la toucher, comme il avait pu le faire ce soir pendant l'exercice de « lâcher prise », lorsqu'il s'était agi de masser toutes les parties du corps qui avaient besoin de se détendre. Il enfonça donc les mains au fond de ses poches et lui emboîta le pas jusque dans la cuisine où il resta prudemment sur le seuil, à la regarder évoluer dans cette robe insupportablement sexy qui ondulait sur ses hanches. Mais avant qu'il ait eu le temps de penser à se mordre la langue, il s'entendit demander :

— Tu sais quel moment j'ai préféré, ce soir ?

Elle lui lança un regard interrogateur par-dessus son épaule en sortant deux grandes tasses du placard.

— Non. Lequel ?

— L'exercice de lâcher prise, dit-il, se rendant compte de la tonalité un peu rauque de sa voix.

Depuis quelques semaines, leur relation avait à plusieurs reprises emprunté de nouveaux sentiers. Il l'avait sentie frémir au frôlement de sa main, entendue soupirer de contentement pendant les exercices de relaxation, et être assis tout près d'elle pendant deux heures pleines chaque semaine n'était que du bonheur. Sans qu'il l'ait ni prévue ni vue venir en aucune façon, une certaine intimité s'était immiscée entre eux. Une intimité qui allait à l'encontre de sa règle d'or : ne jamais sortir avec une consœur, et encore moins avec une associée.

Une règle qu'il s'empressa d'oublier pour s'avancer derrière elle tandis qu'elle servait les tisanes et poser doucement les mains sur ses bras.

— Et si j'aime cet exercice, c'est parce que je peux te toucher, lui chuchota-t-il à l'oreille.

Elle ne se raidit pas ainsi qu'il l'avait redouté ; au contraire, elle laissa aller sa tête contre son épaule en soupirant. C'était si bon de la tenir ainsi, de la sentir s'alanguir contre lui. Il savoura cet instant, qui serait peut-être le seul qu'ils partageraient vraiment s'il franchissait la ligne au risque de commettre une énorme erreur.

— La professeur a dit que tu devrais faire tes exercices avant de te coucher, ajouta-t-il sur le même ton.

— Je ne suis pas certaine que cela m'aiderait à me détendre, répondit-elle.

Avant même qu'il l'incite à le faire, elle se tourna d'elle-même dans ses bras, l'enlaça par la taille et posa la joue sur son torse. Il aimait la sensation du bébé tendrement pressé entre eux.

Ils restèrent ainsi étreints pendant quelques secondes, à se bercer doucement, à se caresser. Une famille qu'un contrat, curieusement, refusait d'unir.

Quand il enfouit les doigts dans ses cheveux, elle releva

la tête. Il se pencha alors pour effleurer sa bouche. Un baiser doux. Tendre. Chaud.

Puis, très doucement, elle entrouvrit les lèvres et l'ultime barrière qui les séparait encore vola en éclats.

9.

Sarah ferma les yeux et s'abandonna au baiser passionné de Jon. Il semblait avoir attendu cet instant depuis des mois… Comme elle ? Croisant les doigts derrière sa nuque, elle l'attira plus étroitement contre elle et gémit en se pressant contre lui. Gémit encore quand il posa les paumes sur ses seins, puis sur son ventre avec une sorte de révérence.

— C'est une très mauvaise idée, murmura-t-il contre sa bouche.

— Je sais, répondit-elle, haletante.

— Tu es enceinte.

— Vraiment ? répondit-elle en riant. Ça alors !

Elle conseillait régulièrement ses patientes sur les rapports durant leur grossesse, et savait qu'il n'y avait aucun danger à ce stade, et qu'avec le surcroît hormonal, l'expérience, de plus, pourrait même se révéler particulièrement plaisante. En outre, elle n'avait aucun doute : Jon saurait être à la hauteur de ses espérances.

Et, à cet instant, son unique et impérieux désir était de le sentir en elle…

Jon avait beau savoir qu'il le regretterait amèrement, rien ne pouvait plus l'arrêter. Il était devant le lit de Sarah, en train de faire glisser sa robe sur ses bras, de découvrir sa poitrine pleine et ferme, de sentir sous ses doigts la douceur soyeuse de sa peau.

— Tu es belle, Sarah. Mon Dieu, tu es si belle…

Elle baissa les yeux sur son ventre, comme embarrassée de s'exposer ainsi à lui. Après s'être rapidement dévêtu à son tour, il s'agenouilla devant elle et, avec une infinie tendresse, acheva de la déshabiller avant d'embrasser cette rondeur émouvante et d'y poser ses mains aux doigts écartés.

— Je crois que je vais devoir être dessus, dit-elle à voix basse, comme une jeune fille timide.

— Seulement si tu le souhaites, répondit-il avec un sourire pour la détendre. Il y a longtemps que nous attendons cet instant, ajouta-t-il en l'attirant sur le lit. Prenons tout notre temps…

Elle se tourna sur le côté et il se pressa derrière elle, épousant son corps qu'il explora lentement et qui frémissait sous ses doigts. Alors qu'il posait une main sur son ventre, il sentit le bébé bouger et s'immobilisa, émerveillé.

— Il te dit bonjour, murmura Sarah.

La retournant alors vers lui, il l'embrassa. Longuement. Langoureusement. Puis, n'y tenant plus, il l'invita à le chevaucher. Et c'était si bon d'être en elle, dans son étroite et chaude intimité, et de la voir au-dessus de lui, la tête rejetée en arrière avec une expression d'intense plaisir, de voir ses seins tendus, son ventre lourd presque posé sur le sien… Il sut qu'il n'oublierait jamais cette image, cet instant…

Il attendit qu'elle s'envole la première pour la rejoindre dans le soleil éblouissant de leur extase.

Ce fut un léger baiser de Jon sur la tempe qui la réveilla.

— J'ai besoin de courir avant d'aller travailler.

Il était déjà habillé, prêt à partir. Elle se retourna sur le dos en étouffant un bâillement, puis se redressa sur un coude. Dans ses bras, elle avait mieux dormi que depuis des semaines.

— Si tôt que cela ? Tu ne déjeunes pas avant ?

Il était assis sur le bord du lit, souriant, mais d'un sourire qui ne semblait pas tout à fait atteindre ses yeux. Elle s'en sentit perturbée, comme si elle prenait conscience d'une erreur grossière qu'elle aurait commise.

— C'est très tentant, mais je suis réellement accro à mon jogging matinal, répondit-il.

Il lui tapota gentiment l'épaule avec un clin d'œil.

— Merci, dit-il en se penchant pour l'embrasser légèrement sur la joue avant de sortir de la chambre.

« Merci ? », se répéta-t-elle, atterrée. Elle ne l'aurait pas été davantage s'il l'avait giflée. Elle avait soudain la déprimante impression que c'était un autre homme qui avait promené ses lèvres et ses mains sur son corps, la veille au soir. Et cette nuit encore.

En proie à la plus totale confusion, elle se laissa retomber sur son oreiller. Qu'avait-elle fait ? se demanda-t-elle en entourant son ventre de ses bras, comme pour le protéger. Elle avait pris un énorme risque en lui révélant ses sentiments, en s'offrant à lui, corps et âme, et à présent il était parti. Ou, plutôt, il avait fui. Quelle idiote… En franchissant la ligne interdite, elle avait tout gâché.

Elle avait la sensation de revivre cette pénible rupture où elle avait eu la naïveté de croire au grand amour. Mais Jon pouvait-il vraiment se montrer aussi insensible ? Elle s'efforça de se ressaisir. Il n'était pas question pour elle de nourrir des idées aussi négatives. Son enfant avait besoin de paix, pas de stress. Or entretenir une relation avec Jon, manifestement, ne pourrait que lui apporter des déceptions et l'entraîner dans la dépression.

Donc pas question de lui montrer ce qu'elle éprouvait. S'il devait le deviner, elle ne saurait jamais, ensuite, si ses attentions envers elle relevaient ou non du simple apitoiement.

Mais qu'avait-elle espéré, aussi ? Que Jon deviendrait davantage que ce qui était inscrit sur le contrat ? Un amant ? Un père ?...

La boule qui s'était formée dans sa gorge enflait à présent dans sa poitrine. Elle ferma les yeux et se massa les tempes. « Respire. Respire... »

Non. Rien n'y faisait. Le poids de son erreur était toujours aussi oppressant. Rouvrant les yeux, elle regarda le réveil. Il était temps de se lever et d'assumer sa journée — ses visites à l'hôpital puis ses consultations au cabinet.

L'analyse de son aveuglement et des conséquences qui en découleraient devrait attendre. Dans l'immédiat, elle ne pouvait que se réjouir de devoir s'immerger dans son travail...

— Idiot, idiot, idiot..., répétait Jon en s'imposant un rythme délibérément infernal.

Il avait réfléchi avec son corps, pas avec sa tête, et il avait fait l'amour à Sarah, commettant ainsi la plus grosse bourde de sa vie. A quoi bon avoir un Q.I. largement au-dessus de la moyenne s'il restait aux abonnés absents quand il en avait besoin ? Il avait passé bien trop de temps avec elle et la frontière entre collaboration et plaisir s'était diluée jusqu'à ce qu'il ne fasse plus la différence.

Lui qui avait proclamé dès le début qu'il ne voulait rien avoir affaire avec cet enfant, qui avait chanté sur tous les tons le prix qu'il accordait à sa liberté, était tombé dans le piège des sentiments et du désir.

Flûte et flûte ! Pourquoi ne pouvait-il plus la considérer comme une simple amie, une associée ? Furieux contre lui-même, il projeta son poing devant lui avant de s'élancer sur la côte la plus raide qu'il ait pu trouver.

Il allait lui parler. Lui dire qu'ils avaient emprunté le mauvais chemin. Sûrement s'en était-elle déjà rendu compte, elle aussi. S'il le fallait, il la supplierait de lui pardonner, de comprendre que, pas une seconde, il n'avait voulu profiter d'elle, ni la blesser. Il lui expliquerait que rien ne pourrait jamais grandir entre eux, et qu'il serait insensé d'alimenter la petite flamme qui avait jailli entre elle et lui.

Elle comprendrait. C'était une femme intelligente et qui, ainsi qu'elle le lui avait clairement dit, voulait un enfant sans s'embarrasser du père.

De toute façon, comment pourrait-il en même temps être un père à Santa Barbara et un cardiologue en Chine ?

Oui, il le lui dirait, et ensuite il se fondrait dans l'ombre jusqu'à la fin de sa grossesse. Elle aurait besoin de calme, et il avait déjà fait assez de dégâts comme cela.

Les muscles douloureux, il se laissa tomber sur l'herbe, sur le dos, les bras en croix, hors d'haleine.

Elle comprendrait, se répéta-t-il. Il en était sûr — ou du moins voulait-il s'en convaincre.

Il parvint à l'éviter toute la matinée, mais, honteux de sa lâcheté, il alla frapper à sa porte entrouverte vers midi.

Elle l'invita à entrer d'une voix froide, mais pas avant qu'il ait eu le temps de voir une lueur chaude dans son regard, juste avant qu'elle affiche un masque distant.

— Euh... c'est pour ce qui s'est passé cette nuit, commença-t-il gauchement après avoir refermé la porte derrière lui. J'ai vraiment tout gâché, n'est-ce pas ?

Le geste insouciant avec lequel elle balaya ses propos le blessa.

— Si j'ai bonne mémoire, tu n'étais pas seul dans le lit...

— D'accord, mais...

— Jon, le coupa-t-elle en se levant pour s'approcher de lui. Le contrat est toujours valable. Rien ne nous empêche de reprendre notre relation là où nous en étions avant, si tu préfères.

— Oui, répondit-il — un peu plus vite qu'il ne l'aurait souhaité. Oui, je crois que ce serait une bonne idée.

Quelque chose passa dans ses yeux. Déception ? Blessure ? Avant qu'il ait pu s'expliquer plus avant, elle retourna derrière son bureau.

— D'accord. Maintenant, excuse-moi, mais j'ai tout un tas de paperasses à remplir pour assurer le suivi de mes patientes pendant mon congé maternité.

C'était tout ? Elle le renvoyait, purement et simplement ?

— Je regrette, tu sais. Je regrette vraiment, Sarah.

— Ne t'en fais pas. Ce n'est pas si grave.

Leur incroyable nuit n'aurait donc été que cela pour elle ? Une simple erreur de parcours ? Mais pour lui, c'était une autre histoire. Il n'était pas de ceux qui collectionnaient les conquêtes. S'il passait une nuit avec une femme, c'était parce qu'il éprouvait bien plus qu'une simple attirance physique pour elle.

Comme il franchissait la porte, il se sentit soudain vide et en proie à une déstabilisante confusion. Il regarda sa montre : oui, il avait encore le temps d'enfiler sa tenue de jogging avant sa première consultation de l'après-midi…

La petite fête en l'honneur de Sarah et de l'heureux événement à venir eut lieu le vendredi soir, après la fermeture du cabinet. Jon envisagea un instant de s'improviser un rendez-vous urgent ailleurs et de lui apporter son cadeau en personne chez elle pendant le week-end, ce qui lui donnerait ainsi un prétexte idéal pour mettre les choses au point avec elle. Mais, d'un autre côté, son absence à la fête risquait d'éveiller d'indésirables soupçons.

Sarah était donc la reine, ce soir, et Jon devait se retenir de la dévorer des yeux. Elle portait une nouvelle robe d'été encore plus sexy que l'autre : un patchwork de couleurs qui rehaussait son teint légèrement hâlé et avivait l'éclat de ses cheveux auburn. Elle était si belle qu'il la soupçonna un moment de s'être habillée ainsi pour le narguer et prendre sa revanche. Pure imagination de sa part ? Peut-être, mais si c'était le cas, elle avait réussi au-delà de toute espérance.

Il mangea sans appétit sa part de délicieux gâteau aux fruits rouges et prit un air faussement nonchalant quand, après avoir déballé presque tous ses cadeaux, elle s'approcha enfin de la grosse boîte sous le ruban de laquelle il avait glissé sa carte. Claire lui adressa un sourire complice. Normal : il lui avait offert la même chose. Pas très original, d'accord, mais fonctionnel, et ses associés ainsi que le personnel n'auraient pas attendu autre chose de lui.

Sauf qu'il était allé un peu plus loin, pour Sarah… Il la vit qui lisait sa carte sans la moindre expression, puis glissait un regard vers lui assorti d'un indéchiffrable hochement de tête. Son sourire était réservé, sa beauté, fascinante.

Elle ôta ensuite le papier, écarta l'emballage cartonné, et en resta un instant muette, avant de s'exclamer :

— Jon ! C'est fantastique ! Merci.

De sa place, à prudente distance d'elle, il esquissa un sourire.

— De rien, dit-il.

Il lui avait acheté une poussette tout-terrain, et Sarah était prête à parier qu'il y avait un message caché dans son choix. « Tout-terrain », comme son nom l'indiquait, signifiait que la poussette était conçue pour toutes sortes de surfaces, aussi bien pour les trottoirs que les collines, les parcs et les vallées de Santa Barbara, et qu'elle pouvait également être poussée en marchant, ou en *courant*.

Aussitôt, elle eut une image très nette de Jon en train de jogger tout en promenant leur bébé sur le chemin longeant la piste cyclable où elle les suivrait à vélo. Image qu'elle s'empressa de gommer de son esprit. La façon dont Jon était parti de chez elle la veille lui interdisait de s'autoriser ce genre de scénario.

Ce n'était pas dans le contrat.

Il avait été clair : ils avaient commis une erreur qui ne se reproduirait pas. Mais il méritait néanmoins un remerciement personnel. Il lui avait offert un superbe cadeau — en fait, *deux* superbes cadeaux, songea-t-elle en posant une main sur son ventre. Le moins qu'elle puisse faire était de le remercier.

Elle attendit pour cela que les employés soient presque tous partis. Jason et Claire étant occupés à charger tous ses présents à l'arrière de leur nouveau monospace, elle en profita pour filer à l'anglaise vers le bureau de Jon.

Après de longues heures passées à réfléchir, elle en était arrivée à la conclusion que Jon ne disait peut-être pas ce qu'il pensait réellement. Mais peut-être aussi prenait-elle ses désirs pour des réalités, parce qu'elle était certaine d'une chose, à présent : elle était amoureuse. Ce n'était pas du tout prévu dans leur contrat, mais qu'y pouvait-elle ?

Jon était un confrère fiable, un ami attentionné, un amant merveilleux. Presque à son insu, ses sentiments envers lui avaient peu à peu changé. Jusqu'à cette nuit incroyable où elle avait découvert la tendresse et la générosité dont il était capable. Tout avait alors basculé… L'amitié avait insensiblement glissé vers l'amour.

Bien sûr, il lui avait dit sans détour que leur nuit ensemble avait été une erreur. Mais… et s'il avait réagi comme elle ? En mentant pour ne pas la mettre dans l'embarras ? Cependant, son désir immodéré pour la liberté, lui, n'était pas feint. Il lui en avait trop souvent parlé pour qu'elle en doute.

Il n'était pas dans son bureau. Aussi décida-t-elle de lui laisser un mot. Comme elle se penchait pour prendre un stylo et son bloc-notes sur son bureau, elle remarqua une brochure à l'en-tête d'une célèbre université chinoise posée à côté de son ordinateur. Avec une note inscrite d'une écriture fine :

« Nous serons heureux de vous recevoir pour étudier avec vous la possibilité de vous offrir ce poste le… »

Choquée, elle se redressa. De toute évidence, s'il projetait de quitter le cabinet, c'était qu'il n'envisageait aucun avenir avec elle. Et elle qui avait cru que… Sa naïveté était confondante. Elle aurait dû, depuis le début, respecter leur accord à la lettre et le tenir à distance. Maintenir leur relation à ce qu'elle avait toujours été, rien de plus.

Quelqu'un, derrière elle, s'éclaircit la gorge et elle se retourna brusquement, comme prise en faute. C'était Jon, et elle s'empressa, au prix d'un effort douloureux, de se ressaisir. Plus question de lui dire ce qu'elle éprouvait pour lui et d'entraver ses projets. En se couvrant de ridicule par la même occasion…

— Oh, tu es là ? dit-elle en se forçant à sourire. J'allais te laisser un petit mot pour te remercier.

Pouvait-il entendre le tremblement de sa voix ?

— J'aidais Jason à charger le coffre. Ça a été une bonne journée, pour toi, non ? plaisanta-t-il.

— Oui, n'est-ce pas ? répondit-elle sur le même ton, quoiqu'il lui en coûtât. Tu as eu une idée de génie, avec cette poussette. Bébé et moi allons beaucoup nous amuser.

Fermant la porte derrière lui, il s'avança vers elle d'un pas hésitant.

— Sarah… Je ne voudrais pas que tu te méprennes sur mon attitude…

Son regard erra sur les murs de la pièce, comme s'il cherchait ses mots. Pour la laisser tomber en douceur ? songea-t-elle, soudain furieuse.

« Qu'attends-tu ? Dis-moi franchement que tu ne veux plus rien avoir affaire avec moi. Ne me laisse pas t'aimer si tu n'as rien à m'offrir en échange. »

Humiliée, elle chercha à sauver la face.

— Tu crois que tu as profité de moi ? dit-elle sans chercher à baisser le ton.

Tant pis si des oreilles indiscrètes rôdaient dans le couloir. Elle savait que les infirmières avaient déjà plus ou moins deviné qu'il y avait anguille sous roche entre eux…

— Je suis aussi responsable que toi pour ce qui s'est passé, alors, je t'en prie, ne t'en attribue pas tout le mérite, ironisa-t-elle d'un ton bien plus dur qu'elle l'aurait souhaité.

Mais les émotions avaient pris le dessus et, avant qu'elle craque, ce qu'elle était à deux doigts de faire, elle passa devant lui et sortit de la pièce sans rien ajouter.

Dire qu'elle l'avait presque cru amoureux d'elle !… Sa candeur n'avait décidément d'égale que son imagination ! Elle rêvait d'un avenir avec lui alors qu'il avait déjà un nouveau poste. Et il n'avait même pas eu la correction de lui en parler.

Mais ne disait-on pas que l'amour était aveugle ?

Le mercredi suivant, elle eut la surprise de le voir arriver comme elle sortait de chez elle.

— Que fais-tu ici ? demanda-t-elle alors que son cœur se mettait stupidement à battre la chamade.

Pour ne rien arranger, le bébé lui donna un coup de coude ou de pied dans les côtes.

— Nous sommes mercredi, et c'est la dernière séance, ce soir, non ?

Flûte… Pourquoi fallait-il qu'il complique tout ? Rien ne lui aurait fait plus plaisir que de reprendre leur relation telle qu'elle avait été avant cette fameuse nuit, mais c'était impossible. Pour elle, la donne avait changé. Ses sentiments aussi.

— Je te décharge de tes fonctions, dit-elle avec un haussement d'épaules blasé qu'elle espérait suffisamment convaincant pour donner le change.

— C'est idiot. Je suis ton coach, et j'ai l'intention d'assumer mon rôle jusqu'au bout.

— Jon, je suis une femme moderne et indépendante. Je n'ai pas besoin de toi. Une sage-femme m'aidera à accoucher.

— Et si elle n'est pas libre au moment venu ? Il ne faut pas que tu sois seule quand les contractions commenceront. Je serai là.

— Non. Je me débrouillerai, rétorqua-t-elle avec un geste insouciant.

Il se passa une main dans les cheveux en soupirant.

— C'est idiot, Sarah.

— Peut-être, mais c'est *ma* décision.

— Et moi, je refuse de te laisser prendre le risque de mettre au monde notre… d'accoucher seule.

Avait-il été sur le point de dire *notre* enfant ?

Inopportunément, un des conseils favoris de sa mère lui revint à la mémoire : « Méfie-toi de tes souhaits. » Celle-ci avait raison…

Elle avait décidé d'avoir un enfant seule, et sa grossesse la comblait, mais le reste… Jamais elle n'avait inclus dans ce projet de tomber amoureuse du « donneur de sperme ».

Jon était le portrait qu'elle se faisait de l'homme idéal, sauf qu'il refusait de s'investir. Il y avait de quoi hurler.

— Tu me rends folle, tu sais ? dit-elle. Tu veux t'engager, puis tu ne veux plus, et…

— Nous sommes deux dans ce cas, répondit-il, lui prenant le bras pour l'entraîner. Allons-y, maintenant. Tu vas être en retard.

— Non !

Elle se dégagea vivement.

— En plus, ce soir, on fête la fin des cours. Ça m'ennuie. Je n'y vais pas.

— Alors que vas-tu faire de tes petits-fours ? s'enquit-il en désignant la boîte entrouverte qu'elle tenait à la main.

— Les manger ! dit-elle, criant presque, avant d'en enfourner deux en même temps dans sa bouche. Parce que je suis enceinte et que j'ai toujours faim ! Voilà pourquoi !

Puis elle lui claqua la porte au nez.

10.

Trente-quatrième semaine. Mi-octobre.

Assise à son bureau, Sarah n'avait même pas pris la peine d'allumer sa lampe. La lumière triste de cet après-midi d'automne peinait à franchir les rideaux et donnait un ton un peu lugubre à la pièce.

En harmonie avec son état d'esprit…

Elle aurait tant aimé que tout rentre dans l'ordre après qu'elle avait claqué la porte au nez de Jon, mais il n'y avait *plus* d'ordre. Nulle part.

Le menton appuyé dans sa paume, le regard vague, elle laissait ses pensées vagabonder. Et comme toujours, depuis quelque temps, elle avait une main posée sur son ventre proéminent.

Elle serait bientôt une mère célibataire qui avait été certaine de savoir ce qu'elle faisait en décidant d'avoir un enfant seule, et elle ne le regrettait pas. Sa grossesse et la perspective de donner bientôt le jour à son bébé la comblaient de bonheur.

La chambre était fin prête, avec l'armoire pleine de vêtements, le berceau avec ses couvertures amande et ses draps paille, les jouets, les peluches, et les murs d'un beau jaune d'or tellement plus agréable que le vilain violet choisi — imposé — par Gretchen.

Pourtant, elle avait commis une erreur : demander à Jon de participer à la conception de l'enfant. Cependant, même si la solution de la banque du sperme aurait été préférable, savoir qu'une partie de Jon demeurerait dans sa vie d'une certaine manière la rassurait.

Mais elle aurait souhaité tellement plus…

Jamais elle n'aurait pensé qu'il lui apporterait un tel soutien. Ni qu'elle se sentirait aussi désemparée sans lui. Elle l'avait choisi simplement pour son intelligence et d'autres qualités qu'elle admirait et dont elle espérait que son enfant hériterait. Or, en cours de route, elle avait appris à mieux le connaître et à découvrir qu'il était un homme plein d'esprit, de prévenance, sur qui on pouvait compter et… qui faisait merveilleusement l'amour.

Mais ils avaient signé un contrat. Jon avait joué son rôle et avait de grands projets pour son avenir. Elle-même était bien enceinte comme elle l'avait souhaité — mais seule et désespérément amoureuse.

Jon, après qu'elle l'eut proprement chassé de sa vie, n'avait pas cherché à revenir. Il avait également pris deux semaines de congé début septembre pour aider Amanda à aller s'installer près de son université sur la côte Est et, probablement, pour poser les jalons de son propre avenir, en l'occurrence cette offre de poste qu'elle avait pu lire sur son bureau.

Au cabinet, ils observaient une attitude aimable mais distante, et avoir perdu l'amitié qu'ils partageaient avant toute cette histoire lui était particulièrement douloureux. Il lui manquait. Il lui manquait terriblement… Et comment pourrait-elle l'oublier, alors qu'elle portait son enfant ?

A la fin de la semaine à venir, elle serait en congé maternité et au moins n'aurait-elle plus à le croiser et à entendre sa voix. Il lui serait peut-être plus facile de ne plus penser aux mains de Jon sur son corps quand ils avaient fait l'amour. Quand ils s'étaient tout donné, sans retenue. Elle était certaine d'avoir effleuré son âme, elle l'avait vu dans ses yeux quand ils s'étaient unis. Il n'avait pas pu cacher la profondeur de ses sentiments, alors, pas plus qu'elle n'avait cherché à dissimuler les siens. Cela avait été un instant magique…

Mais elle n'avait pas le droit de s'interposer dans l'avenir qu'il s'était préparé — ce voyage en Chine. Il avait rempli sa part du contrat, et elle se devait de lui laisser vivre sa vie telle qu'il l'avait programmée.

En attendant, elle avait encore des patientes à voir, et, non sans difficulté, elle reposa les pieds par terre. Comme d'habitude, depuis quelques semaines, elle s'était accordé une demi-heure de répit. Elle avait atteint le stade, si souvent observé chez ses patientes, où il devient difficile de trouver une position confortable, et avait remarqué qu'elle commençait à marcher en canard. Quant à son ventre… On n'était qu'en octobre et elle se demandait comment il lui serait possible de grossir encore. A ce rythme, elle ne pourrait bientôt plus passer les portes…

Sur le point d'aller chercher sa patiente suivante, elle s'arrêta pour répondre à son Interphone.

— Docteur Munroe, pourriez-vous ajouter une de vos patientes à vos rendez-vous de l'après-midi ? demanda Gaby.

— Ce devrait être possible. Qui est-ce ?

— Lisa Lightner.

Lisa devait accoucher dans trois semaines, et sa grossesse s'était jusqu'à présent déroulée sans problème. Du fait qu'elles vivaient toutes les deux la même chose en même temps, une certaine complicité amicale s'était nouée entre elles.

— Quel est le problème ? s'enquit-elle.

— Elle a juste dit qu'elle ne se sentait pas très bien.

Un signal d'alarme s'alluma dans l'esprit de Sarah. Lisa n'était ni une geignarde ni une hypocondriaque.

— Dites-lui de venir tout de suite, Gaby.

Trois quarts d'heure plus tard, Lisa s'allongeait sur la table d'examen. A côté d'elle, Sarah avait le sentiment d'être une demi-portion.

— Que se passe-t-il, Lisa ?

— Je suis… essoufflée, Sarah.

Avec l'utérus pressant le diaphragme, Sarah savait que c'était un inconvénient courant, mais le pouls de Lisa était rapide, et elle nota la présence de bruits respiratoires, même si ses poumons apparaissaient parfaitement normaux. Sa tension était un peu basse, mais rien d'alarmant.

— Vous avez des douleurs thoraciques ?

— Ce ne sont pas réellement des douleurs, mais… j'ai juste le sentiment que quelque chose cloche.

— Bien. Pour plus de sûreté, nous allons faire un ECG. Avez-vous eu des lourdeurs inhabituelles dans les jambes, récemment ?

Lisa secoua la tête. D'après son dossier, elle n'avait jamais eu de problèmes de coagulation, mais la grossesse favorisait parfois certaines pathologies restant sinon en sommeil.

Procédant à un examen minutieux, Sarah remarqua un endroit sensible au dos du mollet droit, sous une petite ecchymose.

— Je vais demander un test de D-dimère et, s'il est positif, nous ferons une échographie de votre jambe afin d'éliminer la possibilité d'une thrombophlébite.

— Quel rapport avec le fait que je me sens oppressée ?

Sarah ne tenait pas à effrayer Lisa, mais, s'il s'agissait vraiment d'une TVP — une thrombose veineuse profonde —, une embolie pulmonaire pourrait être la cause de son essoufflement. Il était toutefois hors de question qu'elle le lui révèle ; bien que rare, l'embolie pulmonaire était une des causes principales de la mortalité maternelle au cours de la grossesse et jusqu'à six semaines après l'accouchement.

— Simple précaution, Lisa. Je tiens à éliminer toutes les possibilités avant d'établir un diagnostic. Vos poumons semblent normaux et c'est une bonne nouvelle. Mon infirmière va contrôler votre saturation en oxygène et faire cet ECG avant que vous alliez au laboratoire. Nous aurons résolu l'énigme avant que vous repartiez, je vous le garantis.

Etablir un diagnostic d'embolie pulmonaire chez une femme enceinte n'était pas facile compte tenu des analyses exigées et des problèmes d'exposition du fœtus aux radiations.

— J'aimerais d'ailleurs que vous restiez jusqu'à ce que nous ayons les résultats.

Etant donné que Phil, le pneumologue du centre, était en visite à l'hôpital, et que Jason et Claire avaient pris leurs vacances, il ne restait que Jon à qui elle puisse s'adresser. Jon qu'elle évitait dans la mesure du possible, mais, en l'occurrence, elle n'avait pas le choix.

Il revenait de la cuisine avec un café quand elle arriva près de son bureau et elle surprit le léger recul qu'il eut en la voyant.

— Je vais avoir besoin de toi, dit-elle.

— D'accord. De quoi s'agit-il ? demanda-t-il, très professionnel, en la précédant dans son bureau.

Elle lui expliqua le cas de Lisa en se concentrant sur le motif géométrique de sa cravate plutôt que de soutenir son regard.

Avant qu'elle ait terminé, toutefois, Amy apparut à la porte qu'ils avaient laissée ouverte.

— Positif, dit-elle. Le D-dimère est positif.

Soucieuse, Sarah hocha la tête.

— D'accord. Vous avez fait l'ECG ? Oh !... Il faudrait aussi la mettre sous oxygène et appeler une ambulance pour la conduire aux urgences. Il faudra faire une écho de la jambe et d'autres analyses.

— Tu ferais bien aussi de la mettre sous perf de sérum physiologique, suggéra Jon.

Jon et elle discutèrent du problème épineux des examens révélant l'embolie pulmonaire chez la femme enceinte, et tombèrent d'accord pour juger qu'une scintigraphie pulmonaire de perfusion serait la méthode la plus appropriée. Elle détestait l'idée d'exposer et la mère et l'enfant à un quelconque danger, mais savait aussi que tous deux risquaient bien pire s'ils n'évacuaient pas un caillot de sang logé dans les poumons.

Pouvoir envisager ainsi toutes les possibilités avec Jon apaisa son anxiété ; elle avait eu de la chance qu'il ait été disponible. Mais avant qu'elle ait pu le remercier, un appel retentit dans l'Interphone du couloir.

— Un médecin est demandé d'urgence dans la salle d'attente du rez-de-chaussée.

Sarah sentit son cœur s'emballer et elle pria pour qu'il ne s'agisse pas de Lisa. Mais quand Jon et elle se précipitèrent sur les lieux, ce fut pour y découvrir la jeune femme étendue par terre, avec plusieurs personnes autour d'elle.

Tandis que Jon courait chercher le matériel de secours, elle s'approcha de sa patiente en proie à de grosses difficultés respiratoires.

— Je vais avoir besoin d'oxygène, et il faut appeler une ambulance, ordonna-t-elle. Gaby, joignez son mari et dites-lui de se rendre directement aux urgences. Lisa, essayez de tousser, dit-elle, espérant qu'un éventuel caillot bloquant sa respiration en serait ainsi délogé.

Celle-ci s'exécuta, mais faiblement. Dès que Sarah lui eut posé le masque à oxygène sur le visage, elle lui demanda de tousser de nouveau, ce que fit Lisa avec un peu plus de force.

— Nous allons vous sortir de là, Lisa. Accrochez-vous.

Avec de la chance, il s'agirait d'un caillot assez petit pour se résorber avec un simple traitement.

Jon et Amy la soulevèrent pour l'installer sur un chariot qu'ils poussèrent jusqu'à la salle de soins. Jon posa une perfusion tandis que Sarah préparait la dose d'héparine en fonction du poids de la patiente — l'anticoagulant le plus approprié durant la grossesse car il ne traversait pas le placenta.

Jon attendait avec le masque Ambu tandis qu'Amy

installait le moniteur cardiaque. Les signes vitaux de Lisa étaient limites mais stables, et la saturation en oxygène était dans les normes.

La peur que Sarah lisait dans les yeux de Lisa lui serra le cœur. Comment vivrait-elle une situation semblable ? Sans doute serait-elle tout aussi terrifiée. Serrant sa main dans la sienne, elle se pencha sur elle.

— Nous allons vous sortir de là, Lisa.

— Et mon bébé ?

— La petite Angela aussi. Mais, pour l'instant, c'est de vous dont nous devons nous occuper.

Contrairement à elle, Lisa avait souhaité connaître le sexe de son enfant.

L'ambulance arriva bientôt, au grand soulagement de Sarah.

— Aux urgences, on va vous soumettre aux tests nécessaires pour éliminer la possibilité d'un embolisme pulmonaire, et ensuite vous mettre sous anticoagulants, expliqua-t-elle. Heureusement que vous êtes venue nous voir dès les premiers signes, Lisa, car nous avons pu prendre le mal à temps.

Dès que l'ambulance fut repartie avec Lisa, Sarah appela le service des urgences pour leur communiquer son rapport avant de joindre le mari de Lisa pour l'informer de la situation. Comme elle raccrochait, elle songea que, dans une situation semblable, elle n'aurait personne auprès d'elle pour la soutenir. Pas de mari. Cela avait été son choix, certes, mais elle se demandait à présent si elle n'avait pas fait une grosse erreur. A cet instant, le bébé, comme pour protester, lui donna un coup de pied, et elle grimaça en se mordant la lèvre.

— Tu ne te sens pas bien ? demanda Jon en s'avançant aussitôt vers elle.

— Juste un peu secouée, dit-elle, consciente de ses mains qu'il avait posées sur ses épaules.

Il lui manquait. Il lui manquait tellement. Elle regrettait sa compagnie, son amitié. Ils s'entendaient si bien. Pourquoi avait-il fallu qu'ils en arrivent là ?

— Je vais te préparer une tasse de thé dans la cuisine, dit-il.

La chaleur de ses mains disparut avec lui.

— Merci. Je t'y rejoins dans une minute.

Elle prit le temps de se ressaisir, puis se dirigea vers la cuisine au bout du couloir.

Assis à la table, ils burent sans rien dire pendant une longue minute, puis Jon, visiblement nerveux, rompit le silence.

— J'ai quelque chose à t'annoncer avant que tu l'apprennes par quelqu'un d'autre, commença-t-il enfin.

Elle fixa pendant une seconde le fond de sa tasse avant de se résoudre à rencontrer son regard.

— J'ai décidé d'accepter un job dans un autre cabinet, et je ne serai plus là à ton retour de congé maternité, dit-il.

De crainte que sa tasse échappe à ses mains tremblantes, elle la posa sur la table. Elle avait soudain la gorge sèche, le ventre noué, mais s'efforçait de n'en rien laisser paraître.

Que pouvait-elle répondre ?

« Je regrette que tu partes à cause de moi. Contrairement à ce que tu peux penser, je n'ai jamais cherché à t'utiliser. Je n'ai jamais voulu que ça se passe ainsi... »

Ce ne furent pas ces mots-là qui franchirent ses lèvres.

— Tu me manqueras, Jon, dit-elle.

Leur contrat le dispensait de toute obligation envers l'enfant, mais la clause qu'il avait surtout insisté pour voir figurer sur le document était que personne ne devrait savoir qu'il était le père. Pourtant, ils n'avaient pu empêcher les spéculations d'aller bon train dans les couloirs du centre et, tôt ou tard, quelqu'un d'un peu plus perspicace finirait par découvrir le pot aux roses. Sans doute était-il préférable, finalement, qu'il s'en aille avant que sa réputation ne soit entachée à cause d'elle.

Elle n'avait aucun droit d'en être déçue, non plus que

de se sentir abandonnée. C'était elle qui avait établi les règles, dès le départ, et Jon, de plus, ne lui avait jamais promis de rester près d'elle.

— Tu me manqueras aussi, répondit-il.

Un silence tendu menaça de s'éterniser. Les non-dits étaient là, comme suspendus entre eux. Finalement, il se leva.

— Il vaut mieux que j'y retourne, dit-il.

Elle le regarda sortir, envahie par un brusque sentiment de colère qui la prit au dépourvu. Mais de quel droit ? Comment pourrait-il deviner ce qu'elle vivait, alors qu'elle avait tout fait pour qu'il n'en sache rien ?

Mais pourquoi, aussi, n'avait-il pas pu l'aimer ? Et pourquoi était-elle allée le chercher, lui, pour lui proposer ce stupide contrat et le laisser bouleverser sa vie ?

« Méfie-toi de tes souhaits. » Le conseil de sa mère, une fois de plus, se rappela à elle, elle en sentit toute la profondeur, toute la vérité, et des larmes importunes roulèrent sur ses joues…

Deux semaines plus tard, par une belle matinée d'automne, Jon arriva en même temps que Phil Hansen sur le parking et tous deux remontèrent vers le centre ensemble. Phil avait ce genre de sourire à la Jack Nicholson qu'il arborait généralement après avoir passé une excellente nuit en bonne compagnie…

— Comment arrives-tu à survivre dans cette marée de conquêtes sans jamais boire la tasse ? lui demanda Jon en secouant la tête.

Depuis qu'il avait annoncé son départ prochain à Sarah, tous deux s'évitaient plus que jamais, et il ne supportait plus cette situation. Il aurait tout donné pour remonter le temps et annuler cet instant où il avait apposé sa signature sur ce stupide contrat. Encore que… Serait-il prêt à renoncer à l'intimité qu'ils avaient connue pour revenir au *statu quo* ?

Pas sûr.

Phil abaissa ses lunettes noires.

— Qui te dit que je ne la bois pas de temps à autre ?

— Toi ?

— Eh oui, moi. Aucun homme n'est à l'abri, mon vieux. Une fois que la femme s'est rendu compte que tu es aussi superficiel qu'elle l'avait pressenti, elle te jette dehors. Alors que fais-tu ? Tu te relèves, tu frottes la poussière de ton sweater, et tu t'empresses d'aller refaire la même erreur avec une autre. C'est une vie ingrate… mais excitante en diable et qui vaut le détour.

Jon le regarda s'éloigner vers son bureau, se demandant s'il devait tirer une leçon personnelle de ce que venait de lui dire Phil. Peut-être devait-il comprendre que Sarah méritait quelqu'un de plus excitant que lui ? Après tout, si Cherie l'avait quitté, c'était peut-être bien pour cette raison…

Il jeta un coup d'œil vers la porte fermée de Sarah. Elle n'était pas encore arrivée. Bizarre, cela ne lui ressemblait pas d'être en retard.

Comme il s'avançait vers Gaby, cependant, il l'entendit qui annonçait avec excitation à Amy, l'assistante de Sarah :

— Tu sais la nouvelle ?

— Quoi ?

— Le Dr Munroe est en train d'accoucher !

11.

Essoufflé, Jon s'arrêta à la réception de la maternité. Il avait demandé à Gaby d'annuler tous ses rendez-vous de la journée et avait failli se faire épingler pour excès de vitesse sur la route.

La réceptionniste, le reconnaissant puisqu'il venait régulièrement voir des patients, lui indiqua la salle de travail, au rez-de-chaussée, et il fut surpris de découvrir une grande pièce particulièrement accueillante, avec du parquet, un fauteuil bien rembourré près du lit et des patchworks colorés sur les murs. Mais Sarah n'était pas là. Ressortant dans le couloir, il la vit arriver dans sa direction. Vêtue d'une robe de chambre d'hôpital, elle poussait une potence avec une poche de liquide transparent suspendue à sa branche.

— Que fais-tu ici ? s'enquit-elle alors qu'il venait au-devant d'elle.

— J'assume mes fonctions, dit-il. Je suis ton coach.

— Je t'ai déchargé de cette obligation. Tu as oublié ?

— Non, mais il était évident que tu ne le pensais pas.

— Que tu crois, Jon… Je n'ai pas besoin de toi.

— D'accord. Qui t'aide, alors ?

— Personne. Je suis assez grande pour me débrouiller toute seule.

— Quand le travail a-t-il commencé ? demanda-t-il en lui emboîtant le pas.

— Hier soir.

— Pourquoi ne m'as-tu pas appelé ?

Elle s'arrêta.

— Parce que tu n'es *plus* mon coach, rétorqua-t-elle, irritée, en détachant chaque syllabe.

Ignorant son humeur — il était bien connu que les femmes, dans ces circonstances particulières, n'étaient le plus souvent pas à prendre avec des pincettes —, il poursuivit son interrogatoire.

— De combien es-tu dilatée ?

— Ça ne te regarde pas, dit-elle en se remettant en marche.

Il ôta sa veste et desserra sa cravate.

— Je reste avec toi.

— S'il vous plaît, mademoiselle, dit-elle à l'adresse d'une jeune infirmière. Je ne veux pas de lui ici.

La jeune fille, dont le badge indiquait qu'elle était étudiante, ignorait totalement comment régler le différend.

— Je vais chercher la surveillante ! lança-t-elle en se hâtant de s'éloigner.

Cette dernière arriva moins d'une minute après, arborant une expression sévère, et Jon comprit qu'il allait devoir jouer serré pour s'en sortir. D'office, il posa un bras sur les épaules de Sarah.

— Allez, ma chérie, dit-il, jouant sournoisement l'homme patient face à sa jeune compagne à cran. Appuie-toi contre moi, si tu veux.

— Cet homme vous ennuie, docteur Munroe ? demanda la femme.

— Je ne veux pas de lui ici.

— Je suis son coach, dit-il, maintenant stoïquement son bras sur les épaules de Sarah bien qu'elle s'évertuât à le pincer. Si vous ne me croyez pas, vérifiez ses formulaires d'admission. Je suis le Dr Jon Becker. C'est sûrement indiqué. Et pendant que vous y êtes, pourriez-vous faire apporter un bol de glaçons pour elle, s'il vous plaît ?

Contre lui, Sarah se crispa soudain en se tenant le ventre alors qu'une contraction s'annonçait.

Jon saisit l'occasion de prendre les choses en main.

— Ne bouge pas. Je vais chercher un fauteuil roulant et je te conduis à la salle de travail.

En repérant un au bout du couloir, il courut le chercher.

— Tu n'as rien à craindre, Sarah, dit-il en l'aidant à s'asseoir. Je m'occupe de toi. N'oublie pas ta respiration…

Il s'exprimait d'une voix grave et calme afin de l'aider à se concentrer, ainsi qu'on le lui avait appris.

La surveillante devait être allée vérifier ses dires, car ils étaient seuls de nouveau, et, une fois dans la salle, il aida Sarah à s'installer sur le lit. Elle le laissa faire.

Il murmura des encouragements tout en lui frottant les bras, plaça un oreiller dans son dos, deux sous sa tête et un entre ses genoux. Et, là encore, elle ne protesta pas.

Avec douceur, il lui massa la nuque. Tout ce qu'ils avaient appris ensemble lui revenait à la mémoire, ainsi que d'autres choses que la naissance de ses filles lui avait également enseignées.

Quand sa respiration redevint normale, Sarah le regarda par-dessus son épaule et murmura un « merci » qui le surprit.

— Tu ne me jettes plus dehors ?

Soulagé, il la vit secouer la tête. Comme il revenait devant elle, elle plongea soudain son regard dans le sien.

— Le bébé a presque quatre semaines d'avance. J'ai saigné hier soir, et puis, j'ai compris que les douleurs que j'avais eues irrégulièrement dans l'après-midi étaient en fait des contractions. Mais il est trop tôt, et je… j'ai très peur.

— Hé ! Tu es entre des mains très compétentes, dit-il en lui relevant une mèche tombée sur son front. Cet hôpital a la meilleure réputation de tout l'Etat, et la petite bénéficiera de tous les soins dont elle aura besoin.

— La petite ? répéta-t-elle, étonnée. Tu sais quelque chose que j'ignore ?

— En fait, fort de l'expérience de mes deux filles, disons que c'est juste… une intuition.

L'infirmière entra dans la chambre, un bol de glace pilée dans une main qu'elle posa sur une table avant de procéder à l'examen du col de l'utérus.

— Vous êtes dilatée de six centimètres. Effacement du col de cinquante pour cent.

Un sourire étira fugacement les lèvres de Sarah, mais son front plissé et la façon dont elle s'humectait régulièrement les lèvres de sa langue révélaient son angoisse. Jamais il ne l'avait vue aussi anxieuse.

— Tu sais, ce sera peut-être un peu difficile, l'avertit-elle.

— Je suis de taille à le supporter, répondit-il en lui caressant doucement les cheveux. Au fait, j'ai mon MP3. Tu veux écouter un peu de musique ?

— Pourquoi pas ?

Son attitude envers lui était passée du refus véhément à l'acceptation confiante, et il s'en sentait galvanisé. Elle se redressa sur un coude en s'adossant à la pile d'oreillers pour qu'il puisse lui placer les écouteurs sur les oreilles et, la laissa faire son choix sur sa liste personnelle. Puis il lui donna une cuillerée de glace pilée.

— Je suis sûre que Cléopâtre était moins chouchoutée que moi, articula-t-elle difficilement à cause des glaçons sur sa langue.

Jon répondit à son sourire empreint de pardon — du moins était-ce ainsi qu'il se plaisait à le voir. Pour le moment, son rôle auprès d'elle était à peu près défini ; tous les deux travaillaient en équipe pour permettre au bébé qu'ils avaient fait ensemble de voir le jour.

Quatre heures plus tard, au cours d'un répit entre deux contractions, Sarah s'abandonna contre son oreiller en enroulant machinalement une mèche de ses cheveux sur son doigt.

— Dis-moi quelque chose de complètement idiot sur toi.

— Quelque chose d'idiot ? répéta-t-il, fouillant déjà

dans ses souvenirs. Eh bien… Quand j'étais étudiant, je connaissais par cœur tous les rôles de Carmen, et je les hurlais à tue-tête dans ma salle de bains quand je me croyais seul.

— Même celui de Carmen ?

— Même celui de Carmen. Tu veux que je te chante *Toréador* ?

Elle pouffa, et il rit avec elle. Après la dernière contraction qui avait paru particulièrement douloureuse, l'infirmière avait injecté un léger sédatif dans la perfusion afin de l'aider à se détendre entre les efforts qu'elle devait fournir, et le résultat était notable.

— A toi, dit-il, profitant de cet instant de détente.

Elle réfléchit un instant, puis ses yeux pétillèrent.

— Je suis capable de faire tous les pas de *Thriller*. J'ai passé des heures à m'entraîner devant la glace.

L'imaginer en train de danser comme un zombie le fit rire à son tour.

— Un jour, il faudra que tu me fasses une démonstration !

Il avait parlé trop vite. Il n'y aurait *pas* d'avenir entre eux. Ils échangèrent un regard plein de questions, d'incertitudes et de regrets, puis elle hocha lentement la tête.

— Bien sûr, dit-elle.

Après un nouveau silence tendu, elle posa tout à coup ses mains crispées sur son ventre.

— Il veut… sortir, haleta-t-elle.

— Allez, respire, dit-il, reprenant aussitôt son rôle pour la rassurer et l'aider à trouver une position confortable le temps que la contraction passe.

L'infirmière procéda à un nouvel examen. Le rythme des battements de cœur du fœtus devenait hypnotique. Le bébé s'accrochait, lui aussi.

Elle se tourna vers Jon.

— Vous devriez prendre un peu de repos, lui conseilla-t-elle. Allez manger quelque chose, ou faire quelques pas dehors. Il ne faudrait pas que vous soyez à bout de forces quand elle aura le plus besoin de vous.

Comme il hésitait, Sarah l'encouragea elle aussi à sortir quelques minutes et il dut reconnaître que, même s'il répugnait à quitter son chevet, il lui serait certainement salutaire d'aller « recharger ses batteries ».

Une fois seul devant les lavabos des toilettes après avoir rapidement avalé un sandwich, il fut de nouveau confronté à ses sentiments douloureux. Il se sentait si bien, avec elle, comme si c'était là sa vraie place, et cependant il partait dans un autre cabinet de groupe à la fin du mois.

Se penchant, il s'aspergea le visage d'eau froide. Et la Chine ? s'interrogea-t-il en considérant son reflet dans le miroir. Et pourquoi était-il ici, en ce moment ? Pour accomplir ce qu'il considérait comme un devoir, ou parce qu'elle était pour lui bien davantage qu'une consœur ? Et devant leur bébé, comment réagirait-il ?

Eludant les réponses qui, il le savait, ne seraient pas toutes satisfaisantes, loin s'en fallait, il se lava soigneusement les mains puis retourna auprès de Sarah.

Il eut le plaisir de la voir sourire quand il vint reprendre sa place auprès d'elle pour la masser, placer les oreillers, l'encourager tandis que l'après-midi cédait peu à peu la place à la soirée.

Deux heures plus tard, couverte de sueur, après une épuisante contraction, Sarah roula sur le côté et Jon lui massa le dos jusqu'à ne plus avoir de force dans les bras.

— Je ne peux plus, murmura-t-elle.

— Si, tu peux. Ne jette pas l'éponge.

Soudain, elle secoua la tête avec un rire las.

— Qu'y a-t-il de si drôle ? s'enquit-il.

— Je suis une obstétricienne. Je devrais savoir que le travail n'est pas facile. Mais, en fait, je ne vis pas cette phase avec mes patientes ; je laisse tous les préliminaires à mes infirmières, et j'arrive juste pour l'apothéose.

— Autrement dit, ta petite expérience d'aujourd'hui est une leçon d'humilité.

— Ma *petite* expérience, comme tu dis, ne…

Elle ne put aller plus loin, et la nouvelle contraction lui arracha un cri presque animal.

Après un nouvel examen, l'infirmière, cette fois, décrocha le téléphone mural.

— Bipez le Dr Stevens, dit-elle. Le bébé a décidé de sortir.

Jon sourit à Sarah.

— Tu es prête ?

— J'ai encore le droit de déclarer forfait ?

Il se mit à rire.

— Trop tard. Mais j'ai confiance. Je sais que tu as encore des ressources, et je ferai tout pour t'aider.

— Tu t'es déjà pas mal débrouillé, jusqu'à présent, dit-elle en grimaçant de nouveau alors qu'elle crispait les doigts sur son ventre.

Le Dr Stevens arriva et, après un rapide examen, détermina la position de la tête du fœtus.

— Il va falloir pousser, Sarah, dit-elle alors que la contraction déferlait.

Jon était près d'elle, lui tenant les mains, l'encourageant en même temps que l'infirmière et le médecin, et acceptant sans une plainte la douleur provoquée par les ongles qu'elle planta dans sa paume.

— Pousse, Sarah, vas-y ! C'est la dernière ligne droite.

Il plongea son regard dans le sien et crut voir son expression angoissée s'apaiser quelque peu sous la confiance qu'il lui transmettait.

— Nous y sommes presque, annonça le médecin. Un dernier effort…

Un son guttural monta de la gorge de Sarah, mais elle poussa encore, et il admira son courage. Et ne l'en aima que plus.

Bientôt, une sorte de faible miaulement lui parvint du

pied du lit, et Jon aperçut une petite boule rose jaillir et glisser dans les mains tendues du médecin.

Il retint son souffle. Il en tremblait presque de joie et son regard humide accrocha celui de Sarah. Il eut envie de crier : « Nous avons réussi ! », mais les mots restèrent coincés dans sa gorge. Ils se sourirent, les mains toujours entrelacées, tandis que des émotions bien trop puissantes, de celles qui gonflent les cœurs et rendent muets, circulaient entre eux.

L'infirmière interrompit leur échange silencieux en posant le bébé sur la poitrine de Sarah, et le petit être devint le centre de leur existence. La raison qui les avait unis. La note finale d'une merveilleuse symphonie.

— C'est un magnifique petit garçon..., annonça le Dr Stevens.

Jon se figea tandis que des frissons le parcouraient. Il riva ses yeux sur le bébé. Un fils !

Brusquement, ce fut comme si le sang se retirait de ses veines. Il eut un besoin impérieux de s'asseoir.

— Oh, oh, le mari défaille..., plaisanta gentiment le médecin.

— Adossez-vous au mur et laissez-vous glisser par terre, dit l'infirmière penchée sur le nouveau-né.

Jon fit exactement ce qu'on venait de lui conseiller et, une fois assis sur le sol, il laissa sa tête tomber entre ses genoux relevés jusqu'à ce que sa vision s'éclaircisse.

Un garçon. Leur enfant était un garçon. Petit, mais vigoureux. Levant les yeux, il vit Sarah qui caressait le crâne du bébé posé entre ses seins.

— Il est si beau, murmura-t-elle d'une voix rauque et exténuée.

Jon ferma les yeux. Oui. Oh, oui, ils avaient fait du bon travail, tous les deux. Sentant les forces lui revenir, il se releva et s'approcha du lit.

— Ne le touchez pas, dit l'infirmière. Vous avez posé les mains par terre.

Les glissant dans ses poches pour plus de sûreté, il se pencha au-dessus de Sarah pour mieux voir le petit.

— Merci, murmura-t-elle, sereine et angélique. J'ai mon bébé.

Il eut envie de répondre : « Non, merci à toi pour m'avoir sorti de ma caverne et m'avoir redonné goût à la vie. » Mais il ne parvint pas à former le moindre mot. Alors il se contenta de lui embrasser le front et de sentir la chaleur de sa peau sous ses lèvres.

— Ton bonheur est mon plus beau remerciement, chuchota-t-il quand il recouvra sa voix.

Leurs yeux s'accrochèrent de nouveau. Un lien que rien ne pourrait jamais détruire se tissa entre eux, une invisible attache qui, sous la forme d'un fragile bébé, rapprochait leurs cœurs, qu'il le veuille ou non.

Un petit vent de panique souffla brusquement en Jon, qui eut soudain l'impression de se retrouver face à une impitoyable réalité. Ce n'était pas inclus dans le contrat. Sarah voulait un enfant, pas lui. Il n'avait été rien de plus qu'un instrument pour réaliser son rêve à elle, et il devait en rester là, ne surtout pas imaginer que cet enfant était *son fils*.

Sarah n'avait pas de place pour lui dans sa vie.

Et lui-même avait des projets. Il savait déjà qu'ils ne pourraient plus travailler dans le même centre, et à présent, avec la naissance de son fils — son fils *à elle* —, il n'avait d'autre choix que de partir. C'était la meilleure solution pour tous les trois.

La Chine serait-elle assez loin ?

Il observa la mère et le bébé — l'image même de la félicité. Où il n'avait pas sa place.

Il resta là, contre le mur, tandis que l'infirmière nettoyait le bébé et s'occupait de Sarah avant de les reconduire dans le service.

Si elle l'avait aimé, peut-être les choses auraient-elles pu suivre un autre cours, mais jamais rien, dans son attitude, n'avait pu le lui faire croire, et lui-même n'avait pas eu le cran de lui révéler ses sentiments…

Il sursauta. Quelqu'un lui parlait.

— Pardon ?

— Je voulais savoir votre nom pour le certificat de naissance, dit une jeune fille qu'il n'avait pas vue entrer dans la salle.

Le fichu contrat se dressa comme la Grande Muraille de Chine devant lui.

— Non, désolé, dit-il. Je ne suis pas le père.

Pourrait-il se regarder encore en face après ce mensonge qui lui faisait horreur ?

— Je ne suis que le coach, ajouta-t-il.

Sarah entendit la voix vacillante de Jon quand il annonça qu'il n'était pas le père, et l'euphorie de l'instant la quitta brusquement. Elle tenait son enfant contre elle, la précieuse vie qui dépendait d'elle, et eut l'impression d'éprouver l'aiguillon d'une flèche se fichant dans son cœur.

Elle s'évertua, avec le peu de force qu'il lui restait, de combattre cette douleur afin de préserver la joie du plus beau moment de sa vie. Elle avait un enfant.

Comme des larmes montaient à ses yeux, elle les refoula en battant plusieurs fois des paupières avant d'embrasser le crâne parfait de son fils.

— Nous ne sommes que tous les deux, mon ange…, murmura-t-elle.

12.

Deux semaines plus tard.

Sarah termina de fixer la couche d'Evan, puis se pencha pour embrasser la plante de ses pieds. Le bébé gigota, s'étira et bâilla en serrant ses petits poings. Elle sourit, en adoration, comme toujours, et le porta vers son berceau. Après une bonne tétée, il était prêt pour sa sieste.

Elle avait très souvent vu cette expression rêveuse dans le regard d'une mère pour son nouveau-né, mais personne, sans doute, ne peut imaginer la profondeur de l'amour qu'un bébé peut susciter sans l'avoir soi-même éprouvée. Et elle savourait chaque seconde passée avec Evan.

C'était cela, le seul but de la vie : donner et recevoir l'amour.

Après avoir couché le bébé sous sa couverture jaune poussin et ses draps bleus brodés, elle resta un instant près de lui jusqu'à ce qu'il ferme les yeux, puis retourna dans le salon.

Le bonheur qu'elle éprouvait à le regarder dormir, simplement à le regarder, n'était toutefois pas parfait. Il y avait une ombre au tableau…

Après qu'elle eut mis Evan au monde, Jon n'avait pas redonné de ses nouvelles. Après être resté auprès d'elle tout le temps du travail, l'avoir soutenue, l'avoir aidée à traverser les moments les plus difficiles, il avait disparu.

Son absence la blessait plus que tout et l'empêchait de

vivre pleinement sa joie de voir enfin son souhait le plus cher réalisé.

« Désolé, je ne suis pas le père », l'avait-elle entendu dire avant de quitter la pièce. Oui, il avait respecté les termes du contrat qu'elle avait elle-même établi ; il avait renoncé à tout droit sur l'enfant. Elle devrait donc être heureuse…

Elle ne l'était pas.

Et que comptait-elle faire pour cela ? Rester à se morfondre et à entretenir un « baby-blues » qui n'avait aucune raison d'être ? C'était stupide. Pour elle, mais surtout pour Evan, elle devait réagir. Même si Jon ne devait pas faire partie de leur vie, au moins devait-il venir voir cet enfant qu'il avait créé, lui aussi. Evan était si beau. Si Jon découvrait à quel point il lui ressemblait, même si petit, s'il reconnaissait son regard sombre dans celui de son fils, peut-être alors y réfléchirait-il à deux fois avant de prendre cet autre travail ou de s'exiler en Chine.

Par ailleurs, si elle lui avouait ce qu'elle éprouvait vraiment, cet amour qui allait bien au-delà d'une simple reconnaissance, peut-être reconsidérerait-il cet avenir qu'il avait planifié avant qu'elle intervienne dans sa vie.

Elle lui avait accordé deux semaines afin qu'il ait le recul nécessaire pour se rendre compte qu'ils étaient destinés l'un à l'autre. Mais il ne se manifestait toujours pas, et elle avait peur de le perdre. La menace était là, au-dessus d'elle, et elle redoutait d'avoir attendu trop longtemps.

Il fallait au moins qu'il sache qu'elle l'aimait.

Heureusement que Claire avait été là pour la soutenir ; elle était venue chaque jour la voir depuis qu'elle était rentrée de la maternité. Son expression horrifiée quand elle lui avait finalement confié le secret de la naissance d'Evan l'aurait presque fait rire si elle n'avait pas été aussi malheureuse. Claire, de son côté, l'avait informée que Phil et Jason cherchaient activement un remplaçant pour Jon au centre MidCoast, et elle avait guetté sa réaction, comme si elle avait deviné qu'il y avait plus entre eux que ce froid contrat, sans manifester toutefois ce qu'elle ressentait. Sarah avait retenu ses larmes jusqu'après le départ de Claire.

Cependant, se lamenter, regretter et pleurer sur ce qui aurait pu être ne servait à rien. Si elle voulait que la situation change, elle devait agir. Ignorant le nœud qui se logeait dans son ventre, elle se leva pour aller récupérer son portable sur le chargeur de batterie et, d'un doigt tremblant, elle composa le numéro de Jon.

Un samedi, en fin de matinée, il devait avoir terminé son jogging quotidien. Quoi qu'il arrive, elle allait lui parler aujourd'hui, et lui faire avouer la raison qui l'avait tenu à l'écart d'Evan. Et d'elle-même.

Comment pourrait-il annuler son départ si elle taisait les sentiments qu'elle avait pour lui ? Au moins, s'il partait tout de même ensuite, n'aurait-elle pas de regrets. En tout cas, pas celui de ne lui avoir rien dit…

Elle l'aimait. Il avait le droit de le savoir.

Les doigts crispés sur son stylo, Jon tourna une nouvelle page de son journal. Comment un homme expliquait-il à son fils pourquoi il ne pouvait pas faire partie de sa vie ? Il avait l'impression, depuis deux semaines, d'avoir écrit tout ce qu'il aurait aimé lui transmettre.

Notes à mon fils.

Avait-il seulement le droit de parler de « mon fils » en ce qui concernait Evan ? Un fils dont il n'avait appris le prénom que par les femmes qui travaillaient au centre. Claire et les autres infirmières n'avaient cessé, les premiers jours, de parler de Sarah et du petit, et leurs spéculations quant au père les avaient finalement conduites à envisager l'insémination artificielle. Puis Claire avait commencé à le regarder bizarrement, mais sans doute commençait-il à devenir un brin paranoïaque…

Le téléphone sonna et son cœur s'emballa quand il lut le nom de Sarah inscrit sur l'écran.

— Sarah ? dit-il, se forçant à adopter un ton neutre. Je pensais à toi.

— Vraiment ? Il faut que je te parle, Jon. Tu peux venir chez moi ?

Supporterait-il de les voir tous les deux ? S'il avait sous les yeux tout ce qu'il s'apprêtait bientôt à quitter, réussirait-il à maintenir ses distances ? Pas sûr. Pourtant, il ne pouvait se résigner à lui refuser cette visite.

— D'accord. Quand ?

— Tout de suite. S'il te plaît…

Il s'était jusqu'alors retranché derrière le contrat, mais à présent qu'il entendait de nouveau sa voix, il savait que la vraie raison de les éviter, elle et le bébé, était bien plus profonde que cela. Il était déchiré entre son besoin de liberté et celui de s'autoriser à aimer de nouveau et à fonder une nouvelle famille. Un sentiment de déloyauté envers ses filles le retenait de franchir le pas.

Et la lâcheté. Car qu'était-ce d'autre qu'une fuite qu'il préparait en rêvant de Chine ? Il pouvait être un père fantastique, un médecin attentionné, un ami recherché, il n'en était pas moins un lâche qui ne trouverait jamais le bonheur, même dans cette soi-disant liberté. Du moins plus maintenant. Plus depuis qu'il connaissait Sarah.

S'il pouvait tenir le coup pendant cette visite, il serait libre ensuite de retourner à la vie qu'il avait planifiée. Aussi vide soit-elle.

Son armure bien en place, il sonna à la porte. Pas question de laisser les yeux ambre de Sarah le persuader de bouleverser ses plans. Il avait respecté le contrat et, si elle attendait davantage de lui, c'était son problème. Pas le sien.

Elle ouvrit la porte.

Un simple regard sur ses cheveux tombant sur ses

épaules, sur son chandail émeraude et son large pantalon de soie gris souris suffit à lui faire oublier ses résolutions…

Le sang battait aux tempes de Sarah quand elle invita Jon à entrer. Il portait son habituel ensemble de jogging, et il lui parut pâle et peut-être un peu plus mince. Il resta dans le vestibule, l'interrogeant du regard.

Par quoi allait-elle commencer ?

Il fut le premier à rompre le silence embarrassé.

— Tu as l'air en forme.

Son ton était bien trop nonchalant pour être honnête…

— Merci, dit-elle avant de le précéder dans la grande salle. Evan dort, ajouta-t-elle comme il regardait autour d'eux. Tu veux le voir ?

Evitant ses yeux, il lui répondit d'un simple hochement de tête. C'était l'instant de vérité… S'il ne réagissait pas devant son fils, elle saurait alors qu'il ne leur portait aucun intérêt, ni à elle ni au bébé.

Il la suivit dans le couloir jusqu'à la chambre qu'il avait peinte et dont elle ouvrit la porte sans bruit. Elle le vit hésiter un instant, s'approcher et, dès qu'il se pencha sur le berceau, un lent sourire qui effaça la rigidité de ses traits se dessina sur ses lèvres.

— Waouh…, murmura-t-il. Il est superbe, Sarah.

Elle frémit en retrouvant dans ses yeux la tendresse qui lui avait tant manqué.

— Il te ressemble, tu ne trouves pas ? chuchota-t-elle.

— Tu crois ?

Il observa plus attentivement le nouveau-né endormi, puis sourit de nouveau.

— C'est vrai. Sauf que j'ai plus de cheveux que lui.

Pour la première fois depuis deux semaines, elle se mit à rire. Evan grimaça en portant son minuscule poing à sa bouche, et Jon posa un doigt sur ses lèvres. Tous deux ressortirent de la chambre sur la pointe des pieds.

De retour dans le salon, elle s'assit sur le canapé. Ses jambes étaient en coton et elle dut mettre ses mains entre ses genoux serrés pour les empêcher de trembler.

Jon s'installa en face d'elle, attentif. Elle ferma les yeux une seconde, puis se lança.

— Je crois que tu es en droit de savoir que je n'ai pas été complètement honnête avec toi, dit-elle.

Il ne bougea pas, mais elle le sentit se raidir.

— Jon..., ajouta-t-elle d'une voix mal assurée. Je t'aime.

Il resta un instant totalement immobile, puis il prit une longue inspiration avant de venir près d'elle et de lui prendre les mains.

— Sarah... Tu n'en as jamais rien laissé paraître... Pourquoi ?

— Je m'en suis rendu compte le jour où tu m'as proposé d'être mon coach. Et j'en ai eu la confirmation quand nous avons fait l'amour.

— Mais pourquoi n'avoir rien dit ? insista-t-il.

— Je t'avais déjà demandé beaucoup, et... nous avions un contrat.

— Et je parlais toujours de mon voyage en Chine.

— Oui.

Elle avait l'impression d'entendre comme... oui, comme une panique dans sa voix. Peut-être avait-elle commis une erreur en s'ouvrant ainsi à lui, mais il était trop tard pour reculer, à présent.

— Ne t'inquiète pas, poursuivit-elle. Le contrat tient toujours. Je voulais juste te le dire, dans l'espoir que... peut-être...

Il se leva tout à coup.

— L'amour et l'engagement ne faisaient pas partie de notre pacte, Sarah.

Elle acquiesça.

— Je sais, Jon. N'aie aucune crainte, je ne te demanderai rien. Je voulais juste...

— Sarah... Je ne peux pas... Il est trop tard, pour moi.

Ce n'est pas que je n'éprouve rien pour toi, au contraire, mais… Je n'aurais jamais consenti à cet accord si j'avais su que tu… que nous…

Il se tut, visiblement à court de mots, et elle baissa la tête, incapable de soutenir son regard implorant. Elle n'ignorait pas ce qu'il en était, mais avait insisté pour essayer de forcer le destin.

— Tu crois que je l'avais prévu ? dit-elle. Tu crois que c'est ce que je souhaitais ?

Il soupira.

— Nous ne nous attendions ni l'un ni l'autre à ce genre de dénouement.

Un silence lourd tomba entre eux, qu'il rompit avec un nouveau soupir.

— Il faut que je réfléchisse, dit-il avant de sortir.

Quand elle se releva, elle s'aperçut qu'il avait laissé sa voiture pour partir à pied.

Jon était réellement paniqué. Le sol qu'il foulait à un rythme accéléré paraissait brûler les semelles de ses chaussures de sport. Quand il avait commencé à courir sur de longues distances, après son divorce, il n'avait alors aucune idée de l'aide que cela lui apporterait.

Mais, à cet instant, il avait davantage le sentiment de fuir…

De fuir une femme qui l'aimait et l'inévitable engagement à la clé. De fuir son fils. Ses confessions couchées sur les pages d'un malheureux journal pourraient-elles compenser l'absence d'un père ?

Il accéléra l'allure. Il avait besoin de consumer la culpabilité qui minait ses résolutions. Lacy aurait ses diplômes fin juin, et il devait partir pour la Chine la semaine suivante… sauf qu'il n'avait pas encore officiellement signé son accord pour ce voyage et le poste qui allait avec, et que le temps restant pour se décider avant la date limite se réduisait comme une peau de chagrin.

Les longues goulées d'air salé qu'il inspirait agressaient ses poumons alors qu'il atteignait l'océan. Marée haute. Les vagues léchaient le sable en abandonnant derrière elles une frange d'écume. Un rappel de ce qu'il laisserait derrière lui ? Une partie de lui-même ?

Non, ce n'était pas dans le plan. Une femme lui avait demandé de donner son sperme et il avait accepté. La profondeur de sa naïveté n'avait pas de bornes.

Il croisa un couple avec un enfant dans sa poussette. Tous deux riaient devant le petit qui agitait un jouet en peluche.

Sarah, elle, serait seule pour promener Evan. Sourirait-elle ? Il revit son visage ravagé par la détresse lorsqu'il était parti en toute hâte. Lorsqu'il avait fui.

Lui aussi l'aimait. Bon sang ! Il avait tenté de se convaincre que ce qu'il éprouvait n'était rien d'autre que la vanité d'un homme de quarante-deux ans qu'une très belle femme a élu pour faire un enfant — de manière assez peu orthodoxe, il fallait l'admettre.

Mais sa version ne tenait pas la route. Quel homme consentirait à une telle proposition seulement par orgueil ? Lui-même n'avait-il pas toujours eu un faible pour Sarah, même s'il n'avait jamais envisagé de voir un jour en elle autre chose qu'une amie ? Ce contrat, pour insensé qu'il soit, n'avait-il pas tout simplement mis en mots des sentiments larvés qui n'auraient jamais eu l'occasion de s'épanouir autrement ? Même si ses termes leur interdisaient de les exprimer ?

Il dut faire un écart pour éviter une poussette tout-terrain, la même que celle qu'il lui avait offerte. Qu'avaient-ils tous à sortir aujourd'hui, ces parents si visiblement heureux ?

« Je t'aime. » L'aveu de Sarah tournait en boucle dans sa tête. Elle avait eu le cran de mettre son âme à nu devant lui, et comment avait-il réagi ? En décampant aussi vite qu'il l'avait pu. Bravo, Becker, jolie preuve de courage…

Il ne la méritait pas.

Comment une femme comme elle, aussi généreuse, drôle, tendre, intelligente et sexy pouvait-elle avoir jeté son dévolu sur lui ?

Butant sur une pierre, il partit en avant, tomba en roulant sur une épaule et se redressa en regardant suspicieusement autour de lui. Il avait eu la curieuse impression d'avoir été poussé… A moins que sa mauvaise conscience ne lui ait fait un croche-pied ?

Comme il reprenait sa course, le petit visage innocent d'Evan s'imposa à lui. Comment vivrait-il l'absence de père dans sa vie ? Une culpabilité pesante comme un roc lui tomba sur les épaules. Quelle sorte d'homme était-il pour tourner ainsi le dos à une femme qui l'aimait et à son enfant — à *leur* enfant ?

Une mère promenant une fillette de deux ou trois ans le salua en passant. Il répondit d'un sourire. Elle lui rappelait Lacy. Sa cadette qui était tombée sous le charme de Sarah, elle aussi.

« Pourquoi tu ne te trouves pas quelqu'un comme elle ? » Eh bien, il l'avait trouvée, justement. Mais ses filles accepteraient-elles une belle-mère et un demi-frère ?

Cherie avait établi clairement qu'il n'était pas capable d'être un mari satisfaisant, du moins pas assez pour passer toute sa vie auprès de lui. Or c'était ce que lui proposait Sarah : de vivre le restant de sa vie auprès d'elle. Mais peut-être serait-elle déçue, elle aussi ? Non, vraiment, elle s'en sortirait bien mieux sans lui au bout du compte.

Et tout le monde. Et lui aussi serait bien plus heureux seul.

Il courait si vite, à présent, qu'il craignit de figurer bientôt parmi les cas rarissimes de combustion spontanée.

Qui essayait-il d'abuser ?

Il n'avait pas plus envie de rester seul que Sarah d'être une mère célibataire. Et après deux ans de purgatoire, il serait grand temps pour lui de rayer Cherie de sa vie et ses commentaires fielleux. Il valait mieux que cela. Il méritait mieux. Il méritait Sarah. Et Evan.

Une femme fantastique, la mère de son enfant, lui avait avoué son amour et lui offrait aujourd'hui un bonheur dont son divorce désastreux avait tout bonnement éradiqué dans son esprit jusqu'à la simple possibilité. Il avait été si occupé à vivre en reclus qu'il n'imaginait même plus que cela puisse exister, et avait si profondément enfoui ses sentiments qu'il n'avait même pas su reconnaître les signes de son amour pour Sarah.

Il avait dû combattre son attirance pour elle, oui, mais sans vouloir y mettre un nom. Pourtant, il l'avait aimée dès le moment où il s'était proposé pour être son coach. A cet instant précis où elle était tombée amoureuse de lui, elle aussi.

Toutefois, le contrat s'était dressé entre eux et, encore traumatisé par l'échec de son mariage, il s'était commodément retranché derrière.

Mais Sarah l'aimait. Du moins, s'il n'avait pas tout gâché par sa réaction de lièvre effrayé en détalant comme il l'avait fait une demi-heure plus tôt. Il était grand temps de faire demi-tour et de retourner vers elle avant qu'elle change d'avis et refuse de lui ouvrir sa porte.

Le point de côté qui se manifesta soudain lui apparut à cette seconde comme une piètre rançon de son aveuglement. Même s'il était douloureux. Parce que son amour pour elle n'avait pas de prix. Il l'aimait. Oui, il l'aimait et était impatient de voir Evan grandir entre eux deux.

Les palmiers défilèrent de chaque côté de lui alors qu'il accélérait encore l'allure pour revenir au plus vite vers Sarah et Evan.

Sarah avait l'impression d'avoir versé plus de larmes en une demi-heure qu'en trente-cinq ans de vie. C'était sa faute. C'était elle qui était allée chercher Jon pour lui proposer de lui donner un enfant sans aucun engagement de sa part, mais, à ce moment-là, elle n'avait pas imaginé que Jon incarnerait à ses yeux tout ce qu'elle avait toujours cherché chez un homme sans jamais le trouver.

Il avait été là pour elle : fort, fiable, capable d'humour dans les situations les plus improbables, et tendre, si tendre… Et il était un père-né. Son amour pour ses filles brillait dans ses yeux chaque fois qu'il les évoquait, et cela lui était d'autant plus pénible de savoir qu'Evan n'aurait pas droit à cet amour. Le sien serait-il assez fort pour compenser cette absence ?

Voyant l'heure de la tétée arriver, elle se prépara une camomille. D'une certaine façon, ses larmes l'avaient aidée à recouvrer un semblant de calme, même si sa main tremblait encore alors qu'elle portait la tasse à ses lèvres.

Un mouvement, par la fenêtre, attira son attention. Jon ?… Elle bondit du canapé quand il tambourina sur la porte, ouvrit, et il s'engouffra dans l'entrée comme le vent du nord — fort et vif.

Enfouissant les doigts dans ses cheveux, il pressa avec force ses lèvres sur les siennes. Un baiser aussi bref que vigoureux.

— Pardonne-moi, dit-il, haletant. Je t'en prie, pardonne-moi.

Il l'embrassa de nouveau, cette fois en l'attirant contre lui.

— Je suis un idiot. Un imbécile de première classe. Comment ai-je pu être aussi injuste et odieux avec toi ?

Ses lèvres coururent sur son cou, sur ses tempes.

— Je t'en supplie, ne me rejette pas. Je t'aime. Mon Dieu, si tu savais comme je t'aime…

— Jon…, dit-elle d'une voix à peine audible, un peu sonnée.

— Dis-moi que tu me pardonnes. S'il te plaît…

Elle hésita. Pourrait-elle oublier ces deux semaines où ce qui aurait dû être une joie pure avait durement pâti de son absence, où son amour pour Evan n'avait pu, sans Jon, s'exprimer pleinement ? Et ces trente minutes d'absolu désespoir quand il avait fui après qu'elle lui eut révélé son amour ?

Mais elle ne pouvait nier que son cœur avait bondi quand elle l'avait vu revenir, et aurait-elle répondu avec une telle ferveur à ses baisers si son cœur n'avait pas déjà décidé d'oublier ?

— Je te pardonne, murmura-t-elle contre sa bouche.

— C'est vrai ? Mmm… Merveilleux, soupira-t-il en la serrant avec force. Je veux que le monde entier sache que je suis le père d'Evan. Je veux être là quand il fera ses premiers pas, qu'il lira son premier livre, qu'il lancera sa première balle de base-ball, et quand il embrassera sa première copine… Je veux le voir grandir, aller à l'université et se marier… Peut-être que tu auras le temps, alors, de m'accompagner en Chine ?

Elle secoua la tête en riant, puis reprit son sérieux devant l'intensité de ses yeux bruns.

— Jon…

— Je t'aime, Sarah, et je sais que tu m'aimes aussi — tu me l'as dit.

— Oui, et tu as déguerpi en courant.

— Je te promets de ne plus jamais fuir.

— Et ton nouveau job ?

— Quitter le centre MidCoast ? Jamais.

Des gémissements retentirent dans le moniteur de la chambre d'enfant. Prenant la main de Jon, elle l'entraîna jusqu'au berceau où tous deux regardèrent leur bébé s'étirer avant de trouver sa voix pour pousser un cri plein de vigueur.

Elle se penchait pour le prendre quand Jon posa une main sur son bras.

— Laisse-moi faire.

Devant l'assurance pleine de tendresse avec laquelle il

souleva leur fils, Sarah sentit s'envoler les ultimes doutes qu'elle avait encore pu nourrir.

Jon serait bien le père dont elle avait rêvé pour Evan.

Il berça son fils au creux de son bras, et se tourna vers elle pour lui sourire. Cette fois-ci, ce fut elle qui l'embrassa. Un baiser qui venait du plus profond de son cœur. De ce cœur qu'elle plaçait désormais entre les mains de Jon sans une once d'hésitation.

Le conseil de sa mère lui revint une fois encore à la mémoire.

« Méfie-toi de tes souhaits. »

Oui. Elle avait souhaité avoir un enfant seule, mais il était clair qu'elle avait été trop timorée. Le destin, heureusement, s'en était mêlé et avait su combler son vœu en allant au-delà de ce qu'elle avait craint d'appeler de toute son âme : un enfant… et le père de son enfant.

Épilogue

Un mois plus tard.

— Jon, dépêche-toi ! Nous allons être en retard…, dit Sarah en accrochant sa seconde boucle d'oreille.

Jon embrassa une dernière fois Evan avant de le confier à Lacy qui le prit avec un sourire radieux.

— Ne t'inquiète de rien, papa. J'ai ton numéro de portable et celui de Sarah, Claire n'est qu'à quelques pâtés de maisons d'ici et je commence à avoir le coup de main pour m'occuper de mon petit frère.

Elle embrassa le bébé sur le front.

— Attends qu'Amanda le connaisse. Elle va en être verte de jalousie.

Ce serait leur première sortie depuis son emménagement chez Sarah. Un dîner en amoureux dans un restaurant de fruits de mer où il avait réservé un box pour eux deux. Toute une soirée sans la moindre interruption. Le rêve…

Sa fille le gratifia d'un baiser sur la joue assorti d'un regard qui en disait long. Il avait l'intention de proposer le mariage à Sarah ce soir, et Lacy, avec l'intuition qui la caractérisait, l'avait bien sûr plus ou moins pressenti. Ils se marieraient en été, quand Amanda, en congé, pourrait assister à la cérémonie.

Son année sabbatique commencerait ce même été, aussi, mais la Chine était désormais bien loin de ses préoccupations. Il avait tout simplement décidé de s'arrêter douze mois pour assumer le rôle de père et de mari à plein temps, tandis que Sarah continuerait à travailler. Pour lui, c'était une véritable aventure qui s'annonçait, et qu'il ne manquerait pour rien au monde. Sarah avait sauté de joie lorsqu'il lui avait fait part de son projet.

Songeant à tout cela, il contemplait sa fille et son fils avec un sourire attendri quand les doigts fins de Sarah, qu'il n'avait pas entendue approcher, s'enroulèrent sur son poignet.

— Tu es prêt ? demanda-t-elle.

— Oui…

Il baissa les yeux sur l'annulaire nu de la jeune femme, puis glissa la main dans la poche de sa veste où reposait une petite boîte. Ce doigt ne resterait pas nu beaucoup plus longtemps…

Blanche

HARLEQUIN

Retrouvez en octobre 2019, dans votre collection

Blanche

Un Noël pour aimer, d'Amalie Berlin - N°1451

SÉRIE : IRRÉSISTIBLES MÉDECINS ÉCOSSAIS - 1/2

La neige tombe sur Manhattan. Le Dr Angelica Conley ferait tout pour rendre le sourire à ses petits patients. Bien que bloqués dans leur lit d'hôpital, les enfants ont besoin de joie, en cette période de Noël... Heureusement, elle peut compter sur l'aide du Dr Wolfe McKeag, le talentueux et irrésistible chirurgien écossais qui s'invite dans ses rêves, la nuit. À force de travailler à son côté, elle se surprend un jour à vouloir briser la règle qu'elle s'est toujours fixée de ne jamais mêler vie professionnelle et vie privée...

Urgences sous la neige, d'Amalie Berlin

SÉRIE : IRRÉSISTIBLES MÉDECINS ÉCOSSAIS - 2/2

Noël est là... Belle vient d'arriver à New York, et son nouveau poste d'infirmière urgentiste la comble de fierté et d'angoisse. Des vies sont en jeu, et il lui faut être à la hauteur des responsabilités qui lui incombent. Or, comment prendre confiance, alors que Lyons McKeag, le chef des urgences, se montre hostile avec elle ? Supportera-t-elle de collaborer avec lui, s'il la fait frémir de peur – et de désir ?

Rien qu'une liaison..., de Janice Lynn - N°1452

Après un échec sentimental, Taylor est décidée à reprendre sa vie en main. Et s'offrir une aventure avec le très sexy Dr Jack Morgan, rencontré à l'occasion d'un festival de musique où ils travaillent tous deux, lui semble une excellente idée ! En effet, bientôt, Jack sera reparti et ils reprendront leur liberté, tout en gardant le beau souvenir de leurs nuits enfiévrées. À moins que la passion, électrique entre eux, ne les convainque de donner une chance à leur histoire...

La tentation du Dr Mitchell, de Kate Hardy

Repartir à zéro. Voilà le but du Dr Ben Mitchell. Nouvelle recrue du cabinet médical de Great Cromwell, il compte bien se concentrer sur son travail, loin de l'amour qui n'est qu'une ineptie ! Seulement voilà, la jolie infirmière Toni lui plaît beaucoup. Est-ce en raison de la générosité dont elle fait preuve à l'égard de ses patients, ou de la façon audacieuse dont elle a su dresser son chien pour en faire un compagnon thérapeutique ? Quoi qu'il en soit, Toni le détourne bientôt de ses bonnes résolutions... jusqu'à ce qu'ils commettent ensemble l'irréparable...

Leur mission : sauver des vies.
Leur destin : trouver l'amour.

Blanche

Le patient du Royal Hospital, d'Alison Roberts - N°1453

Chef de service au Royal Hospital de Wellington, le Dr Tom Chapman sait ce que c'est, que de tout perdre. Lui-même en a d'ailleurs fait la cruelle expérience. Aussi, lorsque Laura, son amie et collègue, amène aux urgences son fils malade, Tom entre en action. Mais alors que les jours passent et qu'il veille sur le petit Harry, Tom se rapproche peu à peu de Laura. Au point de bientôt vouloir céder à cette attirance qu'ils se sont toujours interdite...

Le miracle d'Oceans House, d'Abigail Gordon

Fraîchement arrivée dans la petite ville côtière de Seahaven, Darcey souhaite prendre un nouveau départ. Si son poste d'infirmière en pédiatrie la comble déjà, elle rêve de partager sa vie avec un homme, et pas n'importe lequel... Daniel Osbourne, chirurgien à Oceans House, lui fait tourner la tête depuis qu'elle l'a rencontré. Or, celui-ci, tout dévoué aux autres, n'est pas décidé à faire entrer une femme dans son existence. Mais Noël approche, et Darcey ne peut s'empêcher d'espérer qu'un miracle se produise et lui apporte celui qu'elle désire en secret...

Un pédiatre à séduire, de Meredith Webber - N°1454

Jamais Clare n'aurait imaginé, en revoyant le Dr Oliver Rankin, que celui-ci ferait renaître en elle la passion qui, dix ans auparavant, l'a poussée vers lui. Car elle a encore en mémoire les instants magiques qu'ils ont vécus ensemble et qu'aucun homme, depuis, n'a réussi à lui faire oublier. Bientôt, pourtant, elle se retrouve au pied du mur : contrainte de lui révéler l'existence d'Emily, la fille née de leur union, elle sait qu'elle risque de gâcher à tout jamais ses chances de le reconquérir...

Nuit inoubliable pour une infirmière, d'Amy Andrews

La spontanéité n'est pas vraiment le fort de Miranda Dean : sa vie de maman célibataire, sa carrière d'infirmière ne laissent pas de place à l'impulsivité. Du moins, jusqu'au jour où elle rencontre le séduisant Dr Patrick Costello... Miranda se laisse rarement charmer par un homme, mais Patrick a vraiment quelque chose de particulier... Peut-être son regard si doux, ou bien son sourire craquant, ou le fait qu'elle a l'impression de l'avoir toujours connu... ou peut-être tout cela à la fois. En tout cas, à sa propre surprise, elle sent que si cet homme le lui proposait, elle serait prête à faire des folies. Juste le temps d'une nuit... ou pour la vie.

HARLEQUIN

Leur mission : sauver des vies.
Leur destin : trouver l'amour.

HARLEQUIN
www.harlequin.fr

Blanche

Les secrets de son cœur, de Caroline Anderson - N°1455

« Promets-moi que tu prendras soin d'elle »... Pour le Dr James Slater, tenir cette promesse de veiller sur la femme de son meilleur ami, après la mort de celui-ci, s'annonce très difficile. En particulier maintenant que la si douce et ravissante Connie lui a demandé à lui, James, de l'aider à avoir un enfant. Comment pourrait-il accepter, sachant qu'il ne rêve que d'une chose : lui avouer qu'il l'aime et qu'il la désire plus que tout au monde ? Mais comment lui dire une chose pareille, dans une situation si compliquée ?

Une nouvelle vie pour Sarah, de Mary McBride

Pédopsychiatre de renom, Sarah Hunter est appelée au royaume du Montebello afin d'examiner Leo, le fils de Dominic Chiara, le prince héritier. Un enfant sensible et très attachant mais qui, inexplicablement, s'est muré depuis plusieurs mois dans le silence. Au fil de leurs rencontres, et au mépris de toutes les règles en vigueur dans sa profession, Sarah se surprend à rechercher la compagnie du père de l'enfant, même si elle sait que cet homme mystérieux, dont tout la sépare, n'a rien à lui offrir...

HARLEQUIN

Leur mission : sauver des vies.
Leur destin : trouver l'amour.

HARLEQUIN
www.harlequin.fr

Composé et édité par HarperCollins France.

Achevé d'imprimer en août 2019.

CPi
BLACK PRINT

Barcelone

Dépôt légal : septembre 2019.

FSC
www.fsc.org
MIXTE
Papier issu de sources responsables
FSC® C108412

Pour limiter l'empreinte environnementale de ses livres, HarperCollins France s'engage à n'utiliser que du papier fabriqué à partir de bois provenant de forêts gérées durablement et de manière responsable.

Imprimé en Espagne.